第一個謊最關鍵

FIRST LIE WINS

艾希莉·埃斯頓——著　葉旻臻——譯

ASHLEY ELSTON

獻給米勒、羅斯和亞契

1

一切都是從小事開始：洗臉台旁玻璃架上多了支牙刷、最小那格抽屜裡放了幾件衣服、床的兩側都接了手機充電線。然後小事逐漸變成了大一點的事：刮鬍刀和漱口水和避孕藥全在藥妝櫃裡爭奪空間，討論的問題從「你有要過來嗎？」改成「我們晚餐煮什麼？」。

今天也許只是我第一次見到萊恩自小認識的這一桌人，但任誰都看得出來我已經完全融入他的生活。跡象在於女性帶進男人窩的各種小巧思，像是沙發上成對的抱枕、書架上擴香儀散發出的淡淡茉莉香，任何一個女人只要走進大門就立刻會發現。

一個聲音飄越點著燭光的餐桌，繞過了在我心目中「優雅但充滿自信」的桌花，來到我面前，懸盪在空中。「伊薇，這名字可真少見。」

我朝貝絲轉過去，內心在自我辯論，考慮應否回答這個算不上問題的問題。

「是伊芙琳的簡稱。我的名字取了跟我奶奶一樣的。」

在座的女性偷偷互瞄，隔著桌面無聲交流。我回覆的每個答案都被她們掂量、歸類，當作接下來討論的素材。

「噢，真可愛！」艾莉森尖著聲音驚呼。「我的名字也跟我奶奶一樣。妳剛說妳是哪裡人？」

我剛沒說，她們也知道我沒說。她們就像一群猛禽，會一整晚不停挑挑揀揀，直到獲得她們想要的答案為止。

「阿拉巴馬州的一個小鎮。」我回答。

她們還沒來得及問是阿拉巴馬州的哪個小鎮，萊恩就換了話題。「艾莉森，我上禮拜才在雜貨店看到妳奶奶耶。她還好嗎？」

艾莉森描述起她奶奶在她爺爺過世後如何調適。萊恩為我換來些許寶貴的喘息時間，但不久後我又會再度成為焦點。

我不用認識這些人，也能知道關於他們的一切。他們當年一起進幼兒園，維持著小圈圈，一路到高中畢業。接著他們三三兩兩離鄉，分別上了幾所不同的大學，都是從這裡開車就能抵達的。他們都和其他背景相似的兩人組或三人組一起參加過姐妹會或兄弟會，後來卻還是被拉回這個路易斯安那州的小鎮，再度回到小圈圈模式。姐妹會和兄弟會被棒球小聯盟、晚宴與週六下午的高爾夫球時間（只要不跟東南聯盟美式足球賽撞期）所取代。我不怪他們長成這副樣子；我羨慕他們。我羨慕他們在這種情境下的泰然自若，羨慕他們能確切預期會發生什麼事、知道別人對他們有什麼期待。我羨慕他們的閑雅姿態，那是因為知道家鄉全鎮的人都見過他們最糟的一面，卻依然接納他們。

「你們兩個是怎麼認識的？」莎拉問道。眾人的目光又回到我身上。

這算是個無心的問題，但還是讓我緊張不已。

萊恩臉上的微笑顯示他知道我對這問題的感受，他可以再次出面替我回答，但是我撇開了他。

我擦擦嘴巴，用的是我為了這個場合特別買的白色布質餐巾。我說：「他幫我換了破掉的輪胎。」

若是萊恩來回答，他會透露給他們多於必要的資訊，所以我才阻止他。我沒有提到，此事發生在本鎮外緣的休息站，我在那一帶的小餐廳吧檯工作，負責讓客人的酒水隨時滿杯。我也沒有提到，相對於他們熟悉MBA、MRS等等這些縮寫，我唯一熟的只有GED（高中同等學力證明）。

他的這些朋友會因為這些基本條件而嫌棄我，儘管這不是他們的本意，他們甚至不會意識到自己的行為。我告訴過萊恩，我怕他們一旦發現我的背景和他們如此不同，就會對我指指點點。他當時向我保證，他不在乎他們怎麼想，但他其實在乎。比起他在黑暗中對我低語訴說他有多麼喜歡我的不同，和他從小相處的女孩都不同，他勉為其難把這些人全部邀來、花上一整週幫我弄好菜單的舉動，讓我知道更多他的心思。

艾莉森轉頭對萊恩說：「喔，你可真是好幫手啊。」

我看著萊恩。我把我們相識的整個過程刪刪減減到只剩一句話，目前他都讓我為所欲為。他看著我的時候，臉上浮現淡淡的笑容，讓我知道現在這場表演屬於我——他樂意配合。

艾莉森的丈夫柯爾補了一句：「要是他為了出場幫妳修車而把妳的輪胎弄爆了，我也不會意外。」

餐桌周圍笑聲四起，看柯爾摀著側身的樣子，搞不好還被他老婆肘擊了一下肋骨。萊恩搖了搖頭，依然看著我。

我擺出笑容、笑出聲音，沒有笑得太長、太大聲，只是表示我也覺得萊恩若是會為了認識我而採取如此極端手段，可還真是好玩。

好玩的是，竟然會有人默默旁觀另一個人那麼久，久到曉得他總是在週四晚間、從他公司的東德州分部回來之後，停在同一個休息站加油。曉得他喜歡用建築物西側的加油槍，曉得他的眼神幾乎每次都會留連在經過他身邊的女性身上，特別是穿短裙的。這個人會留意各種小細節，像是車後座的路易斯安那州立大學棒球帽、白襯衫下透出的兄弟會T恤、擋風玻璃左下角的鄉村俱樂部貼紙，這樣跟對方打到照面時，就會有話可聊。這個人會拿根釘子放在輪胎氣嘴裡，讓氣咻咻漏光。

竟然會有人如此大費周章，只為了認識另一個人，可不真是好玩嗎。

✦

「我完全搞定了。」我一面說，一面將晚餐的最後一個餐盤泡到灌滿肥皂水的水槽裡。萊恩從我後面靠上來，雙臂摩挲著我的臀部，直到將我的腰環抱住。他的下巴靠在我的肩膀，用他知道我喜歡的方式將嘴唇貼著我脖子上的特定位置。

「他們超愛妳的。」他耳語道。

他們才不愛我。我最多只是滿足了他們的第一波好奇心。我想像得到，第一輛車還沒開出私人車道前，坐在副駕座的女生已經滑著群組聊天視窗、把今晚的每一個小細節抽絲剝繭，一會兒又滑到各個社群網站的搜尋欄，想揪出我到底是誰、來自阿拉巴馬州的哪個小鎮。

「雷伊剛才傳訊息給我。莎拉想跟妳要電話，下禮拜好約妳吃午餐。」

這比我預期的還要快。我猜他們的第二波好奇心正朝我滾滾襲來，他們發現不管怎麼搜尋都只找到少之又少的資訊，於是如飢似渴想要更多。

「我就傳給他了。希望這樣沒問題喔。」他說。

我旋過身和他面對面，手從他的胸前一路上移，捧住他的臉。「當然。他們是你的朋友嘛，我希望他們也會是我的朋友。」

所以，現在要跟他們約午餐了，他們的問題會更直接，因為萊恩不會在場緩頰。

我踮起腳尖，將他拉近，我倆的口唇相隔僅僅數吋。我們都熱愛這個階段，充滿期待感，彼此的氣息交融，我的棕眼望進他的藍眼。我們很靠近，但還不夠近。他的雙手滑到我的衣襬下方，手指掐著我腰部的柔軟皮膚，我的手則爬上他的後頸，手指捲繞著他的黑髮。他的頭髮比我們初次見面時——我初次觀察他時——更長。我告訴他我喜歡這個髮型，我喜歡有東西可以抓著，於是他就不剪頭髮了。我看得出他的朋友們見到他時吃了一驚，因為從我自己在社群媒體上的研究成果看來，他的頭髮從不曾長到觸及衣領。他們接著看向我，我可以看出他們的疑問。**萊恩為什麼變了？是因為這個女生的緣故嗎？**

他的手往下抓住我被短裙蓋著的大腿，將我拉起，讓我的雙腿纏繞住他。

「妳要留下來嗎？」他悄聲說，儘管屋內只有我們兩人。他每晚都問我這個問題。

「要。」我悄聲回答。我的答案也永遠都是如此。

萊恩的嘴懸在我上方，但還是跟我隔著細如毫髮的空間。我失了焦，看不清楚他的臉。雖然他令我心癢難耐，我還是等待他將我們之間的距離縮減到消失。

「我不想再問了。我想要知道妳每天晚上都會在這裡，因為這裡也是妳的家。妳願意嗎？把這裡當成妳的家？」

我的手指在他髮間鑽得更深，雙腿將他纏得更緊。「我還以為你沒打算問了。」

我感覺到他貼著我的嘴唇微笑，他吻著我，抱著我穿過廚房，通過走廊，到了房間。我們的房間。

2

自從五天前萊恩邀我搬去跟他一起住、而我同意之後，他就一直迫不及待要這件事實現。我在晚餐聚會隔天早上醒來，聽到他在跟一間搬家公司講電話，拜其他人在最後一刻取消的預約所賜，他安排了當天稍晚的搬遷服務。

我說服他再等等，多等一個星期也好，才能確定他是真的想同居，不是只在享用昂貴好酒和美味菲力牛排的一夜之後隨口說說。此外，我也說他打給搬家公司是有點興奮過頭了，因為我半點行李都還沒打包。

「如果妳沒有真的想搬來跟我住，妳會告訴我的，對吧？」萊恩站在浴室鏡子前，繫上深藍與灰色條紋的領帶，試圖表現得好像只是問了我隨便一件無關緊要的事。他扁著嘴，這模樣我先前在他無法稱心如意時也看到過。

我跳坐上浴室台面，沿著白色大理石表面往下滑一點，直到自己坐的位置就在他正前方。他的視線越過我的肩膀，彷彿還在從鏡子裡看著打領結的進度。他今天早上真是有點幼稚。

他的長相我已熟記於心，但我還是每有機會就仔細端詳，留意任何我可能忽略的細節。他的長相有著經典的魅力。他的黑髮濃密，長度太長的時候髮尾容易捲起，就像現在這樣。他的藍眼令人驚豔，鬍子雖然剛刮過，但我知道我今晚見到他時，他的下巴又會帶點灰影，新長出的鬍根摩擦著我的脖子，會讓我直起雞皮疙瘩。

我輕推開他的手，幫他把領結繫好。「我當然想搬過來。你怎麼會問這個？」

萊恩低頭看領帶，把它理平，即使它早已平平整整，但他需要找點事做。他今天早上沒有觸碰過我，也幾乎不看我。對，超幼稚的。

他沒有回答，於是我補充道：「你改變心意了嗎？我知道你覺得我在逃避打包，但是我已經空下今天一整天來處理了，二手慈善商店會來把我不需要的東西都收走。但我還是可以打給他們取消……」

他的眼神和雙手終於停在我身上。「是，我還是想要妳住在這裡。我不知道妳今天的計畫是這樣，但妳挑了個我沒辦法幫忙的日子。我今天忙翻了。」

今天是週四，他會在八十公里外的東德州辦公室待上一整天，每個週四皆然。

「我知道，這個時間點很爛。但是只有今天我可以排開工作，二手店也只有今天下午能派貨車來。我的東西不多，所以就算只有我自己處理，也不會弄太久。」

他的手按按我的身側，身體往前傾，吻了我的嘴唇。他早已不再扁著嘴，我把雙腳勾在他的腿後，將他拉近。

「也許我可以請病假。不管怎麼說，我是老闆，現在正是我濫用職權的好機會。」他笑了一聲說。

我在親吻之間的空檔輕聲發笑。「把病假留給比搬家打包更好的時機吧。而且說真的，因為我的東西幾乎都要送走，也沒有那麼多好打包的，」我望過門，看向房間。「我的東西沒有你那麼好，所以也沒有理由要留。」

他的手摸到我臉上。「我跟妳說，不管妳想要帶什麼東西來，我們都會找出空間放。妳不用把家當丟掉。」

我咬著下唇說：「我跟你保證，你絕對不會想把我那張二手醜沙發放在你家客廳。」

「我怎麼知道我會不會想把妳的二手醜沙發放在我家客廳？妳又沒讓我看過。」我轉開視線，試圖繞過這個有如地雷的話題，但他的手指把我的下巴轉回來，使我們四目相對。「妳不用怕丟臉。」

「對，我就是會怕，」我說著迎視他的目光。然後我迅速傾向前吻他，免得他又扁起嘴來。「等星期六，我們跟搬家公司在這裡碰頭的時候，你就會看到了。星期天我們就來找空間放我的東西。把你的病假留到下星期一再請吧。到了星期一，我們一定會累癱，需要窩在家來個睡衣日。睡衣可穿可不穿。」

他將額頭與我相靠，露出富有感染力的笑容。「是約會呢。」他最後再匆匆吻我一下，然後從我身旁推離，慢慢走出浴室。

萊恩的Tahoe休旅車開出私人車道過後二十分鐘，我也一樣開著我車齡十年的4Runner出去。佛賓湖鎮是路易斯安納州北部一個中型的城鎮，以肥沃的良田和豐富的天然氣儲量聞名。這一帶有錢人很多，但都是低調的類型。從萊恩家前往湖景公寓社區需要十五分鐘，據我所見，那地方和鎮名所指的湖根本遠得很。

我停車在二〇三號公寓專屬的空位，怠速中的二手店貨車就在旁邊。

「你提早到了，帕特。」我和貨車司機雙雙下車時，我對他說。

他點點頭。「我們出第一趟車花的時間沒有預期那麼久。妳是哪一間？」

帕特跟著我上樓梯，他的助手則打開巨大的貨斗後門。我停在門前，從包包裡掏出鑰匙。

「就是這。」

他再次點頭，轉身下樓。我試了兩次才弄開因為久未使用而難以鬆動的門栓。就在我轉動門把的同時，我聽到金屬推車碰撞樓梯的咚咚聲。

我撐著門，帕特和助手吃力地讓推車通過狹窄的門框。

「妳想放哪？」他問。

我環視空蕩的公寓，說：「放在房間中間就可以了。」

我看著第一落箱子，每箱都裝滿了我過去四天挑選的商品。帕特幫我把這些東西存放在貨車裡，等到我準備好讓他載來。這些是我週六要搬到萊恩家的東西，我會聲稱我已經用了它們好幾年，而非短短幾天。

所有的箱子分成兩趟才全部搬上樓。我從後口袋拿出五張二十元鈔交給帕特。這不是二手慈善商店的服務範圍，但是看在一疊鈔票的份上，他很樂意幫個忙。

他們就要走出門的時候，我問道：「啊，你們有多帶紙箱來嗎？」

帕特聳聳肩，轉頭看他的助手，助手說：「有啊，在貨車後面。要拿上來嗎？」

就算他們覺得奇怪，也都沒有表現出來。「不用。你可以放在我車子前面的人行道就好。」

我跟著他們走回外面去。他們把一疊鋪平的紙箱下貨時，我走到我的車後，從載貨區取出一個黑色小包包。他們爬回車上的同時，我再次向他們道謝。現在只剩幾件事要處理了。

公寓的格局很簡單。前門打開就對著一間小客廳，還有靠著後牆的廚房，一道窄走廊通向浴室和房間。駝色地毯接著駝色油氈地，再連到駝色牆壁。

我在廚房那區拉開黑色包包的拉鏈，拿出四份附近餐館的菜單、三張從CVS藥妝店自助機器印出的我和萊恩的合照，以及七個磁鐵，把它們固定在冰箱上。然後，我抓出若干瓶調味料，把每瓶一半的分量在水槽倒掉，然後排放進冰箱門內側。我帶著黑色包包移動到浴室，拿出洗髮精和潤髮乳，跟調味料一樣倒掉一半，然後把瓶子放在浴缸邊緣。我拆開一塊沐浴皂的包裝，放在洗手台進水孔上方，打開水龍頭，每隔幾分鐘就轉動一下肥皂，直到上面的商標消失、邊角變得圓鈍，然後將它放進淋浴間牆上內嵌的小空格。最後輪到牙膏，我從底端開始擠，擠掉一部分，但在洗手台邊緣滴了一兩點，就像我在萊恩家時的習慣，儘管我知道他不會為此大驚小怪。我把牙膏丟在水龍頭旁的台面上，管蓋也沒蓋回去。

最後一步是房間。我拿出包包裡僅剩的物品，也就是一堆鐵線和塑膠衣架，掛到空空如也的金屬掛衣桿上。回到小客廳裡，我把原本整齊一堆的紙箱滿地亂放，挑出兩個箱子，一個裝了書，一個裝了若干只舊香水瓶，然後拆開紙箱。書的那箱很容易處理，只花了一分鐘左右，我就在箱子旁邊堆了幾疊書，看上去像是我還沒有把它們裝箱。

香水瓶就多花了點時間。我把箱子搬到小廚房的流理台，拆開最上層四只瓶子的包裝，放到美耐板台面上。窗外的光線以恰好的角度照射瓶身，薄薄的彩色玻璃猶如稜鏡，在寒酸的室內折射出藍、紫、粉紅和綠色的光芒。

在我這週的眾多購物行程中，買香水瓶是最費事、但也出乎意料最好玩的一部分。真的只是純粹出於偶然，我甚至還得上網搜尋做功課，但我無意中看到萊恩被標註在一則臉書貼文裡，我就明白香水瓶是我必須「蒐集」的東西。他去年送了一只瓶子給他母親當生日禮物，是個裝飾藝術風格的作品，球形的蝕刻玻璃以白銀包覆，裝飾著鏡面小方塊，看起來活脫脫就是《大亨小傳》中的蓋茲比會送給黛西的禮物。那東西美極了，從她的滿面笑容看來，她真是愛不釋手。

如果我要做個會蒐集東西的女生，肯定就是該蒐集這個。

我最後一次環顧室內。一切看起來都恰是我希望的樣子，像是我已經打包完畢，只剩下來不及收拾的幾件物品等著整理。

「有人在嗎？」門口有個聲音說，我轉過身來。說話的女人是這個社區管理辦公室的員工，我就是在週一下午跟她租了這間公寓。

她走進室內，看著地上的一片混亂。「我從禮拜一之後就沒看到這裡有半個人，擔心了起來。」

我手插口袋，往後靠在廚房流理台旁的牆上，腳踝前後交錯。我的動作緩慢但經過算計。她來這裡看我的狀況才令我擔心，到了星期六、萊恩來幫我搬出去時，她也會同樣覺得有必要來關切。我當初挑了個鄰居互不相識的地方，房租包含水電費，可以按週出租。我就只需要租一週。

我租了間不附家具的公寓，一定引起了她的好奇。一般而言，如果租客都費了工夫把家具搬進來，多半都會打算在這裡住超過七天。但我不想要萊恩以為我過著連沙發都沒有的不穩定生活，所以附家具的公寓不在我考慮的範圍內。現在已經是租期的第四天，屋內還是沒有我居住的跡象，除了技巧性地放置在地上的八個紙箱。

她的手掃過離她最近的紙箱頂端，眼神打量著流理台上的香水瓶。我懂她這種類型的人。她化著濃妝，衣服是緊身的，曾幾何時她也許是旁人眼中的美女，但是歲月不饒人。她把周遭發生的一切看進眼底。這裡是那種會被租來作為非法用途的地方，全歸她統治管轄，她隨時留意有無能夠供她利用的狀況。現在，她一路穿過停車場走到我的公寓裡，就是因為她知道我在搞些什麼勾當，但是還想不到該怎麼拿這一點來找我的麻煩。

「只是想來關心妳有沒有安頓下來了。」她說。

「有。」我回答，然後瞄了眼她別在低胸上衣的名牌。「莎娜，妳的關心是多餘的，而且不請自來。」

她的背部僵硬一下。我粗魯的語氣和輕鬆的姿勢正好相反。她走進門的時候還以為自己對局面完全掌控，有一定程度的理解，但我讓她吃了敗仗。

「我仍然可以預計這間公寓會在週日下午五點前清空、鑰匙會歸還，對嗎？」她問。

「那我也可以預計接下來不會有突襲訪視嗎？」我回答，往門的方向撇了一下頭，對她露出小小的笑容。

她咂了咂舌頭，轉身離開。我用盡渾身力氣，才阻止自己隨即在她背後把門鎖上。但我在這裡就快要大功告成了，此外在今天下午五點半、萊恩駛越路易斯安那州州界以前，我還有不少事情得要辦。

3

萊恩的祖父三年前過世，只比老妻晚走一年，他留給了萊恩這間房子，連同裡面的每一件家具，廚櫃裡的每一個碗盤，牆上的每一張照片。噢，此外還有很豐厚的一筆現金。

根據萊恩的描述，他某天過來探望，就發現祖父在睡夢中安詳地死去了。一個星期過後，萊恩搬了進來，帶的行李就只有衣服、盥洗用品，和一張放在臥室的新床墊。萊恩可能的確找得出空間放一張二手的醜沙發……假如我真的有那種東西的話。

他住的街道兩旁植有高大的橡樹，每一吋人行道都在枝葉的遮蔭下。鄰居的年紀都比較大、早已成家立業，總愛跟我說他們是怎麼打從這個「可愛小男生」還是小寶寶時就看著他長大。這間房子是你終於奮鬥成功時會住的那種，當你已經生了兩個小孩，付不出帳單的沉重恐懼感也減輕了，不再令你窒息。

但這房子對萊恩而言空間太大，有兩層樓，以及寬敞的門廊和大後院，屋子主體是白色，配上暗綠色窗扇，花床精心打理，一道磚鋪成的小徑通往前門。若是要從頭走到尾、看過每個房間，得花上好幾分鐘——房子大到如果你在主臥室裡，會聽不見有人從車庫門進屋的聲音。

我倒車進入車庫車道，以縮短需要搬運紙箱的路程。我按開後車廂門時，才發現左方是萊恩的鄰居，班與瑪姬．羅傑斯，他們在自家前門廊上看著我。真是準時。他們的晨間散步正好搭上我們出門上班的時間，我們過了一整天回來時，他們則已經在門廊上喝晚間雞尾酒。但整條街上普遍都是這個氛圍，畢竟大部分住戶都是退休人士，或是離退休不遠。

我從後車廂搬出第一個箱子，羅傑斯太太的目光追蹤著我的動作。我如今不再只是來過夜的客人，這個清楚的跡象即將在明天早上他們散步串門子時傳遍整條街。羅傑斯夫婦可是把守望相助的精神發揮到全新的層次。

我一箱接一箱搬，他們在一旁擔任沉默的觀眾。就在我取出最後一個箱子時，萊恩正好開進車道。他一下車就小跑步過來，接過我手上的箱子。

「來，這給我搬吧。」他說。

我踮起腳吻他，因為中間隔著紙箱，我們全身只有嘴唇能夠相觸。

我們進屋之前，他向羅傑斯夫婦打了招呼。「晚安！」

羅傑斯太太站起來，走到門廊外緣，在不跌進她家杜鵑花叢的前提下盡可能靠近我們這邊。

「你們好像很忙啊！」她喊聲回應。

他臂彎裡搬滿了東西，只好朝我的方向點了一下頭。「伊薇要搬進來了。」他的咧嘴燦笑讓我全身微微一顫，臉上忍不住也綻開同樣燦爛的笑容。

羅傑森太太對她先生投去一個表示「早就跟你說吧」的眼神，她的懷疑得到了證實。「噢，這樣啊，我想你們年輕人現在都把幾個重要的步驟跳過嘍。」她悶笑一聲來軟化語氣中的尖銳。

萊恩沒有退縮。「我們的步驟順序可能不太一樣，但該有的一定都會有。」

我還來不及忍住，唇間就逸出一聲驚喘；我叫自己不要把他們開玩笑的對話過度解讀。

羅傑斯先生來到門廊邊緣和太太一起。「那麼，我們要正式歡迎伊薇了！趕緊找個下午加入我們的雞尾酒會吧。」就算羅傑斯先生對最新的事態發展感到困擾，他也隱藏得很好。

「我們很樂意。也許下週好了？」萊恩代表我們回答。

羅傑斯先生帶著真誠的笑容說：「我剛拿到一個新的威士忌煙燻器，等不及要用用看呢。」

萊恩笑了出來。「我也一陣子沒有喝到你的古典雞尾酒了，很期待呢。」然後他用肩膀輕輕碰了下我，要我往屋裡移動。

終於，我們進到屋內，萊恩把手上的箱子和其他箱子一起放在寬敞的後門門廳。

「我把衣服和鞋子帶來了。你今天都還好嗎？」

他聳聳肩。「漫長的一天。我寧可跟妳一起打包。」

萊恩對他週四的工作行程總是守口如瓶。儘管他早上開玩笑說要蹺班，但我們倆都知道他絕不會那樣做。

他週四做的是重要的工作。

他掃視著那堆紙箱。今天早上送貨員幫我留在人行道上的空箱，現在已裝滿了我真正擁有、要在這裡留用的寥寥幾樣物品。他勾起我凌亂的髮髻散出的一束髮絲，用手指繞著圈。「妳今天在妳的公寓完成了不少進度吧？」

我對他粲然一笑。「沒錯！我準備好週六等搬家貨車來了，但老實說，也許只用我們這兩台車就可以搬。我最後把家具全送人了，只剩下八到十箱左右的東西。」我說著踢了一下離我最近的箱子。

他的臉上掠過困惑和細細一絲難過。「伊薇。」他輕聲喚我的名字。「妳把家具全送人了啊？」

我的拇指拂過他的前額，抹去皺起的線條。「你住的房子裡，每一樣家具都對你深具意義。你是在這些東西的圍繞下長大的，它們也是你的一部分。我的東西就不一樣了，只有實用功能而已，讓我有個除了地板以外的地方可以坐，僅止於此。把它們送人沒什麼難的。」

我所談的家具並不是我今天送走的那些，但不管如何，我是真情流露。

萊恩從口袋拿出手機，打了通電話。我看著他，納悶著他有何打算。

「嗨，我是萊恩．桑納。有一位伊薇．波特小姐跟你們預約了週六下午，但我需要請你們取消。」

他用空著的手將我拉近，摟著靠在他身側。他聽對方說了些話，道了謝然後掛斷電話。

「我們去搬剩下的吧。現在開始所有的粗活都讓我來，我相信妳一定累壞了。給我五分鐘換個衣服。」

我張口要抗議，但他的唇封在我的嘴上，我要說的話消逝無蹤。他的這個吻久到讓我們都考慮要改變等一下的計畫，但他隨後抽開，衝出了房間。

「五分鐘！」他一面喊，一面消失在房子深處。

我往後靠著牆，看了看錶，六點三十分。湖景公寓的管理辦公室已經大門深鎖，櫃檯上班的女人也回家過夜了。

萊恩開著他的車跟我回到公寓。我很高興我沒有跟他在同一台車上，看到他發覺我們要去什麼地方的樣子，但是至少我對自己住處所感到的困窘顯得很真實。

他停車在我的車子旁，一眨眼就下了車。我開門之前，他已站在我的車旁。「妳應該早點告訴我說妳住在這裡的。」他環視停車場，彷彿要定位出他已知存在此地的某個危險來源。

我勾住他的皮帶環，將他拉近。「這正是我沒有告訴你的原因。」我將自己的右手移過去讓他用左手緊緊握住，拉著他走向樓梯。途中每一盞壞掉的燈泡他都注意到了。

門鎖這次比較好開了，第二扇門旋開的同時，萊恩推著我倆進門，把門在背後緊緊關上。他雙手扠腰，在公寓裡踱步。我不得不承認，我喜歡他像猛獸般巡行室內的樣子，還有他全身散發出的本能保護欲，雖然陌生卻也令人喜聞樂見。

我在書堆旁邊坐下來，開始把書放進我留在不遠處的空紙箱。「我忘了還有幾樣沒打包的。」

萊恩移動到流理台旁，拿起離他最近的一個香水瓶，舉起來從上看到下，然後也同樣看了排放在旁邊的另外三只瓶子。「妳有在蒐集這個嗎？」

我對他露出燦爛笑容。「對啊！」我接著要開始告訴他，我蒐集香水瓶是因為它們讓我想起我的祖母，但這個謊言到了我舌尖就無疾而終。我改口說：「我有一次看到照片，以前都不知道它們有多美……有這麼多不同的樣子。我看了就念念不忘，才開始蒐集。我最愛的是紫色那個。」謊言最好盡可能接近實情，而且愈簡短愈好，但這股感覺並不那麼單純。我不想要在沒有必要的時候對他說謊。

他沒有提到他母親也有蒐集香水瓶的興趣，沒有提到我和她有這層共通點，我也不會深究他不讓我知道這一點帶給我什麼感覺。萊恩放下瓶子，著手打開廚房的抽屜，再往冰箱瞧瞧。他拿下其中一張我們的合照來細看。那是一張我們認識不久後拍的自拍。當時天氣很冷，我們都裹得緊緊的縮在他家後院裡一個小火堆前。我帶了烤棉花糖夾心餅乾的材料過去，我們臉上都沾了棉花糖和巧克力。照片中的我坐在他腿上，我們倆都咧嘴開懷而笑。

「那真是美好的一晚。」他說。

「真的。」我回答。那是我第一次在他家過夜，第一次睡在他的床上。他依然盯著照片，我忍不住好奇他回想起那晚的時候心中有什麼感受。

終於，他把照片和菜單全都拿下來，在流理台上放成一疊，然後打開冰箱。「裡面還有一些東西喔。」他喊道。

「糟糕！我還以為我清完了。你可以把裡面那些清到垃圾桶就好嗎？」

我聽到他把冰箱裡的容器集中起來，打開水槽下放著垃圾桶的櫥門。他把容器丟在幾個外賣餐盒和其他一些我在戶外垃圾箱找到的東西上。他把垃圾桶拿出來，說：「還有什麼需要丟的嗎，我要拿去倒了？」

我皺著眉思考。「有，浴室裡可能也有幾樣東西要丟。」

他跟著我通過走廊走進浴室。我從淋浴間拿出磨耗的香皂，丟進垃圾桶。我再拿起洗髮精和潤髮乳，掂掂重量，像是要判斷剩餘的量是否值得保留，然後把它們也扔了。

萊恩在到處翻遍抽屜和櫥櫃，檢查每個空間。他做得比我預期的還要徹底。

當我們回到客餐廳，他往我當天稍早裝滿的幾個箱子裡看了看。但他不只是隨便看看，幾乎像是在刻意尋找什麼東西。

他翻過了三個箱子之後，我問他：「你在找什麼嗎？」

他抬起頭，跟我對上視線。一抹小小的微笑把他的酒窩擠了出來。「只是想從各方面了解妳。」

這話是每個女生都想聽到的，但是聽起來充滿了重量，沉甸甸的。我好奇他挑選用字的時候是否和我一樣小心翼翼。

4

上週有許多因素——購物、打包、搬家——導致我沒有造訪這個地方，但我已經拖得夠久了。現在距離打烊還剩十五分鐘，雖然我在營業時間結束之後輸入號碼一樣可以進來，但我不想留下紀錄。

我穿著黑色內搭褲、T恤和慢跑鞋，經過的每三個女人就有一個跟我穿得一樣。我將黑色長髮紮成低髮髻，塞在棒球帽後面的扣帶下。我的頭垂向左下角，以確保角落的監視器不會拍到我的清楚樣貌。有好幾個人在排隊等下一個櫃員服務，隊伍中有個吃力地拿著一落小箱子的女人，左右移動平衡了一會兒之後，還是把箱子全弄倒在地上。排在她前面的兩個人彎腰幫她撿回包裹，同時嘗試保護好自己的物品。我繞過那一片混亂，移動到店鋪後方，一個個信箱靠牆排列之處。

在左下角，一四二八號信箱。

這些信箱是用密碼鎖而非鑰匙，於是我用食指中段的指節按下了六位數密碼。信箱門解鎖了，但沒有開到最大。我仍然用右手的指節動作，把門推開。

我拿出夾在內搭褲褲腰的小信封，遲疑了一兩秒，然後將它丟進空蕩的信箱。

我用力甩上門，重新輸入密碼上鎖，離開店內的速度和進來時一樣快。

5

我和那幾個女生的午餐約會要遲到了。過去幾天，莎拉和我都在互傳訊息，想商量出一個大家都有空的日子。若是直接把我加進她們的群組可以省下不少時間，但僅僅一次晚餐聚會的相處還不足以讓我收到群組邀請。

她們想約在一間禮品店後面的小咖啡廳，店裡販售的商品包括手工珠寶、嬰兒連身衣和高級皮膚保養品。這裡每一桌坐的人，從商店走到用餐區途中經過的每一個顧客，她們都認識。

儘管我可能願意讓這些被萊恩視為朋友的女生把我審問一番，但是我可不要對其他人敞開心房。現在還不行。除非我能確定我對他們的了解遠超過他們對我所知。

於是，我們約在離我工作地點不遠的一間小餐廳。認識萊恩之後才一個禮拜左右，他就推著我找了份新工作，那份新工作可以讓他被朋友問起我在哪上班時不需猶豫如何作答。我在市中心一間小藝廊擔任活動協調助理。工作內容很簡單，而由於頂頭上司沃克先生是萊恩的客戶，我也跳過了繳交三封推薦信和過往工作經驗的步驟。

貝絲、艾莉森和莎拉已經入座，伴著一個先前沒有出席晚餐聚會的女生，但我看過照片而認出她也是那個緊密小團體的一員。

我走近的同時，在人行道上透過窗戶看著她們。

這裡的性質比較接近平價餐館，裡面其他客人大多穿著商務套裝，或是法院員工被迫穿的聚酯纖維制服。那幾個女生很不自在，從她們在小空間裡瞄來瞄去的樣子，我知道她們正在尋思自己怎麼會跑到這種地方來，這裡炸鍋的油煙味會燻進她們的頭髮、衣服、皮膚，一整天都甩不掉。她們一吃完飯，絕不會在這地方多留一秒。

莎拉看到我時站起身來，示意我過去加入她們。四個女生都利用我走到室內另一頭的時間打量我的外表。她們的眼神從我亮藍色長裙側邊開的高衩，轉向幾乎遮不住淺藍色胸罩的薄透白T恤，再到我走路時叮噹作響的一串串手鍊。我稍早花了點時間決定要以什麼模樣在她們面前亮相——是想要低調融入，還是敢於與眾不同。

今天的我肯定非常搶眼。

「嗨，伊薇，真高興又見到妳，」她在坐回原位之前說，並用手勢比向桌旁的其他女生。「妳還記得貝絲和艾莉森吧。」

「當然。」我一面回答，一面向她們點頭。

「這位是瑞秋．莫瑞。瑞秋，這位是伊薇．波特。」

桌子對面的瑞秋舉起手小小揮了一下。「嗨，很高興認識妳，伊薇。我聽說了好多關於妳的事。」

我想也是。「也很高興認識妳。」

說來有點尷尬，因為我們先前沒見到面的原因是萊恩沒有邀她來晚餐，但那是他的決定。他來回猶豫過，但最後決定把她排除在名單外，因為照他的說法，她有時候「他媽的超會把人逼瘋」。此外，她是單身，會讓座位安排湊不成數。

正當我把包包放在椅子旁的地面，新訊息的震動傳來。我匆匆瞄一眼，看到是萊恩傳的：

「午餐愉快，但別聽她們的瞎話。吃完再打給我。」

我咬著嘴唇藏住笑意。

「謝謝妳們來這裡找我。我的午休時間沒有很長。」我說著拿起了夾在糖罐和蕃茄醬中間的護貝菜單。

莎拉抓了一張菜單說：「沒問題。我們沒來過市中心這裡，挺好玩的。」其他三個人可能使盡渾身解數才忍住沒有翻白眼。這裡不是她們的地盤，完全不是。

「好喔，那麼星期六的賽馬派對前，大夥兒來我們家喝一杯吧。」貝絲說。

我已經在萊恩的冰箱上看那份邀請看了兩週。雖然我們離肯塔基州遠得很，但我們受邀參加賽馬觀賞派對，在鎮外的一家馬場，將供應薄荷朱利普調酒和熱布朗三明治。邀請函上說歡迎戴帽子出席，愈大頂愈好。

這群人試圖把我拉進她們的閒聊作為示好，但是我顯然不認識她們提到的人名、地點和事件，所以我沒有參與，而是從旁觀察，觀察她們互動的方式、她們的舉止，還有她們的用字遣詞。她們以為這頓午餐的目的是讓她們摸清我，但是在這段時間內，我的收穫會比她們更多。

我們點了餐——每個人都點了水和沙拉——之後，四個女生都往前靠了一點，我全副武裝迎接即將來臨的挑戰。

毫不意外，首先發言的是瑞秋。「好吧，既然我錯過了前幾天的晚餐，幫我惡補一下吧！跟我說說妳的事。」

我往後靠著椅背，想要盡可能和她們保持距離。我說：「其實也沒有什麼好說的。」她們期望我繼續說，至少提個兩三件小事，但她們可別想這麼輕鬆。

莎拉摸了摸水杯、餐巾和手機。「她是阿拉巴馬州人。」她看著瑞秋說，代替我回答。莎拉就是希望大家都相處融洽的那種女生。她可能還會在自己的婚禮上選用淡粉紅色的玫瑰花，刻意挑跟她婆婆一樣的餐具花色。

「阿拉巴馬州的哪裡？」貝絲問。

「塔斯卡盧薩市外面。」我回答。

「妳是念阿拉巴馬州立大學嗎？」艾莉森如此問的同時，瑞秋決定更單刀直入一些。「妳家鄉那個鎮叫什麼名字？」

我看向艾莉森，決定先應付攻擊性比較低的問題。「念過一段時間。」

餐桌周圍無力的眼神讓我看到她們有多麼挫敗。

古早時候有句話是這麼說的：第一個謊是致勝關鍵。這指的不是那種不經大腦脫口而出的無心謊言，而是真正的瞞天大謊，影響重大、刻意為之。這種謊會為接下來的一切發展鋪路。這個謊一說出來，大部分人都會信以為真。這第一個謊必須是力道最強、重要性最高，一個非說不可的謊。

「我家鄉在布洛克伍鎮，其實也就只是塔斯卡盧薩市的郊區啦。我念阿拉巴馬州立大學念了兩年，但是沒畢業。我跟我爸媽幾年前遇上一場嚴重車禍，只有我活下來。我出院之後，發現自己需要改變，所以從此之後就搬來搬去。」

她們的表情立刻變了。這段話應該就此終結了她們的問題，因為繼續打探下去只會讓她們顯得人很差勁。

「妳爸媽的事真是令人遺憾。」莎拉說，她顯然是真心誠意的。

我點頭，咬了咬下唇，視線沒有和桌旁的任何人交會。我的肢體語言顯示，如果再被迫多談這個話題，我只差一步就要崩潰了。

瑞秋對我露出一個小小的微笑，彷彿能夠理解我的悲傷，其他三個人則不安地在座位上動來動去。她們原本期待的是問出某些八卦，也許有線索能讓她們挖得更深、揪出日後若有需要可以拿來對付我的把柄。但是她們發覺現在擺脫不掉我了，因為你怎麼能丟下一個可憐的小孤兒呢？

整張桌子一時之間悄然無聲，然後瑞秋無視尷尬的局面繼續搭話。

「那妳又是怎麼跑到佛賓湖鎮來的呢？」

我開始明白她為什麼他媽的超會把人逼瘋了。這是我最小心謹慎回答的問題。這個鎮不大，不是你會隨機選來安身立命的地方，除非你本來就有親戚朋友在這裡。

「在網路上看到一個徵人訊息，就來應徵，也錄取了，所以就搬過來。工作後來沒成，但是我來都來了，就想辦法待著。」

「是在哪裡的工作？」瑞秋問。

「在醫院。」我回答。

「噢，」瑞秋說。「哪個部門？」

「帳務部門。」我回答。

真的，我也要被逼瘋了。其他女生互相推來推去，想要對方出聲挽救這災難性的場面。

莎拉顯然已經受夠了這番一來一往，於是插話進來。「真無法想像妳之前遇到的是怎麼樣的難關。但我很高興妳和萊恩找到了彼此。」

餐點送來了，其他人開始用餐的同時，我獲得了一點喘息空間。瑞秋一直往我這邊偷看，想把我打量個清楚。祝她好運嘍。

過了幾分鐘，她用末端叉著蕃茄的叉子指向我。「看到萊恩這麼快就跟人認真交往，實在很意外。貝絲說妳已經搬進他家了。妳跟他才認識多久啊，兩個月嗎？」

我裝好人也裝夠了。

「瑞秋——」艾莉森耳語道。

我舉起一隻手，讓艾莉森知道我沒事。「我懂妳意思，真的。妳認識萊恩一輩子了，而我就這樣沒頭沒腦突然出現。」我的臉上綻開一抹微笑。「他有妳們這些如此關心他的朋友，真的很幸運。」我直勾勾看著瑞秋說。「不如妳就把妳真的想問的事問出來吧。我是不是為了他的錢？

說到底這就是妳真正的顧慮，不是嗎？我是不是在利用他？」

莎拉結結巴巴地說：「不、不、不是……」

但瑞秋說：「我擔心他是用小頭而不是大頭在思考。」

艾莉森用雙手捧住頭，顯然窘迫不堪，貝絲則翻著白眼說：「瑞秋，妳夠了。」現在，她們可能反倒慶幸她們不認識餐廳裡的其他人。

老實說，儘管瑞秋很煩人，但在這群人裡面我最欣賞她。

我往前靠，推開餐盤，將手臂放在桌上。她們也自動往前靠過來。

「妳們沒有理由要信任我，沒有理由要相信我是意圖良善的。但是妳們要相信妳們的朋友。我也許沒有辦法舒坦地把妳們想知道的一切都說出來，但我都跟他說了。我今天就只能告訴妳們這樣。」

事已至此，也沒剩太多話可講了。假如我的解讀沒錯，貝絲、莎拉和艾莉森都會回去跟她們的另一半分享瑞秋的行為有多麼丟人現眼，而不會對我接近萊恩的意圖表示任何擔憂。而既然瑞秋連晚餐聚會的邀約名單也排不上，我就不必太擔心她對萊恩的影響力。但最重要的是，現在沒有人問我是誰、從哪裡來。

第一個謊是致勝關鍵。

我們迅速用完餐，期間少有交談，幾乎是在比賽誰能最快離席。我站在人行道上，看著她們分頭走向不同的停車場，每個人都步伐堅定。

朋友一向最難搞定。我拿出手機，在Google搜尋了「伊薇．波特」和「阿拉巴馬州布洛克伍鎮」，我知道她們一上車獨處，一定也會立刻這麼做。搜尋結果的第一頁充滿了模糊其詞的文章，提到了那場意外，布洛克伍真正的鎮民對此事不太有記憶，但絕不會承認——怎麼樣沒心沒肝的人才會忘記鎮上兩名成員喪命的悲劇？文章上標註的日期是幾年前，但其實是在兩個月前才出現的。這些文章誕生的目的是為我的說詞增加可信度，解釋我為什麼不願意談論自己的過去。

我關掉手機，扔進包包裡，然後走了兩個街區回去上班。

6

萊恩靠在藝廊地下室小工作間敞開的門上。現在離吃完午餐還不到兩個小時，我很訝異消息這麼快就傳到他耳裡。

「我聽說午餐很精采。」他說話時的笑容我很熟悉，但眼神則不然。他今天的打扮是休閒風，牛仔褲可能從大學穿到現在，觸感柔軟的排釦襯衫沒有紮進褲頭。他這個造型很好看，讓他看起來輕鬆隨性，比實際歲數年輕。

我沒問他今早我們一起準備出門時他的西裝、領帶和完美髮型怎麼不見了，他也沒主動說。

「太精采了。」我回答，露出和他同樣的微笑。

我面前的桌上有七十五張座位卡，必須按照明天午餐會來賓預選的餐點標示顏色。他一屁股坐到我對面的椅子上，一隻腳滑過來碰著我，同時拿起兩張離他最近的座位卡。

「妳得把這兩個人隔開得愈遠愈好。」

我看向卡片上寫的名字。我已經得到指示說這兩個人坐同一桌可能會有問題，但我還是決定這樣安排。我看嘛，以「藝術蒐藏入門導論」為題的午餐會上，多點刺激場面也無妨。

「了解。」我回答。

他將卡片丟回桌上說：「我真意外妳吃完沒有打給我。」

我把椅子轉過來面對他。「我又不是應付不來。」

「但妳不該被迫應付那種事。」他的手向我伸來，然後把我拉到他腿上。我瞄向打開的門，希望沒有人會逮到我們這副模樣。我這份工作才開始兩週，每個人都知道我完全是看在萊恩的面子上才會錄取。

「這樣對我的形象可是有害無益。」我說，但同時還是蹭著更靠近他。

萊恩環抱住我，將我拉向他。他的手指沿著我薄透的T恤領口游移。「告訴妳，這真是讓我心癢得要死。」

我靠往他手中，他望向空蕩的走廊，確保沒有人來打擾我們，但是在他升起不安分的念頭之前，我就說：「我知道你這麼忙，跑來這裡不可能只是為了探我班。」我勾住他的手指，阻止他繼續探索。「是誰打了電話給你？」

我賭是莎拉打的。

「莎拉。她擔心妳現在會恨死她們。」他無聲一笑，然後表情變了，變得嚴肅起來。「想談談嗎？」他問。

我搖搖頭。「不。我不擔心她們怎麼想。」我扭過身看著他。「但我擔心你怎麼想。」

萊恩用一隻手耙梳過我的頭髮，將髮尾握在手裡，我的臉與他僅隔數吋。「我覺得妳很完美。」

「嗯，我覺得你也挺完美的。」我第一次不是為了達成自己的目的而說這些話。我第一次說得真心誠意。

在這種時刻，我會希望事態並非如此，希望這是我的真實人生，希望我最大的顧慮就只是我和他童年好友之間的小家子氣互鬥。我會希望我真的是個車子爆胎的女生，他是剛好路過幫助我的救星。我希望我們眼前真的有大好未來。

有太多事情他不知道。有太多事情我不能告訴他，永遠不會。

萊恩往旁邊細細看著我桌上的一團亂。「我想妳是不可能提前下班的嘍。」

「不行。我下班前得幫明天的活動準備完這些，確定每張餐桌都擺好。」我從他腿上離開，坐回我的椅子上。

他往前靠過來，彷彿無法容忍我們之間有太長的距離。

「來替我工作吧。這樣我們想多常提早下班都可以。」

萊恩先前就這樣提議過，但這是他第一次聽起來有認真的感覺。

我忙著把座位卡分堆。「一起工作的話太容易分心了。我們兩個都是。」我說話時輕輕笑了一聲，目光刻意緊盯著眼前的工作。

他的腳朝我纏了過來。「妳說得對。那樣我一件事也做不了，只會整天跟著妳轉，其他什麼也不管。」他說。

萊恩的手機傳來悶悶的震動聲，他聽了看一下是誰打的。他咕噥一聲，從椅子上站起來，挖出後口袋裡的手機。「等我一下。」他一面說一面走到走廊上接電話。

地下室很安靜，我不必太費力就能偷聽到他這一邊的對話。

「確認？」他問。過了片刻他又說：「一天就很夠了。把估價單寄過來，預定抵達時間是這週四上午十一點。」

週四。

「有什麼狀況嗎？」他問。他聽著電話那頭的某人說話時，肩膀僵硬起來。我已準備好迎接萊恩轉頭瞥視，他只會看見我的注意力全放在面前的座位表上。他接著移遠一步，聲音也壓低了。我聽不清內容，但他顯然很不開心，也直接表達出來。他只差沒有對著話筒咆哮了。我不曾見過他的這一面。

「去找出來。」他大聲說完就結束通話。

現在我可真想知道他搞丟了什麼。

「都還好嗎？」他將手機放進口袋，朝我走回來時，我這麼問道。

他閃開問題，甚至對我露出了帶酒窩的笑容。「還好，只是工作上的一個小問題。」他坐回我旁邊的椅子上。

我轉動椅子過去面對他。「我想，如果我替你工作，我就可以幫忙你處理那些問題了。」但他在處理的工作問題，並不是我接下他的差事之後會負責的。

他很緊繃，但還是盡量靠近我，手滑過來讓我握住。「但妳婉拒了，所以我想我只能靠自己嘍。」

我們都在繞圈子閃避我們不能說出口的事。

我對他的這些感覺正在牽引我走向一條我不能踏上的道路，所以我樂見這些小事提醒我記得他有事瞞著我，我也有事瞞著他。

「妳覺得妳這邊什麼時候會忙完？」他細語道，然後輕輕在我唇上一吻。

我退開一點點，只恰好有空間能開口回答他：「大概一個小時？你什麼時候下班？」

「差不多一樣時間。」萊恩最後又吻我一下，然後站起身來。快要走到門口時，他補了一句：「妳知道妳不管什麼事都可以告訴我，對吧？」

我點點頭，在座位上動了一下。「我知道。」

他盯著我看了幾秒，久到讓我心中非理性的部分覺得他能夠看穿我創造的亮麗表相。然後他又說：「就算是我的朋友表現得很混帳也可以告訴我。」

我微笑著說：「就算是這樣。別擔心，我沒那麼容易被嚇著。我們等一下家裡見。」

他又往手機看了一眼，然後眼神回到我身上。「聽來不錯。」

我目送他拐過轉角、消失在走廊上。

✦

座位卡弄完了。羅伯茲太太和蘇利文太太會隔著一號桌互瞪，我相信其他人也會直瞪著她們瞧。我其他的待辦事項都已打了勾，但打卡下班之前，我還得打一通電話。

響到第二聲時她就接了起來。

「嗨，瑞秋，」我說。「我是伊薇。能佔用妳一分鐘嗎？」

一片沉默，然後是：「行啊，有何貴事？」

我往後靠著椅背，看了看走廊上，確認四下無人。「我們的初次互動不太順利，我不喜歡這樣。」我說完等了幾秒，然後補充道：「如果我們能嘗試從頭來過就太好了。」

她默不作聲，接著我聽到輕輕的笑聲。「我得承認，我接到了這麼多針對今天午餐的電話，但妳這一通我真沒預料到。」

萊恩一定打過電話給她了，而她並不意外。現在我挺好奇他跟她說了什麼。

「情況演變成這樣，我也有責任，」我說。「對我而言，要談起過去真的太難了。」

「不，是我不應該逼得那麼緊，那樣很**沒同理心**。」她講到「沒同理心」這個詞的方式，就好像那是她在稍早對話中主要被抨擊的罪狀。

「來個停戰協議？」我問。

「當然好，停戰吧。」她簡短地回答。

我發出一聲如釋重負的嘆息，我確定她一定聽得到。「太好了！嗯，那我們就週六賽馬派對上見嘍。」

「萬分期待。」瑞秋說完掛斷了電話。

我面帶微笑將手機丟回包包裡。

瑞秋或許正在椅子上往後一靠，腦中重播著我們的對話，同時從她的小辦公室窗戶向外望；跟她隔著三扇門處有一個人人覬覦的角落空間，我相信她在踏進那間全鎮最優秀的法律事務所的第一天，一定也從走廊上偷看過——那是保留給公司合夥人的辦公室。她念法學院放假時，週間也是在這同一間事務所實習，週末則跟一個初階合夥人亂搞。也是這同一間事務所負責搞定萊恩需要的大小事。

她正在把我的故事抽絲剝繭，尋找我字字句句背後的真相。

而從我的研究看來，她對她這份工作非常得心應手。她覺得有些不對勁，正在判斷是否值得冒著失去萊恩這個朋友的風險來深入調查我的背景。

瑞秋這個人，我得更小心留意一點。

7

「真是搞笑。」我一面說一面看著車內遮陽板上的小鏡子，好對我帽簷上那一團蓬蓬的粉紅布料做最後調整。「我看起來的樣子真是搞笑。」

萊恩將休旅車轉彎開上一條長長的石子路，通過一道敞開的雕飾柵門，頂部的金屬字母寫著「隱丘農場」。他匆匆瞥了我一眼。「妳的帽子甚至還不會是全場最大頂的。」

「你確定？我真心覺得她們是在設計我。」我先前答應跟莎拉和貝絲去採購賽馬派對的行頭，她們向我堅稱這頂帽子正是我所需要的。「而且這太不公平了，我得整天把這玩意頂在頭上，你卻只穿了卡其褲和襯衫。」

「妳好看極了。一直都是。」他說著將我的手從帽子上拉離，湊近他的嘴唇，一一輕吻每隻手指。

同居讓萊恩的浪漫花招更上一層樓：單純碰觸、甜言蜜語、貼心動作，不遺餘力地博得我開心。他只要沒在工作，就都和我待在一起。片面聽到他和朋友的對話時，我聽得出他們在不爽我獨佔了他的時間。好女友會叫他還是要見見朋友，別和親近的人失去聯繫——但我不是什麼好女友。

「你朋友會不會氣我們閃掉會前會？」我在我們逐漸接近目的地時問道。

我們略過了貝絲和保羅家的小酒會，不是因為我無法忍受置身於瑞秋旁邊，而是萊恩無法忍受。他還沒原諒她在午餐那次的表現，到了這步田地，此事已經膨脹得遠遠超乎實情。她是逼問我，不是朝我臉上揍，但是在小鎮上、在朋友小圈圈之間，兩種狀況也沒什麼差別。萊恩心懷怨恨也是有道理的。

「我相信我會聽到一些抱怨，但沒事的。」

我們大概比他的朋友們都早到，這麼一來，觀察他會被哪些人吸引過去就很有意思了，因為他很少在參加這種場合時沒有死忠好友相陪。我們在泊車區停下來時，至少有一件事讓我很高興他說對了：我的帽子不是全場最大或最誇張的。但這也就代表我們全部人看起來都白痴透頂。

我們的第一站是吧檯。

「歡迎光臨隱丘農場。」原木吧檯後的一個女人出聲說。「能否讓我先請教兩位大名，再送上調酒？」

我覺得這個要求並不尋常，但萊恩毫無遲疑。「萊恩，還有伊薇。」

酒保點點頭，在吧檯後面彎下去忙。我得到片刻時間看一看排隊在我們後面的那個女人，她弄在帽子上的那匹塑膠馬，我很肯定是跟我小時候某一年的聖誕禮物一模一樣——芭比娃娃的愛駒之一，配有粉紅色馬鞍，鬃毛繫了蝴蝶結。

酒保重新冒出，開始幫我們調薄荷朱利普。我不確定是否有其他飲料的選項，因為她沒問過我們要喝什麼，但是看見倒得這麼豪氣的沃福波本威士忌，我就沒有怨言了。調好以後，她遞給我們一人一個銀色杯子。萊恩的杯子上刻著「R」，我的刻著「E」。

萊恩和我從吧檯邊走開，我還繼續研究著酒杯。「這也太浮誇了吧，」我說。「就是，如果我說我叫葵恩，她就會拿個上面有『Q』的杯子出來嗎？」

「我報名的時候，就告訴他們名字了。我家已經有一整套這東西，現在這是第六個。」

「好扯。」我在他發笑時低聲說。

我們穿過人群，萊恩幾乎跟經過的每個人都有說到話，向他們介紹我是他女朋友，手臂把我摟在他身側。

「啊，嗨，你們兩位！」

萊恩和我一轉身就看到他的鄰居羅傑斯太太朝我們走來。她拍了一下我的手臂，萊恩則得到一個大大的正面擁抱。她把他拉得這麼近，卻沒破壞頭上那頂帽子的精密平衡，這番能力真是令我驚奇。

「可真好玩不是嗎？」

「很好玩。」我回答。

過了一會，她就晃到別處去給更多人擁抱，萊恩則跟一位地方法官針對即將到來的選舉展開深度對話，於是我利用這個片刻看看周圍。這是個很美的地方，車道蜿蜒漫長，從房子裡看不見主要道路，也聽不見車聲，這場派對感覺就像隱匿在整個世界以外——正如同農場的名字。紅色的木造穀倉座落在丘頂，牧草地圍繞在四周往下坡延伸，像一片綠色的海洋，其中點綴著白色柵欄。穀倉的側邊有一面和電影院一樣大的銀幕，鋪著白桌巾的桌面也零星放著幾台較小的螢幕，都是用來播放賽馬實況。服務生端著銀色托盤裝的熱布朗三明治、小起司塊和迷你三明治，在人群間穿梭。

法官慢慢走開，一對情侶移近過來，萊恩吃了一驚。

「萊恩！」情侶中的男生一面說，一面伸臂摟住萊恩的脖子，把他緊緊抱過來。兩人熱情相擁，我則打量著對方的女伴。她身材高挑，跟我差不多高，留著淺棕色長髮。她很苗條，但是有肌肉，我無法不注意到我們的外表多麼相似。

萊恩從擁抱中脫開時，他的朋友朝我的方向伸出手。

「原來妳就是那個讓萊恩神魂顛倒的女孩子。」那個男的咧嘴笑著說。

萊恩轉過來對我說：「伊薇，這位是我的老朋友，詹姆斯．伯納。詹姆斯，這是我女朋友，伊薇．波特。」

我伸手過去，他熱情地握了握。詹姆斯又瘦又高，是那種拚命對抗藥癮酒癮的人會有的模樣。跡象在於他臉頰的空凹和眼下的黑影，雙手微微顫抖，衣服大了一點點。這一身可能是他為了今天的場合，特別從某個衣櫃深處挖出來的高級衣裝。他的女伴看起來比較好些，不只是穿著，也包括整個人的狀況。她穿著奶油色的無袖洋裝，長度到大腿一半，鞋子是昂貴的義大利貨，首飾造型簡單但經典。他們是很不搭調的一對。

「我不確定我有沒有讓他神魂顛倒，但我正在努力。」我打趣道。

詹姆斯轉向萊恩。「兄弟，我太為你高興了。」

萊恩和我交換了一個眼神。又不是說我們訂婚了，這麼熱切的恭賀感覺有點過頭。「謝了，」萊恩說著伸臂摟住我。我們都望著他身邊的那個女生，萊恩往她的方向點了一下頭。「幫我們跟你朋友介紹一下吧。」

詹姆斯趕緊轉過去，顯然因為忘了身邊站的人而備感困窘。「萊恩、伊薇，這位是璐卡．馬利諾。」

她的名字像電擊般竄過我的身軀。

「璐卡，」我小聲說，用舌頭玩味著這個名字。「真是少見的名字。」我發覺自己的話就和晚餐聚會時的貝絲如出一轍。

她露出微笑，翻了翻白眼。「我知道。我名字的典故是我祖父母出身的義大利小鎮。有兩個C。從來沒有人寫對過。」

我的眼神看向她手中的銀色杯子，字母「L」在她手指之間的位置清晰可見。

詹姆斯和萊恩開始討論他們在稍後的比賽裡要下注給誰，但我還是離不開那個女生。

「妳是本地人嗎？」我問。我突然之間嘴裡發乾，匆匆啜了一口飲料，但沒再多喝。

「不。我的家鄉在北卡羅萊納州的一個小鎮，就在格林斯伯勒上面。小得要命，妳絕對沒聽過的。」

「伊甸鎮。」我來不及阻止自己就脫口而出。

她稍微縮了一下。「呃，對……伊甸鎮。妳怎麼——」

「只是運氣好猜對。我大學的時候認識一個女生是那個地區的人。」

我得冷靜。我深吸一口氣閉住片刻，然後輕輕呼出氣流。再重複兩次之後我才感覺心跳開始放緩。

「妳還有家人在那裡嗎？」我感覺重心恢復之後就問道。

「沒有，」她皺著眉頭說。「我家只有我媽和我，但是我高中的時候她就過世了。乳癌。」

我先前就注意到我們的外表相似，但現在更是睜著雙眼把她大看特看。我看遍了她整個人，拿來和自己全身上下每一吋相較。我們的頭髮都是到背部一半長，帶著輕微的波浪捲度，但是她的髮色比我淺。也就是如果我沒有在搬到這裡時染髮的話會有的髮色。髮色相同；膚色相同。

她注意到我檢視的目光，自己也把我打量了一番。我感覺到她的注視，從我的雙腳看起，一路往上看到那頂大得可笑的帽子。她是否在驚訝我們長得多們相像？「妳去過伊甸鎮嗎？」她問。

「去過。我剛說的那個朋友帶過我們一群人去參加了一個什麼節慶。我想是叫作……新春慶？是這個對嗎？」

這是個測驗。她非被考倒不可的測驗。

她的臉上綻開一朵笑靨，眉毛挑了起來。「你們去的是秋河慶。都是辦在九月，跟我的生日差不多時間。我超喜歡！」

不，不，不，不。

我對她點點頭，然後轉過去找萊恩。他和詹姆斯談得正深入，但我還是插了話。

「嘿，我去找一下洗手間。一會就回來。」

他還沒有機會說話或幫我指路，我就走了。我穿著緊身黑洋裝和四吋高跟鞋，仍然步伐飛快，險些弄掉了上面刻著「E」、凝滿水珠的金屬杯。

專為這個場合運來的流動廁所高級得離譜，我走近過去時，差點跟一個女人撞了個滿懷。

「噢，妳沒事吧？」她一面問，一面伸手扶著我的手臂幫我站穩。

我點點頭，說不出話來。我輕輕甩開她的手，她和她先生交換了一個擔心的眼神，目送我走開。

我他媽的怕到不行，只能使盡全力控制自己，直到躲進隱私的廁所隔間。

一進去把門鎖上，我就背靠著門頹然倒地。

這下不好了，不好了，不好了。

來自北卡羅萊納伊甸鎮的人不是她——是我。

母親死於乳癌的不是她——是我。

名叫璐卡·馬利諾的不是她——是我。

璐卡．馬利諾

——十年前

我緩緩把窗戶一點一點推開。我今天下午試推的時候，只推到一半它就嘰嘎作響，所以我得想辦法在推到那個點之前停手。窗戶開到足以讓我擠身通過的寬度時，我就溜進去了。

腎上腺素暴增的效果從不令人失望。

我把背包往客房地板一丟，迅速脫掉黑色內搭褲，小心拉下連帽上衣，確保假髮髮網沒有移位，妝也沒花掉。我打開包包，拿出黑色亮片小洋裝套上，穿起來像手套一樣服貼，短到只要彎腰就可能會走光，恰好符合今晚的計畫。

接著輪到紅褐色的長假髮。我快速戴上，花了幾分鐘調整。我練習得夠熟，即使在黑暗中也知道有沒有戴對。再搭配上超高高跟鞋和黑色小手拿包，整體造型就完成了。

我把東西塞到床下，然後趕緊離開房間。

派對正是火力全開，從客房走到房子中央只有短短一小段路。室外有個樂團已經就位，大部分的餐點都以自助餐形式擺在餐廳，此外還有端來端去的起司焗牡蠣和迷你龍蝦捲，我稍早來的時候正好看到廚房在準備這兩道菜。我飢腸轆轆，但是經過托盤時沒有隨手抓一個吃。我可以等。

有個女人踉蹌撞上我，我不得不趁她害我們一起跌倒在地前抓住她。

「噢，親愛的，真抱歉！」她含糊說道，攀著我的手臂當作支撐。是惠丁頓太太，亦即惠丁頓先生的第二任、也是現任妻子。可不能把她跟第一任惠丁頓太太搞混了，第一任每逮到機會就愛說第二任的壞話。

「沒事。」我回應。

她上下看了看我。「真喜歡妳這件洋裝！是哪裡買的呢？」

「噢，是我們在維吉尼亞海灘度假的時候碰到的一間小服飾店。」我回答時，原本的口音完全消失不見。這比在黑暗中戴假髮更需要練習。

我等待她臉上掠過認出我的表情，但是這身衣服、假髮、修容和煙燻妝讓我沒有任何可堪辨認的部分。再說，也沒有人預期到在附近花店後台工作的窮女孩，會置身於上流社會的人群間，參加不出兩年就會分手的準新人的訂婚派對。老實說，他們倆要是真的能走上紅毯結成婚就已經算幸運了。

惠丁頓太太一站穩（在她目前狀況下盡可能地站穩），我就從她身邊走過。如果我從前門進來，可能會遇到麻煩，因為新郎新娘的父母站在那裡迎接每個客人，但是我已經在派對場內，就沒有人會盤問我。

我穿過開放式空間，到了大房間另一側的一條走廊上。我通常不需要露臉，但是這間房子的格局讓我別無選擇。外面樂團的位置恰恰就在主臥室窗戶的正前方，所以我一定得從內門穿過去。

我在走廊上的門口附近徘徊，這扇門會帶我進到奧別頓家的主臥套房。我手裡拿著手機，看起來的形象就是個在找僻靜處打電話的人。我到處張望，就是沒看手機，要估量出其他客人對我有多少興趣。我的另一隻手伸進手拿包，手指扣住裡面藏著的裝置。我做了個深呼吸，並按下小小的按鈕。

一聲巨大的爆裂聲讓所有人都轉頭看廚房的方向，我於是避人耳目地偷溜通過走廊。可能會有人去搜索爆裂聲的源頭，但是不會發現任何異狀。

房間裡是暗的，但我瞬間就找到套房浴室。我從手拿包取出一雙黑色手套戴上，接著打開內嵌式的梳妝台抽屜，尋找一個心形盒子，我知道它放在裡面。我找到了，然後翻揀起盒子的內容物，拿出一只海藍寶戒指、一對祖母綠耳環，和一條項鍊，上面有一顆不小的紫水晶，周圍有夾鑲的鑽石。真希望奧別頓太太上週戴來店裡的鑽石耳環和項墜也在，但我相信她現在還戴著。

我把這些寶物扔進包包，接著放了手套進去，然後循原路退出去。在這種時刻，害怕被逮住的恐懼感幾乎要令我窒息，但我勉力克服，拐過轉角回到主廳，彷彿原本就該待在那裡。

謝天謝地，完全沒有人注意我。我好整以暇地回到客房去，甚至還在途中駐足一下，抓了一個龍蝦捲。就跟我希望的一樣美味。

我一面扯下身上的洋裝，一面摸索藏在床底的後背包，再把高跟鞋也脫掉。不出幾秒，我就換回內搭褲和連帽上衣，溜出了窗外。

「媽媽，我回來了！」我一踏進我們家的推車就大聲喊道。才跨過門口，我拉長音的南方腔調便立刻回歸。

「嗨，寶貝！今天是誰贏了？」媽媽從臥室裡問道。

我的淺棕色頭髮從髮網下解放，臉上的化妝品也抹乾淨了，黑色連帽上衣換成一件有我高中校名和吉祥物的運動衫。

我拿著一個棕色紙袋，跨過起居空間到媽媽臥室之間的短短距離。我將紙袋放在她床邊的電視櫃上，然後窩到她身邊。

「我們輸了。但是比數很接近。」我說。

媽媽翻了翻紙袋，臉上亮起笑容。「噢，親愛的，妳實在太有心了。」

肉桂的香味飄散在房間裡，看到一份宵夜這麼簡單的東西也能帶來小小的幸福時刻，我心中的喜悅幾乎要爆開。「妳要多吃一點，媽媽。妳現在太瘦了。」

媽媽剝開烘焙坊的包裝紙，裡面又大又厚實的肉桂捲看起來就和香味一樣誘人。「是我最喜歡的呢。」她悄聲說。

「我知道。」我也悄聲回應。

她小口小口吃著，我從床邊桌上的一疊紙裡拿起正方形的一張，開始照她教我的方式摺。媽媽一邊吃一邊看我，我摺錯時她沒有糾正我，而是讓我自己發現哪裡錯了。

過了幾分鐘，一隻小小的白色摺紙天鵝在我手中成形。

「噢，這隻真漂亮。」她說，從我的手心拿起天鵝，和她床頭板架子上的一系列摺紙動物放在一起，其中有各式各樣、不同顏色和大小的動物，像哨兵一樣守護著她。媽媽的手一向很巧，可是不管她向我示範多少次，我還是只學會摺天鵝。

她把肉桂捲吃到一半就包了回去，放到床鋪旁的桌上。「剩下的我明天再吃。」她說，雖然我們都知道她不會再吃了。她吃了這麼多已經很令人驚喜。

「妳週末剩下的時間有什麼計畫呢？」她重新縮回床上時問道。

「我要去花店工作。明天晚上有場大婚禮。」

她的頭朝我轉過來，虛弱的手伸向我的臉。「妳花太多時間工作了。現在是妳高中最後一年，妳應該多跟朋友一起出去，多玩玩。」

我搖搖頭，嚥下喉嚨裡一股被哽住的感覺。「我可以兼顧。」我說了謊。我們就這樣睜一隻眼閉一隻眼過去了。

「妳申請的大學有消息了嗎？」媽媽問。

我搖頭。「還沒，但應該很快就會有了。」我無法告訴她我根本沒申請，因為我們付不起申請費；況且，即使我不願意承認，我今年秋天仍然被困在這個小鎮上時，她恐怕也看不到了。

「我知道他們都會搶著錄取妳，妳可以慢慢挑。」

我跟著點頭，但沒有說話。她接著靠近過來，握緊我的手。

「妳很快就會長大成人了。」她發出一聲笑聲，補上一句：「我在說什麼呢，妳早就已經長大了，忙著照顧我和其他那麼多事。我對妳有好多期望，璐卡，有一天妳會擁有自己的家、自己的家人。我想要妳擁有我們一直以來夢想中的那種房子。也許妳可以把房子蓋在湖邊那個高級的新住宅區。」

「我會有一個專門保留給妳的房間。」我補充道，配合著她的幻想。「我們會把房間漆成綠色，妳最喜歡的顏色，妳還可以買那種上面有頂篷床幔的床。我們可以在後院種個花園。」

她抬起手，將我臉前一綹散落的髮絲撥開塞到耳後。「我們要種蕃茄和小黃瓜。」

「還有紅蘿蔔。」

她的眼皮愈來愈重，我知道再過幾秒她就會沉回夢鄉，即便她可能已經睡了一整天。「當然，還有紅蘿蔔。妳的最愛。我會幫妳做紅蘿蔔蛋糕。」

她睡著了，我俯過去親吻她的臉頰，努力不要因為她皮膚冰冷的觸感而恐慌。我在她身上已經蓋著的棉被山再添了一條毯子，然後跨下床。

我直接走到推車前部的小房間，裡面只有一個大衣櫃，但是一走進門口就像踏進另一個世界。在身體遭受癌症折磨以前，媽媽每天都在這個房間的縫紉機和工作桌後面度過。北卡羅萊納州各處的母親都來請她訂做選美比賽和學校舞會的禮服，甚至偶爾有人替女兒訂婚紗。小時候，我會坐在媽媽腳邊，看著那些貌不驚人的女孩走進來，在她的巧手下脫胎換骨。就是在那個時刻，我了解到，只要有正確的髮型、服裝和配件，你就能搖身變成另一個人。

一面牆邊堆疊著一捲捲布料和緞帶，縫紉機後方的合板層架則放著幾個罐子，裡頭滿是羽毛、水鑽和各式各樣你想得到的裝飾品。

媽媽剛生病的時候，我接手幫她處理訂單。我打從有記憶以來就在這個房間裡當她的幫手，所以這不算太吃力。但是訂製禮服和飾品賺不到讓媽媽接受必要治療的錢，也付不起她服用的各種藥物。所以我只好發揮創意。

附近格林斯伯勒花店的徵人啟事正是我需要的解方。女客人最喜歡穿戴最高級的首飾光顧店裡，談論她們主辦的派對，還有貴客雲集的邀請名單。當然，她們還需要我們送花到府，確保一切布置妥當。

在派對前的忙亂中，要撬開窗戶、找一個無人留意的房間溜進去，是輕而易舉。關鍵的訣竅在於不要在我到場送花時拿走東西，那樣會引起太多疑心，聚焦在當天提早到場的一小群人身上。最好讓女主人先為派對盛裝打扮，在珠寶首飾中挑選出最好看的搭配，讓她記清楚派對開始前留在小珠寶盒裡的是哪些東西。

然後，等到房子裡湧入賓客、泊車員、服務生和酒保，沒人記得的花店女孩就有機會溜回來，拿走那些今晚沒有中選的珠寶。警察必然會問奧別頓太太最後一次看到那三樣首飾是什麼時候，她會說是在派對開始前，這麼一來花店的送貨員就會被排除在嫌疑名單外了。

我也了解到，另一個版本的我最好和真正的我分隔開來。璐卡・馬利諾是十七歲的高中生，靠著縫禮服、製作飾品來協助母親養家活口。花店的女孩有不同的髮型和妝容，喊她另一個名字的時候才回應。

我花了一些時間才將寶石從鑲台上拆下來，將金子丟進小坩堝。下週我會開著車往反方向跨過州界到維吉尼亞州，把寶石和金子脫手。只要從鑲台拆下，就絕對沒有人認得出來自己的寶石。

為了區區兩百美金要冒的風險太大了，但是我們每一分錢都不能放過。我學到要精準鎖定正確的目標。目標要有錢請得起專業花藝師為派對布置，會把自己擁有的幾件高級珠寶放心地擱在浴室抽屜，但是又沒有富到會裝設需要破解的保險箱或保全系統。

我小心處理，透過LED放大燈檢視每件珠寶，拆開每個鑲爪而不損及寶石需要慢工出細活。如果換成媽媽一定能在幾分鐘內就大功告成。嗯，也不盡然，如果她知道我拿她的工具來做什麼，肯定會打我屁股。好久以前我就決定，她如果不知情，就不會受傷。

我在午夜將至前完工。上床睡覺前我還有一份報告要寫，媽媽也得再吃一次藥。我把工具收起來，關掉燈，已經開始在想明天的婚禮。

8 現在

我花了十分鐘恢復自我控制。驚慌失措是個愚蠢的反應，我希望自己未來不會為此後悔。

我不應該當著她的面走掉。

我應該搞清楚她是否只對伊甸鎮和我人生中的普通事件有所了解，還是知道更深入的、只有寥寥幾個人可能告訴她的內情。

我應該多逼問她一點，在她的說詞中找到漏洞，一把鑿開。

我應該要預料到會有這種事。

我已經很久沒有被這樣攻其不備。

我走出廁所時，萊恩正掃視著人群尋找我的蹤影。他還在我離開時的原地，也許是覺得他待著別動會讓我比較容易找到他。

但是詹姆斯和那個女人已經消失無蹤。

我一走近，萊恩就把我拉過去，手臂環抱住我的腰。「妳還好嗎？」他問。「臉色看起來好蒼白。」

那個女人出現在這裡十分令人憂慮，不過我尚且不知道該憂慮的點是什麼。這種時候很容易妄下結論、推定此事和我的上一份任務有關，但如果不把其他各種可能也納入考慮，那可是失策。我過去十年來樹敵不少，但是信任的對象也同樣可能輕易背叛你。

我提醒自己：我只看事實。

點頭的同時，我清清喉嚨。「嗯，我很好。只是酒意一下子往腦袋衝。」

我的症狀有簡單的解方似乎讓他鬆了一口氣，他把我拉到自助餐桌邊，幫我裝了一大疊食物。萊恩找到一張有兩人空位的白色桌巾餐桌，把餐盤放在我倆中間。「如果妳吃些東西之後還是沒有感覺比較好，我們可以先走。」

但是如果沒有在那個女人身上多找到一個破綻，我絕不要走。我撥弄盤子裡的食物，小口咀嚼一個迷你三明治，萊恩則向經過的服務生示意請他們送瓶水來。

深呼吸。我得重新站起來。

「你和你那個朋友詹姆斯好像已經很久沒見了。」我說。

「對啊，老天，可能有兩年了。我們小時候感情很好。他念完大學之後沒有搬回來。」他皺起眉頭。「他過得不太好，說是因為他爸跌倒摔斷腿，他才回鎮上來。他好像會待一陣子，幫他媽媽一起照顧。」

「也許我們可以趁他在的時候邀他們來吃飯，讓你們兩個有機會聊聊。」

他聳聳肩。「是啊，也許可以。」

我想問那個女生的事，想知道他對她有何了解，在我逃去廁所之後他是否得知了什麼關於她的新資訊。但是這樣很不符合我的作風。我創造出的這一個「我」不會探人隱私，不會問不必要的問題，不會逼問關於他朋友和他們伴侶的私事。我需要讓詹姆斯與他的女伴在場的時刻被掩埋在今天的含糊印象之中，不會成為出格的記憶片段。

因為事情就是那麼容易出差錯。有人說，如果你想讓某一段時光的印象格外突顯、在你腦海中清晰鮮明，所需要的就只是在普通尋常的例行公事裡加入一項小小的變化。比如說，如果你是那種出遠門度假前會忘記自己有沒有鎖門的人，你就要把這個動作和其他每一次你隨隨便便的鎖門區分開來。很簡單，你只要先原地轉一圈再插鑰匙進鎖孔就成了。一個簡單的小動作就能讓記憶永遠烙印在你腦中，清晰到能夠不斷反覆重播。你會看到門，看到鑰匙轉動，看到你檢查門鎖時搖動的門把，你再也不必憑空猜想自己有沒有鎖門，因為你會清楚知道你有鎖。

我用不著讓萊恩事後分析回想這個時刻，納悶為什麼我對他的老朋友和那個來自北卡州的女人如此感興趣，為什麼我如此主動追著他們不放，要讓我們有更多時間和他們相處。我用不著讓這些問題產生跟鎖門前轉身相同的效果。

場內有很多人，但多數都是我們可以在派對結束前再度巧遇一下的。現在，我要利用時間考慮所有可能合理解釋這個狀況的假設情境。

「妳戴這頂帽子超美！」莎拉在走近我們這桌時尖聲說。

我把頭撇到另一側，帽子也隨之擺動。「妳的也是！」我熱情回應。

萊恩那群朋友中的其餘成員在她之後不久也湊了過來，看看他們迷濛的眼神和泛著粉紅的臉頰，我相信「派對前先喝一杯」的活動一定辦得頗為成功。

萊恩從桌旁站起來，握手搭肩地迎接他的密友們。就算他們對我們缺席會前會有意見，也沒表現出來。男生們在幾呎外湊成一個緊密的小圈圈，莎拉則坐到萊恩留下的空椅。貝絲和艾莉森從旁邊的餐桌旁拉椅子過來，但瑞秋還是站著，跟我們隔了幾呎遠。

艾莉森滑坐在椅子的邊緣，招手叫瑞秋過來。

「來這邊坐，我們可以一起擠這張。」

也許瑞秋是由於沒有座位而遲疑不前，但我覺得她是因為更想待在男生那一邊而左右為難。

所有人都坐下之後，貝絲往前湊說：「如果我戴著跟三個人撞款的帽子出場，我一定會氣死。」她指的一定是那款有孔雀羽毛從頂部突出、在後方延伸成拖尾幾乎著地的帽子。我已經看到三頂一樣的了。

莎拉拿著銀色杯子啜飲一口。「所以才要去瑪莎的店買。她會記錄每一頂售出的帽子，而且不做重複款。還有，她隔年也不會把一樣的帽子拿出來，以免有其他人也打算舊物利用。」她朝艾莉森點了點頭。「或是可以請花藝師幫妳做。」

艾莉森戴的與其說是帽子，更像是一張玫瑰花毯，看起來是用了真正的鮮花，就像奪冠的賽馬會披上的花毯。

我忍不住哼笑一聲。這些帽子還真是嚴肅的大事呢。從瑞秋搖頭翻白眼的樣子看來，在座似乎只有她也認為這場派對荒謬透頂。

她們繼續把現場每個人評析一番，我發覺到我可以利用這個場合。如果詹姆斯．伯納是萊恩的老朋友，那麼他跟她們就也是老朋友了。

我只需要一個起頭。

「噢！」艾莉森用尖細的聲音說。「妳們敢相信嗎，琴娜．吉伯恩竟然還有膽露面？」

「她在哪？」貝絲問。

艾莉森指向附近一個身材矮矮圓圓、戴了太多珠寶的金髮女子。她已經喝得爛醉。我稍早就注意到她從自助餐的等候隊伍離開，走向餐桌時搖搖晃晃的，差點被高跟鞋絆倒。

「我發誓我真的搞不懂男的，」莎拉說。「他們如果都要偷吃了，幹嘛要找個像琴娜那麼可悲的對象？」

一等她們猜測完琴娜的下一個受害者會是誰，我立刻說：「萊恩遇到一個他好幾年沒見的老朋友……詹姆斯．伯納。他見到他好像很興奮。」

四個女生都猛然轉頭看我。

「他有來？」貝絲問，因為我的消息太令她驚愕而有點闔不上嘴。

我點點頭，環視其他人，發現她們都呈現不同程度的震驚和疑惑狀態。只有瑞秋除外，這對她而言不是新聞。

「他跟一個女的一起來。」我沒有說出她的名字。我無法讓自己說出她的名字。我的名字。

艾莉森、貝絲和莎拉一齊轉頭掃視人群，希望能看到他們一眼，但瑞秋只看著我。

貝絲轉回來說：「不敢相信，他竟然出現在這裡。他一定是缺錢了。」

我像是一點也不缺時間似的，捧著杯子很慢地喝了一口才放下來，然後問：「為什麼這麼說？」我平常冷靜自制的外殼現在微微顫抖，彷彿隨時要碎成上百萬片。

「他是個麻煩人物，」艾莉森補充說明。「他賭博賭到差點害他爸媽破產。他們實在不應該出手救他這麼多次，但他們還是救了。過去這幾年沒人知道他跑到哪去。」

「他看起來怎樣？很慘嗎？」貝絲問。「我敢說一定很慘。老實說，我超震驚他還找得到約會對象。她一定也是亂七八糟。」

我沒說他的約會對象其實和亂七八糟一點也勾不上邊。

「我驚訝的是他還有膽跟萊恩說話。」莎拉說。

我盡可能用不經意的態度問：「為什麼？」

艾莉森代替她回答。「一年前，萊恩試著想要幫他一把，給他一份工作、幫他找地方住等等。詹姆斯把他搞得超慘。好像是偷了他的錢還什麼的。萊恩氣到不行。」

「是啊，但是我們都曉得，如果有人還會原諒他，那一定就是萊恩了。真好奇那個女的是誰？」莎拉把空杯子裡的冰塊搖得喀啦響。她要是再搖幾下，萊恩就得來把她帶離現場了。

我現在更加擔心了。詹姆斯的返鄉並不受歡迎，他和那個女人一起出現在這裡，則令我擔憂不已。我得考慮一個可能，就是那個冒用我名字和背景資料的女人，是藉著詹姆斯來接近我。

瑞秋默默不語。她的沉默讓我相信她其實能夠回答她們的所有問題。

✦

一個多小時前，不被看好的賽駒「蜜糖第一」贏了比賽，萊恩贏了一大筆錢，情緒無比高昂。我們在人群間繞了幾圈，但都沒有再遇到詹姆斯和那個女人。從女生群的對話聽來，她們也沒有看到他。我提起他和女伴的事，吊足了她們的胃口，她們現在恨不得能看到他們倆一眼。

萊恩靠近我，在耳畔低語：「妳知道嗎，花掉贏來的錢最好的方法，就是立刻去機場，一路飛到墨西哥某片海灘上。」

我轉過去面對萊恩，右手捲著他的領帶，將他拉近過來。「聽起來不錯喔。」我的話聲像貓咪的呼嚕，我往他再靠一步，和他從頭到腳都緊貼相觸。伊薇．波特擁有的東西很多，但是其中並不包括護照。萊恩已經將刻字的銀色杯子重新斟滿了好幾次，所以我不認為他的計畫有成真之虞——再說，他絕不會還沒做好工作上的安排就出發。但配合著他演出還是挺好玩的。而且更重要的是，像我這種女友對海灘假期肯定不會猶豫。

「我一直在幻想妳穿著上週拆封的那件粉紅色比基尼呢。」他彎下頭，直到將嘴唇貼在我的頸側。我們馬上就要得到眾人的注目禮了，因為這可不是那種能夠偷渡親密舉動的派對。

這是我第一次看到他喝得那麼多。他醉得很樂，還會毛手毛腳。他對我的情感全寫在俊美的臉龐上一覽無遺，在場所有人也都看見了。「我們不用去海邊，我也可以穿那件粉紅色比基尼給你看。」我迅速一看周圍，發現我們已經引來許多竊竊私語。我們維持了這個狀態幾分鐘，因為我今天的目標就是要鞏固我身為萊恩女朋友的地位，他整個人黏著我的樣子會成為大家的話題。

現在看起來詹姆斯和那個女人已經離場，那麼我也準備要走了。我愈快離開這裡，就能愈快想清楚目前的狀況。

「去叫泊車的把你的車牽來，我來開車回家吧。」我說著鬆開他的領帶，從他身邊退開。

萊恩靠過來吻我，我沒有抵擋。那是個悠緩而甜美的吻，勾起你更多的渴望。

更多的渴望是危險的。

我給自己三十秒，活在這個美夢成真的世界裡。在那裡，我的男朋友當眾對我示愛，沒有任何事物會阻止我們的關係無限期地發展下去，而我對於自己是誰、內心的動機是什麼都毫無疑問。

但是時限太快就到了。「大家都在看我們了。」我抵著他的嘴唇悄聲說。

萊恩的眼神緊隨著我。「好。」他拉著我走向泊車櫃檯，用空著的手在口袋裡搜尋小費零錢和取車券。他的朋友分散在派對場地的各處，我們沒費事去跟他們一一道別。

一坐上駕駛座，我就把高跟鞋和帽子往後座丟，然後把座椅往前調整。萊恩把他的座椅往後推，但空間還是剛好只夠他坐直。他閉上眼睛，開始跟隨音響播放的歌曲哼著旋律。

我喜歡看他這個樣子。普通的日子裡，他的發條上得很緊，如果工作上出了問題還會有點悶悶不樂，但現在他相當輕鬆、不受拘束。我心中某個討厭的部分讓我萌生了下一個念頭：趁他放下防備的時候，不知道能從他身上挖出什麼。我可以從他放鬆的雙唇間刺探出多少祕密？

他的手伸過我們之間的空間，手指與我交纏。

「璐卡，」他說，這單單一個名字就刺穿了我的肺臟，讓我難以呼吸。我放在方向盤上的手抓得死緊，唯有如此才能讓這輛車不至於飛出路面、掉進邊溝裡。

我的腦子還找不到任何話回應，他就說：「跟詹姆斯一起的那個女生。」他的眼睛仍然閉著，因此沒有見證到我無聲的歇斯底里反應。「妳去廁所之後，她說了些奇怪的話。」

幹。

幹、幹、幹。

我從鼻子深深吸氣，再從嘴巴緩慢而穩定地吐氣。

重複兩次。

「她說了什麼？」我希望我問話的語氣聽起來是無聊不感興趣的。

「他們走掉之前，她說詹姆斯希望和我恢復來往，但是她用一種不讓他聽到的方式說。她還說她也很想多認識妳。」

賤人。

「嗯哼，」我說。「為什麼這話很奇怪？」

「我們上一次見面的時候，關係很……緊張。我學到要對和詹姆斯有關的事都保持警覺。」

他嘀咕了一聲。「她倒是看起來人滿好的。對他而言太好了。」

我心中怒不可遏。我還是對她出現在此的原因不排除任何可能性，但是這絕對不會是什麼不可思議的巧合。

萊恩轉向側邊，臉頰靠著座椅，眼睛看著我。「我不會再救他了。別想。我受夠了。他現在是她要處理的問題了。」

我將我們互扣的雙手拉到我大腿上，輕輕按著。他一臉傻笑，我希望這整段對話到了明天就會變成一片模糊的印象。「嗯……你很喜歡那件比基尼對不對？」我鬆開手，但是讓他的手留在我的大腿上。

他精神一振，眼神從我的臉移向我的身體。我將他的手從我的洋裝裙襬下滑進去，拉著他的手指碰到我過膝長統襪的蕾絲滾邊。他的雙眼睜大，對於我藏在裙子底下的祕密訝異不已，但他絲毫沒有浪費時間，立刻勾住了固定長統襪的帶子。

現在已經沒有多少女人會穿長統襪了，我也認為這東西根本是地獄來的發明，但是我沒見過任何男人抵擋得了吊襪帶的誘惑。你永遠不知道什麼時候會需要保證有效的轉移注意力手段。

而現在我最需要的，就是確保萊恩事後回想這段返家的車程時，他腦中最清晰的記憶會和璐卡·馬利諾毫無關聯。

9 現在

我不喜歡在非營業時間跑來UPS快遞站，但是經過昨天的事，我非得跑這一趟不可。快遞站在週日上午不對外開放，所以我在鍵盤輸入密碼後進門，然後盡快走到店鋪後方。

雖然我盡量努力預測每個人的行為，不過，信箱裡會出現什麼東西卻是完全無從預料的。每次任務都各有不同，我的老闆用以管控任務進行——還有管控我——的唯一辦法，就是讓我被蒙在鼓裡愈久愈好。我只收到足以進行下一步的資訊，但是沒有能讓我搶先進度或扭轉局面的手段。

當然，從來也不會有人告訴我客戶是誰，原因就是，你知道的……管控。

我拿到的第一項資訊是地點。對於我即將被派去的那座小鎮，我把各種大小事都摸透了。

下一項資訊是任務目標的名字。

像我這種人非常幸運，任何東西只要讀過一次就過目不忘，印象牢牢鑿刻在腦海深處的角落。因此，我也能輕易回想起當時那張對我介紹萊恩這個人的打字紙張：

目標：萊恩・桑納

萊恩，現年三十歲的單身白人男性，住所位於路易斯安那州佛賓湖鎮白樺大道三七八號。他在二十二歲時畢業於路易斯安納州立大學，主修商學，輔系財金，畢業後六個月即通過證券經紀人執照考試，現職為財務規劃專員。

早年經歷：萊恩有一個差了三歲的姊姊娜塔莉。他的父親史考特・桑納在他十歲時因一場交通事故受傷過世。萊恩的母親，梅瑞迪絲・桑納（現改姓為梅瑞迪絲・唐納森）一年之內就改嫁了。萊恩和繼父處不來，於是在十二歲時搬去投靠他的奶奶和爺爺，英格麗和威廉・桑納。六年前，英格麗經過短暫的抗癌歷程後去世。一年後，威廉躺在自家床上過世，死因是腦部動脈瘤破裂，發現他的人正是萊恩。祖父母將房子和家具留給萊恩，流動資產則由萊恩和娜塔莉平分。

萊恩目前住在祖父母的房子，那裡對他而言猶如神聖的避難所，妳過去的時候可得特別小心。如果萊恩有充分的安全感，把妳帶回家，妳就成功了。

萊恩的交往史顯示他是異性戀。他維持最久的戀情是在他就讀路易斯安那州立大學的大二到大三期間，對象是一個叫作蔻特妮・班寧的女生。他們的感情在蔻特妮大四那年負笈義大利時結束。萊恩搬回佛賓湖鎮以後，和他高中時代的女友艾蜜莉亞・羅德奎茲舊情復燃，但是只維持了五個月。之後，萊恩的交往都不太認真，大多只是出於社交或工作場合有伴陪同出席的必要。酒吧和夜店裡的豔遇為他帶來過幾個女伴，但都只是一次性的邂逅，沒有延續。**不建議在此類場合展開接觸**。萊恩有一群關係極為緊密的朋友，他會不遺餘力地幫忙他們。他在朋友眼中非常可靠、值得信賴。扮演落難弱女子應該是最佳策略。

在我見到萊恩的前幾週，我吃飯、睡覺、呼吸時都在吸收關於他的一切。我觀賞了他高中時代足球賽的重點片段，肉搜他家人的社群帳號，一個小時接著一個小時的看著他來來去去，有實地盯梢也有透過監視錄影。扮演落難弱女子的確是最佳策略。

繼任務地點之後，我接著收到我這次要使用的身分資料，有精心打造的姓名和背景故事，搭配我說服他人所需的證明文件輔助。我研究了報告中所附的蔻特妮和艾蜜莉亞的照片。她們兩人都是深色長髮，所以這次任務中的伊薇．波特也會有相同的髮型和髮色——但和她們的相似處就僅止於此。因為，雖然萊恩可能有偏好的外表類型，但他那兩段感情都沒能長久。伊薇的穿搭會與眾不同，刻意讓人印象深刻。她的風格會帶一點波西米亞氣息、一點嬉皮感。她只化最淡的妝，但是戴很多項鍊和手環。正是適合讓上流金童換換口味的類型。

我收到的最後一片拼圖是她的工作。

有時候這種工作很短期，從幾天到一個星期不等，來得快去得也快。有時候則是為期更長的工作，要兩個月或更久。我接到的指令是，我可能會使用這個身分好一陣子。萊恩在東德州的工作在任務中佔有重要分量，我所需要的資訊並不容易取得。

由於我老闆對我上一份任務的結局很不高興，我現在可說是如履薄冰。六個月前，我奉派去取回某一項高度機密的資訊、也是一個被拿來勒索我老闆長期客戶的把柄。該名客戶是維克多·康納利，東北部前幾大犯罪家族事業的頭子，所以任務只許成功不許失敗。但我偏偏就是失敗了。

這次的任務絕對要辦到完美。在這一行，得到第二次機會的可能是少之又少。我知道我老闆會拿這次任務來測試我。他得判定我是否仍是他最優秀的手下之一，或者我已經成了他最大的負擔。我已經預料到這次任務會充滿挑戰，但我沒有預料到她的出現。

璐卡。

她的出現改變了一切，這也是我之所以在週日來查看信箱的原因。

所幸今天下雨，所以我將黑色雨衣裹得緊緊、拉起兜帽。每走一步都有雨衣上的水滴滑落、滴到地板，我就這麼一路走到一四二八號信箱前。

我做了個深呼吸，輸入密碼，一把拉開門。我盯著空無一物的內部，水浸濕了我面前的地毯。

我把門推回去關上，重新輸入密碼鎖好。等我回到車上，我就要思考接下來應該如何行動。

我學到在任務中若不把每一種可能性都納入考慮，就太過輕率魯莽。但是我的直覺告訴我，派那個女生來這裡的人就和派我來的人一樣。就像媽媽以前說的，你寧可跟認識的魔鬼打交道。

有個電話號碼可以讓我打去報告這項最新的發展，但他們一再告訴我說那只能當成最後手段，在你只差一步就需要中止任務退場，或是偽裝身分被揭穿的時候。那代表投降，或是更糟的狀況——你被抓到了。

但是，我老闆沒有提過如果遇到盜用你真實身分的冒牌者，該採取什麼標準程序。

我來到了未知領域。

璐卡・馬利諾

八年前

墨西哥之旅的競標金額已經高達一萬兩千美元。我知道大家都說「這是慈善拍賣！」，但你一定是嗑多了才會為一趟最多只值兩千的行程付出超過一萬元的價碼吧。

不過我很高興在場的人都有這麼高的信用額度來支持他們的慷慨。

我把空托盤舉到略高於肩膀，漫步穿過舞會廳。又是萊利鄉村俱樂部的一個週六夜晚，又是一場募款餐會，有上百件物品拿出來拍賣。今晚這些穿著燕尾服和晚禮服的賓客是來為本地的歌劇公會表達支持。

一個五十多歲的男人出現在我面前，盯著我胸前的時間長到不合理，就算是要看清楚我名牌上的名字也不需要這麼久。

「蘇珊，能麻煩給我來杯加冰的麥卡倫威士忌嗎？」他問。

「沒問題，富勒先生。請問一下您的會員號碼？」

他並不訝異我知道他的名字，隨口報出五位數的號碼，雖然我也已經曉得了。

抵達吧檯前，我又接了兩份點單，之後的十分鐘都在追蹤各個會員的位置，幫他們把飲料送上。有些人是我認得的熟客，他們每週末都會為了某個活動光顧。但是也有好幾個人在我看來是新面孔。

我打這份工已經幾個月了，由此獲得的經濟利益超乎我的預期。稍早，今晚活動的一切前置事項都準備好之後，我在其中一台刷卡機上加裝了一個掃描器。客人來為他們那些價格高到離譜的拍賣品付款時，我就會得到每張卡的持卡人姓名、卡號和到期日的副本。

掃描器很貴，我只希望經過今晚我就能有錢再買一個。

這招的祕訣在於拿到資料之後得先按兵不動一會兒。如果一堆會員通知俱樂部說他們今晚被偷了信用卡資料，讓俱樂部詳細調查在場的人有誰，那樣對我可沒好處。就像媽媽以前常說的：小心駛得萬年船。我不會急，我會等幾週後才拿那些信用卡資料這裡一點、那裡一點的慢慢增加消費，不會立刻觸發警示或形成可疑交易。有那麼多卡號供我使用，一筆筆小金額累加放大的速度也很快。

「卡波聖盧卡斯全套四人行程由羅林斯夫人以一萬三千五百元得標！」主持人透過麥克風宣布，接著舉槌在講台上一敲。群眾中歡呼四起。

對，偷這一筆我完全沒有心理障礙。

最後一項拍賣品售出之後，樂隊迅速就位。等候結帳的隊伍沿著舞會廳後側的牆壁排起來，服務生紛紛出動，確保排隊的會員吃的喝的都不缺。我還幫幾個暫離去洗手間的人佔位。

今晚活動開始接近尾聲，我靠向主辦單位的櫃檯，以便取回掃描器。

「需要幫忙嗎？」我問了帶領一組人開始收拾這個區域的女人。

「要！愈多人手幫忙愈好！」她有點興奮過頭地說。她伸手過來按按我的手臂，可能是想表達「謝天謝地有妳在」，但我直覺感到一陣警訊，不禁挺直背脊，用機敏的眼光掃視現場。有些地方感覺不對勁。我開始把剩餘的節目冊收進箱子，放到他們稍後要推到停車場的推車上，同時留神注意每個人的動態。情況看起來和過去每個週末一樣，我忍下戒備感，等他們都分心忙別的事，我就移動刷卡機，迅速拿起來，用一個敏捷的動作拆下掃描器。

「妳手上拿了什麼？」一個聲音在我背後問。

我全身起了一陣寒顫。我轉過身，伸出兩隻手，一隻手拿著刷卡機，另一隻手上是小小的掃描裝置。「我很抱歉，你可以從我的薪水扣。我把機器拿起來的時候不知道它有這麼脆弱。」

我把兩樣東西拿給經理，然後看著他的眼睛。我看得出他不知所措了一兩秒，但是接著就恢復理智。

「妳就不用裝無辜了。我們知道妳搞了什麼把戲，從我們的會員和客人身上偷東西。」蘇利文先生從我手中搶過兩樣東西，要塞給出現在他旁邊的兩個制服警察，但他們兩人都沒有接過去。離蘇利文先生最近的那個警察拿出一個大塑膠袋，讓他把證物放進去。

我的眉頭困惑地皺起來，下巴張開成恰到好處的角度。

有幾個會員還流連在舞會廳裡，我和警察的互動引起了他們的注意，讓他們往這裡靠過來。

我的腦子飛速運轉，想著我藏在甜點桌底下的筆電和數據機，離我們所在的位置只有幾呎遠。清潔人員再過幾分鐘就要來撤掉桌布，使桌下藏的東西暴露無遺。

我舉高雙手，手掌朝著蘇利文先生的方向。「等一下。你覺得我偷了人家的東西？靠那個黑色塑膠小玩意？」

我的聲音微弱，講到其中幾個字時還破音，好像哽咽到無法好好把話說完。我轉向兩位警察，迅速辨讀他們警徽上的名字。「佛德警官，我只是想幫忙收拾而已！」我的眼睛裡積起淚水，一滴又大又圓的淚珠奪眶而出。我只需要短短一刻，拿了我的東西逃出這裡。我不能讓他們把我帶走。我是用假的名字和社會安全號碼受雇的，禁不起任何調查。我得讓自己消失。

因為佛德警官似乎願意相信我，蘇利文先生於是轉向威廉斯警官。「我要她現在就滾蛋。」

威廉斯點點頭，但從後口袋裡拿出一本小筆記簿。「當然，但走之前我有些資料得先問。」他指著桌旁的一張椅子，示意我坐下。有三秒鐘的時間我考慮要逃跑，但沒有筆電我也逃不遠。

我坐下來掃視室內，把每張還在場的臉孔看進眼底，與此同時威廉斯在跟活動主辦人談話，佛德站在他旁邊。

「您可不可以告訴我，您是如何判斷其中一台刷卡機有問題的呢？」威廉斯對那個先前按按我手臂的女人問道。

「當然可以，」她燦笑著說。「我們今晚稍早用那台機器過卡，把卡片取出的時候，發現那個黑色的小東西跟卡一起出來了。檢查過其他台機器之後，我們發現只有這台機器被額外加裝了這個，讓我們很疑惑這是什麼東西。我們去跟蘇利文先生報告，判斷它是那種掃描的裝置。我們就沒有再使用那台刷卡機了。」

他把每句話都筆記了下來。「請問你們當時是哪一位操作這台刷卡機的呢？」附近一個金色短髮的女人舉起了手。「是我。」她說完對我投來一個抱歉的眼神，好像對於參與了導致我被抓包的過程而不好意思。

威廉斯記下她的名字，然後問了一個又一個的問題。

蘇利文先生終於打斷威廉斯的問話。「這些你早都應該知道了。警方派你來就是要你等著，看犯人會不會設法把裝置拿回去。」他抓到我之後已經過了三十分鐘，還在場的客人愈圍愈近；他顯然想要我在他們湊過來以前滾出這裡。「我們要提告，而且我想要她立刻離開本場所。」

「不好意思，有人把東西忘在桌子底下了。」有個清潔人員站在不遠處，一手拿著捲起來的桌布，另一手指著地板。

我的設備被發現了。筆電有密碼保護，他們無法破解，但是如果他們拿走我的筆電，我就一無所有。負責主辦的女人走近查看，然後轉過身對警察說：「不是我們的。」

佛德移動到桌旁，拿起筆電和數據機，用餐巾紙隔著以免直接碰觸。他看著我問：「我猜這是妳的東西？」

我不理他。他把兩樣東西放進活動主辦提供的箱子裡。他們也從休息室裡拿了我的背包。

「把她帶出去。」蘇利文先生用充滿嫌惡的聲音說。

威廉斯把我從椅子上拉起來，把我轉過去面對廳內。「手給我。」

他一面宣讀我的法定權利，一面將我的手銬上。我垂著頭，被威廉斯押送出去，佛德跟在後面拿著我的裝備。我好氣自己，氣自己被抓到、不聽從我的直覺預警有什麼地方不對勁。

我們出去到了停車場上警車的旁邊，佛德為了找鑰匙把箱子放在地上。車門一解鎖，威廉斯就打開後車門，示意我上前。

「我想是不是你要把我送進去。」我說，並不是真的在提問。

至少他回答時看起來並不熱切，「對，沒錯。但如果妳是初犯，他們很有可能對妳從輕發落。」

佛德動身把裝著我東西的箱子放進後車廂，此時一個上了年紀、穿著休閒褲和廉價棕色外套的男人走近我們。

「威廉斯，」他喊道。警官還沒把我推上車就轉頭往他的方向看。

「山德斯警探，」威廉斯警官用驚訝的聲音說。「他們為了這個案子呼叫你來嗎？」

警探上下打量我，然後將注意力轉向威廉斯。

「對啊，裡面有個大人物擔心他的信用卡資料什麼鬼的，所以打給隊長，叫我趕來這裡處理，免得我們之後還要聽些有的沒的屁話。」

他雙臂一攤，顯然是要佛德把裝著我筆電、數據機和背包的箱子交給他，佛德不太違抗地照辦了。

威廉斯警官朝我點了一下頭。「要我帶她回去，還是交給你？」

「交給我，」他說。「幫她解開手銬，我來押送。」

不出幾秒，我就恢復了自由行動，但又被交給這個新出現的傢伙。

他居高臨下地站在我面前。「妳可以不惹麻煩乖乖跟我走去車上嗎，或是我得現在就把妳重新上銬？」

「我會配合。」我說。

兩名警官回到巡邏車上開走，同時我們走近了他的無標誌警車。他把箱子放到後座，然後轉向我，兩手分別拿著一支小型手機和我的後背包。「打給這支手機裡儲存的號碼，照他說的做，妳就可以把妳的東西拿回去。」

我沒有立刻接過任何一樣東西，於是他拿著手機在我面前晃了晃。「是我的話可不會拒絕這個提議。這種機會妳遇不到第二次了。」

我一把拿過那兩樣東西，直盯著他。「你要放我走？」

他不發一語走向駕駛座車門。我呆立在原地，直到他的車尾燈消失在黑暗中。

俱樂部前門的吵鬧聲驅策我趕緊行動；刺激的場面結束了，人群正在四散離開。我跑向我的車，從包包裡掏出鑰匙。手機放在副駕座上，在把車停到我住的公寓停車場之前，我都沒有碰它。

我衝進室內，把後背包丟在小廚房桌上，然後拿著手機到床上。裡面儲存了一筆聯絡人：史密斯先生。

我按下聯絡人名稱，點選「通話」。「有人叫我打這個號碼。」電話一接通我就這麼說道。

「我們一直在觀察妳。」機械化的聲音讓我猝不及防，差點摔掉手機。他用了那種變聲的裝置。「首先是在格林斯伯勒，現在到萊利這邊。很遺憾妳母親過世了。」

我體內一陣惡寒。不可能有人能夠將住在這間公寓的女生和伊甸鎮拖車公園裡的女孩連結起來。我盡力確保了這一點。

或者只是我這麼以為。

「為什麼？」

「妳能夠拿到一些妳根本不應該取得的東西。我們花了一些時間和資源，才發現是妳幹的。要讓我另眼相看並不容易，但妳做到了。」

該死。

儘管我內心慌亂不已，我還是做了幾次深呼吸，讓自己冷靜下來。

我花不了多久，就從珠寶首飾這類小東西畢業，進階到畫作、銀器、古董……任何我弄得到手、小到我能獨力搬運的物品。如果你在網路上挖掘夠久，不管什麼商品你都能找到買主。

「你要把東西拿回去嗎？」我問。

「我們已經取回該樣物品。」

這樣更糟了。

「但妳陷入了一點麻煩。真不走運，被妳的設備出賣了。如果妳被送到警察局，我可能也救不了妳。」

我仰躺在床上，盯著天花板。這整件事感覺好超現實，我不知道該如何消化。自從媽媽生病之後，就沒有人關照過我，但是我也不認為我的守護天使講起話來的聲音會像機器一樣。「我想我該跟你道謝。你是怎麼做到的？」

「就當是我幫妳一個小忙，」他說。「妳的筆電在我這裡，我相信妳應該非常想拿回去。我有一份任務要交給妳，如果妳聽我解說，我就會歸還妳的所有物。」

「就算我拒絕了任務也一樣嗎？」我問。

「妳不會拒絕的。妳一直以來都只是在撿些蠅頭小利，我要開給妳的價碼是大筆到妳看都沒看過的，而且提供幕後支援，避免妳像今天這樣被抓到。」

我沒有回答，因為我們雙方都知道我會赴約。

「我會把地址傳給妳。週一早上九點鐘見。」

接著電話就掛斷了。

✦

我可以聲稱我對那份任務毫無好奇、不論如何都一心打算拒絕，但那樣就是在說謊了。

當星期一來臨，太陽正要出來之前，我在同一個街區的視線範圍外等候。我跟著那個地址走到一間保釋金借貸行，不到八點，店面就已經有穩定的人流進出，我想也是這種地方在週末過後的正常現象。

我不喜歡貿然走進未知情境，希望會在約定時間之前先看到某個眼熟的傢伙。電話上的那個聲音沒有提供我任何辨識的依據。我不確定如果說話有特殊口音，透過變聲器是否還會聽得出來，但是某種理由讓我覺得即使他有口音，他也採取了跟我一樣的策略——經年累月抹除真實身分和出身地的痕跡。我在那間花店的第一份工作開始後不久，我就發覺我鼻音較重的腔調讓我和那些女客人之間產生的鴻溝，比銀行帳戶的數字還要大。你走路的方式、說話的方式、身體動作的方式，比其他任何事物都更高調透露你的背景。

如果我曾經偷走過史密斯先生的某樣東西，那代表他和我過去一定有過交集。人臉、姓名、地點、事件和數字，我都是過目不忘。但是當時間逐漸接近九點，我仍不得不毫無準備地走進門去，因為街上看到的全是陌生人。

這幢寬矮的褐磚樓房立在街區正中央，兩旁也是同樣讓人看了就心情低落的房子。我拉開門，門上的藍色招牌寫著「AAA徵信調查暨保釋金貸款公司」，下方較小的字體寫著：支票貼現、發薪日貸款。

剛踏進門，一陣帶著汗味的熱氣就迎面襲來。我報上名字之後，接待員指示我去等候區，然後她拿起話筒，向電話另一端的某個人宣告我的到場。不成套的許多把椅子靠在牆邊，牆上貼滿了野生動物攝影搭配勵志金句的海報，好像禿鷹也知道關於領導力的第一原則。我一屁股坐到一張空椅上，左右各有一棵死得差不多的盆栽。等候區的其他人只有角落裡一對小聲爭吵的情侶，和我右邊一個駝背而坐、大聲打鼾的老先生。

過了幾分鐘，接待員叫了我的名字，指著她辦公桌後方的走廊。她只說了句「右手邊最後一扇門」。

我在狹窄的走廊上經過三扇關著的門，然後停在她指示的那個門口。我花了一兩秒鎮定下來，接著敲敲門。

「進來！」一個被悶住的聲音喊道。

我推開門，坐在辦公桌後的男人讓我大感意外。我在腦中想像的是個典型的無賴：又矮又禿，色瞇瞇地邪笑，身邊的菸灰缸裡還有點燃的香菸。但是這個男人看起來的樣子完全相反，他有一頭金髮，而且俊美至極。他在我進門時站起來，伸臂越過桌面和我握手，握得很有熱忱。他的淺藍色襯衫和眼睛顏色完美相配，光彩耀眼的效果讓我相信他衣櫃裡一定掛滿了同色的襯衫。

「璐卡！很高興見到妳。我是麥特．羅文。」

沒有任何線索能判斷這和我前一晚通電話的是不是同一個人，但我打賭不是。

我點點頭。「羅文先生。」

他對我拋出開朗笑容說：「叫我麥特吧。請坐。」

我坐在椅子邊緣，偷看放在辦公桌角落的我的筆電。

他注意到我的目光。「拿去吧。妳有露面，就可以給妳了。」

我把筆電從桌上拿走，放在我腿上，努力忍住將它抱在胸前的衝動。

麥特把一支筆拋高再抓住，重複了幾次，同時打量著我。「我不得不說，我們對妳能夠在那些地方進出自如的能力真是刮目相看。」

「『我們』是誰？你們這個小幫派裡有幾個噁男啊？」我問。

麥特對我促狹一笑，彷彿覺得我挺可愛的。他的手機響了一聲，他將手機拿到桌面下，拇指以驚人的速度在螢幕上滑來滑去，注意力牢牢鎖定在手機上。

「是史密斯先生嗎？」

他完全沒有理我。

很好。我可以跟他慢慢耗。

麥特終於不看手機，抬起頭來說：「我們有個任務要給妳。一個賺大錢的機會。」

「要做什麼？」我問。

麥特的手肘靠在椅子扶手，雙腳蹺到桌上，暫時把手機忘在一旁。「妳就做妳擅長的事。我們會把妳丟到某個情境裡，妳要去幫我們拿到我們需要的東西，神不知鬼不覺。我們在背後支援會有多大的效果，妳一定不敢相信。只要妳說想加入，我就告訴妳細節。」

我左右為難，眼前有兩條不同的道路；這肯定是個站在十字路口徘徊的時刻。接下麥特提議的任務，會讓我在這個世界裡陷得更深，但是能夠得到支援，手銬卡住我手腕的感覺只會成為日漸淡忘的記憶。另一條路是堂堂正正做人，趁闖出大禍以前趕緊脫身。但是就像週六那一夜所證明的，其他事情出差錯也只是時間早晚的問題。

媽媽以前一直這麼說：成功人生的三個要素就是盡力學習、拚命嘗試、不管做什麼事都做到最好。

週六那一夜讓我知道我該學的還很多。

一想起媽媽，我就心頭作痛，但我忍了下來。她已經不在了，過去的生活也沒有什麼值得我留戀。有一天我會變回璐卡·馬利諾，北卡州伊甸鎮的小鎮女孩，住在夢想中的大房子，擁有夢想中的庭院，但是今天還不是時候。今天我要學會如何賺到能讓美夢成真的大錢。

「好，我加入。任務內容是什麼？」

10 現在

賽馬派對過後三天了，信箱仍然是空的，我在追查那個女人的真實姓名和背景方面，也沒有進展。在我得知她的真名以前，她在我心目中的稱呼都只會是「那個女人」。

雖然我沒有跟她在鎮上狹路相逢，但是這並不代表她躲起來避人耳目。不管去到哪裡，總會有人嘴上冒出「璐卡・馬利諾」這個名字，描述著自己和她的互動。

賽馬派對後，我被加到了聊天群組，所以我即時看到莎拉和她在原本要成為我們第一次午餐地點的茶館不期而遇，也看到貝絲在做美甲時跟她巧遇。而儘管艾莉森在派對上把詹姆斯講得那麼不堪，她和柯爾昨晚還是約他們倆共進了晚餐。今天早上她對大家做了一番詳盡的報告。

地方小報的社交版面甚至還刊出了一張詹姆斯和她在賽馬派對的合照，她的帽子在報上比現實中看起來更精緻典雅。

我步步為營地慢慢滲透這個社群，她卻像一陣颶風般高調登場。

我原本還沒明顯察覺她大膽到什麼程度，直到我偶然看到詹姆斯的媽媽在臉書上發了一篇貼文，大談那個女人幫詹姆斯爸爸煮的家常湯品。總共有一百二十八則回覆（持續增加中）在讚美伯納家有她照顧是多麼幸運。詹姆斯的媽媽在貼文裡標註了她，所以我只按了個鍵就連到她的個人頁面。

她的帳號很久沒有活動。最早的動態是上傳一張大頭貼照，加上照片說明：「**我舊帳號被盜了，改來這邊加好友喔！**」時間約莫是我來到佛賓湖鎮的一週前。

第二則貼文證實了她頂著我的名字和背景經歷出現在鎮上，並非出於無害的巧合。

我念六年級的時候，全班去附近的一座農場校外教學，一整天都在扮農夫，體驗擠牛奶和餵雞之類的農務。那個女人不知怎麼弄到了我們那天最後拍的團體照，在懷舊星期四貼出來，圖說是：「**看看我從舊箱子裡翻出什麼來！真是歡樂的一天。沒被我標註到的人請手動加入嘍。**」

照片裡的我盤腿坐在前排左邊數來第二個，身穿牛仔褲和最愛的紅色上衣，領口、袖口和衣襬有媽媽縫上的海軍藍格紋緞帶滾邊。

有幾個我當年的同學——我已經多年沒有想起他們——把自己標註在貼文中。留言區就像一場虛擬的同學會，大部分人都主動告訴她很高興恢復聯繫。他們完全相信她就是我。

我點回大頭貼照仔細研究，看得視線都模糊了。她轉開頭，長髮遮住臉龐大半部分，正在開懷而笑。那是一張拍得很好的生活照。那些老朋友最後一次見到我時，我還是個臉頰帶有嬰兒肥的青少女。不難看出他們為什麼相信她就是她自稱的那個人。

如果是在別份任務的期間，我會在她被引見到我面前的當下就帶走少少幾件行李，趕緊溜出鎮上。但是放棄任務的後果凌駕了我的直覺本能。我不能逃，還不能逃，經過上一份任務之後絕對不能。

我使盡渾身解數，維持開朗樂天的女朋友人設，那在賽馬派對前對我而言已經宛如第二個天生人格，全是為了避免萊恩懷疑有異狀。

我看了廚房的時鐘一眼，趕忙動起來。我在水槽洗好咖啡杯，然後拿起包包往車庫走。

想了這麼多之後，現在我該撥出那通我一直拖延的電話了，但是得在我自己車上的隱私空間裡打。雖然那個冒牌者仍有那麼一點點可能是由我老闆以外的人派來這裡的，但機率實在微乎其微。如果我老闆從我以外的管道發現了那個女人的存在，肯定會有嚴重的後果發生。打電話報告此事是他期待我會做到的，而現在，我必須百分之百循規蹈矩。

我的車還在萊恩家車庫裡，我打開置物箱，從包裝袋裡拿出使用一次就要銷毀的預付卡手機。

手機一開機，我就撥了我在這次任務開始時背下的號碼。電話接通了，機器人般的聲音問道：「有什麼問題嗎？」就算有語音辨識軟體，史密斯先生真正的聲音仍然是個嚴格保守的祕密，就和他的真名一樣。

「有重大的發展讓我必須要打這通電話。我接觸到一個自稱是我的女人，用了我的本名，自稱來自我的家鄉，拿我的過往經歷說成是她的。請提供建議。」

停頓的時間長到令人不適。

「妳卻等了三天才回報這項發展。」

該死。

「我想先百分之百確定不是巧合——」

他打斷我還沒說完的話。「我覺得妳需要提醒才會記得妳是可以被取代的。把她的出現當成激勵妳逆轉上次的徹底失敗、圓滿完成這次任務的方式吧。這次任務完成、讓我滿意之後，妳就可以在我手下做回那個來自北卡州伊甸鎮、獨一無二的璐卡・馬利諾了。」他停頓一下，然後補充道：「我知道這對妳而言有多重要。」

如果我上一次任務中應該要交給他的不是如此極度機密的資訊，我不認為史密斯先生會覺得有必要用這種方式恐嚇我。儘管我不知道那個盜用我名字和背景的女人在這裡可以對我造成多大的傷害，但她必然有辦法傷害我。史密斯先生的任何行動背後絕不會沒有好理由。

在我們這一行，「被取代」的意思並不是你被炒魷魚、拿不到推薦信。我不知道史密斯先生的真名，但我至少知道我是沒機會全身而退的。

我空著的手緊抓住方向盤，嚥下大聲尖叫的衝動。等到我確定能夠控制自己的聲音，我說：「我不那麼喜歡有個威脅擺在面前，特別是考慮到我為你成功辦好過那麼多任務。」

「過去的成功更讓上一次的失敗難以接受。但是那給了妳第二次機會。妳坐在後陽台吃外帶中國菜的時候，可要記住這一點。」

外帶中國菜。

就是我昨天的晚餐。

「我想要的也不過是完成這次任務、讓你滿意。我預計什麼時候可以收到下一份指示？」

「日期不確定，但是會在未來兩週內。話先說清楚，這是對妳的提醒，不是威脅。假如我要提出威脅，就不會有模糊的空間。」

電話掛斷了。

我沒有在電話中把我想知道的一切搞清楚，但是也夠了。我證實了那個女人是被史密斯派到這裡的，而且我對於下一份指示出現的時間也至少有了個粗略概念。

但最重要的是，我發現他對我的信任雖然有所減損，卻並未完全喪失。

我必須把已經開始的任務完成，即便我感覺自己就像個活靶。

脫稿演出的時候到了。

我發動車子，開出車庫通道去上班。一開到車流較多的街道上，我就猛扭方向盤急轉彎，左前輪碰撞上水泥人行道。一陣刺耳的刮擦聲響起，接著我聽見車輪爆胎。我把歪斜的車子開到街區末端的修車行。其中一位技師示意我停進戶外的停車位，然後靠過來檢查我的輪胎。

「妳很幸運，我們就在附近。車像這樣子妳開不了多遠的。」他在我下車時說。

「太幸運了。」我贊同道。我拿了包包，走進修車行裡。

櫃檯後的男子在我走過去時招呼我。「請問今天需要什麼服務？」

我翻翻白眼說：「在街上撞到人行道，爆胎了。」我隔著面對修理區的玻璃窗指向我的車。

他問了我的姓名和資料，填寫修理單。

「要兩個小時才會好。妳前面還排了幾個人。」

「沒問題。」我說著往等候區移動。

我挖出包包裡的手機打給萊恩。響到第二聲他就接了。

「嗨，怎麼了？」他問。

「嗨，」我的回應略帶挫敗感。「我人在傑克森街上的輪胎行。開車不專心，撞到人行道結果爆胎了。所幸當時離這裡很近，趁情況還沒太嚴重就開過來了。」

「妳跟輪胎還真不對盤。」他笑了一聲說。

「真的。」我同意道。

他偷笑了一下之後問：「需要搭便車嗎？我可以打給柯爾，叫他去接妳，看是送妳回家還是去辦公室。」萊恩通常只有星期四不在鎮上，但今天他和幾個潛在客戶去南邊的另一個鎮開會，所以抽不開身。

「不用，我就等車修好吧。他們說不會等太久。我會打去辦公室說一聲，我想他們不會介意我晚到，因為我上週留下來加班處理活動的事。」

「好，修好了再告訴我。」

「會的。晚上見喔。」我結束通話後傳簡訊給主管，讓他知道發生了什麼事，並表示我會晚到。我走近櫃檯，跟不久前負責接待的男子說：「修好再傳訊息給我，我會回來取車。」

他點點頭。「好的，小姐。」

我走出修車廠，經過三個店面，來到一家租車公司。坐櫃檯的女生很年輕，一大早就充滿活力。

「請問有什麼地方需要協助嗎？」她的音量明顯高於必要範圍。

「有，我預約了一輛車，姓名是安妮．邁可斯。」

她在電腦上敲了幾下，然後對我露出燦爛笑容。「沒錯！我們已經把車準備好了喔！」

我在文件上簽了名，然後拿了一輛黑色四門轎車的鑰匙，車就停在前面門外。不出十分鐘，我就上路了。

萊恩已經習慣時不時來辦公室找我，所以我需要好好利用他突然去鎮外開會的時機。但我也需要一個理由跟主管解釋我的缺席。考慮到鎮上每個人都彼此認識，我的說詞必須兜得起來。

我開上州際公路往西走，摒除所有雜念，專注於眼前路。剛到這裡時，我花了好幾週監視萊恩位於東德州的公司。終於拿到第一份任務指示之後，我就明白他的那間公司對這樁任務有多重要。搜尋他位於格蘭威鎮的公司可以找出一些資訊，但並不是我當時需要的。不過，那個女人來到鎮上，引起我一股焦躁，感覺非回頭看看我有沒有漏掉什麼不可。於是，當萊恩告訴我他會公出一天，我便計劃過去一趟。

和史密斯先生通過電話之後，這樁任務出現了一種我未曾感受過的急迫性。他想讓我看到，我是能被取代的。但是他也讓我看到，在上一次任務和這一次相隔的時間內，他大費周章去哄誘了某個人來扮演我。顯然，我漏掉了什麼大事，現在最要緊的就是從頭來過，用新的視角做一番全盤檢視。

局面已經改變了。

11 現在

萊恩在佛賓湖鎮負責營運一個全國性證券公司的地方分部，位於一處新設的辦公園區，那裡有一整排外表雷同的建築物，看起來就像農舍。他的客戶多半是需要幫忙把石油或天然氣礦產權利金拿去投資的老太太。他是鄰里間的模範好男孩，得到她們全心信任。他的客戶名單和他祖父喪禮的來賓簽名簿裡的姓名，大概可以一一對上。

在德州的格蘭威地區，萊恩經營的則是一間卡車貨運公司，設立在城鎮外圍工業區的倉庫裡。整個廠區唯一的標示就只有一個長方形的白色金屬名牌，上面用黑色噴漆字體寫著「格蘭威貨運」。公司的電話號碼會直接轉到語音信箱，也沒有網站和社群帳號。他從來不曾談起格蘭威物流，我相信根本沒有其他人知道它的存在，就算有也少之又少。

我跨過州界進入德州，此處正好是佛賓湖鎮與格蘭威的中間點，我在腦中搜查出我當時收到的打字紙上的資訊，關於萊恩和他的生意：

格蘭威貨運公司在一九八五年由萊恩的祖父威廉・桑納創辦。威廉的兒子史考特一九八九年念完大學返鄉後也加入了公司。這間公司在創始期是合法企業，服務範圍包含德州東部和路易斯安那州北部。

公司目前仍然維持原始的經營範圍，但是在九〇年代晚期，他們的業務有所擴展，包含了贓物買賣仲介。目前，據信他們的每三輛貨車之中就有兩輛是運輸黑市交易的商品。雖然非法業務的獲利遠遠較高，但格蘭威貨運公司本身仍是彌足珍貴的合法門面，必須持續維護。

萊恩的祖母英格麗·桑納罹癌、祖父成為全職看護時，他接手了公司的營運，但是每週只有一天實地辦公——週四。一如父親和祖父的先例，萊恩以令人佩服的能力將德州的公司和他在佛賓湖鎮的生活區分開來。

※以下意見基於調查結果，但沒有實質證據支持：萊恩似乎克盡全力在維繫他祖父創下的事業，他父親也在格蘭威工作到二〇〇四年過世為止。我相信這間公司對他而言極具重要意義，他會不計代價保護它。

我的上一樁任務不尋常之處在於，我一開始就知道我是奉派去取回被用來勒索維克多·康納利的敏感資訊，一般而言，在我收到目標姓名和第一組任務指示之間，會有點時間差。我會利用這段時間深入挖掘任務目標的生活中各個層面，好在開工時準備齊全。我等待任務內容時，會試圖猜測客戶雇用我們是要做什麼，雖然我從來也不曾知道客戶的身分。

我就是這麼做的，在我收到目標的名字——萊恩・桑納——之後。

乍看之下，他的理財服務事業、長長的客戶名單上那些領著油氣權利金的老太太，似乎就是任務內容的明顯答案。但是，我愈是深入了解萊恩生活的這個部分，就愈覺得不可能。他的客戶名單上沒有任何人像是讓我獲派來這裡的理由。

總是有一種可能，任務目標只是用來接近他們某一位友人的途徑，但是這個可能也在不久後被排除了。萊恩的朋友或許會打高爾夫球作弊、外遇和逃稅，但最壞的行為也不過如此。

然而，當我詳查格蘭威的那間貨運公司，我就知道他們派我來的原因了。萊恩過去六年來達到的成就頗令人佩服。他把原本小規模的經營變成獲利豐厚的企業，提供聲譽良好的白手套服務，客戶遍布全國。雖然偶爾還是有一車車偷來的Xbox或PS遊戲主機在他的地盤出入，但他已經轉型針對更高階的貨品，還有按客戶需求購入特定品項的服務。他成了黑市的高級私人採購。

基本上，萊恩就是個跟我一樣的小偷。

我收到的第一份指示證實了我的懷疑，他的貨運事業獲利太龐大，成了他人惡意謀奪的目標——我不是第一次接到這種任務了。

雖然我一開始來到這裡的原因是為了幫助客戶設法奪下萊恩的事業，但我現在的目的起了變化，因為史密斯先生派了個冒牌者到場。不知名客戶的需求現在對我無關緊要了。我要回頭重來一遍，查清楚史密斯先生為什麼選擇了萊恩・桑納和這樁任務來測試我。

快要抵達目的地時，我在一間舊加油站暫歇，開到停車場後方以便更衣。租來的車在這個工業區可能顯得有點突兀，但我的偽裝做得到位。我把窄裙和寬版上衣換成又舊又垮的Levi's牛仔褲配卡其襯衫，外加安全背心。我的頭髮塞到短假髮和棒球帽底下，訂製的矽膠特殊化妝假皮則讓我的五官變得更男性化。我裝得夠像是個正要上班去的男人。

我將車停在格蘭威貨運隔壁棟的停車場，然後走向那道將這塊地和萊恩的公司用地隔開的鐵網柵欄。這只是我來這裡的第二次，但我已經看過無數段萊恩在這裡工作時的錄影。我和任務目標接觸前得到的情報一向是詳盡徹底，我從中看到他穿大衣、休閒褲和皮鞋出門之後迅速換成舊牛仔褲、T恤和磨損的靴子。

在錄影裡，他都是從位於倉庫角落的辦公室門出來，走到停在樓房前的卡車駕駛座那一側。卡車司機會搖下車窗，似乎還跟萊恩寒暄幾句，然後萊恩會從口袋裡拿出遙控器，打開車庫門。

車庫的結構很大，十八輪大卡車可以在鐵皮建物前半部的三扇巨型鐵捲門中擇一停入，門內的空間大小完全合適，能讓卡車隱蔽地下貨，再從後牆上的門開出去。我的計畫是循著我第一次來這裡時的方式進到這幢龐大的建築物。

今天這裡沒有什麼動靜。報告顯示非法貨物只在週四送來，也就是萊恩親自到場查貨的時候。從過去兩年增加的貨量看來，他很快就要新增第二個工作日來應付需求了。合法業務帶來的貨運流量就遠遠較少。萊恩將兩種業務彼此區隔得很好，也包括員工。今天只有最基本數量的人員在，而這些人週四都絕不會來上班。我應該能夠避人耳目溜進去，因為他們的戒備心會大大低於那些跟萊恩一起工作的傢伙。

我在柵欄的另一邊等著，位置靠近萊恩公司員工的車位，等到一輛卡車停進來，我就迅速拿皮帶上的鉗子剪出一個小洞。有個男的從小辦公室出來迎接司機，我趁這時從小洞鑽過去，走了很短的一段距離到建築物後方，他們的員工也都是這樣走的。我快速撬開鎖，無聲地打開金屬門。

裡面只有一個人，但他在後面右方角落堆箱子，看起來很專注於手邊的工作，於是我小心翼翼穿過倉庫，走向位於建築物右前方的辦公室。我從門上的小窗戶偷看，確認裡面空無一人便溜了進去，在此同時其中一扇車庫門開始打開，讓卡車停進去。

辦公室裡整個亂成一團。三張辦公桌都堆滿了文件，還有空咖啡杯和兩個披薩盒。看樣子，去翻檔案櫃裡的資料比起撿垃圾更能善用我待在這裡的時間。

目前為止，我已經把關於這間公司的資訊提交給史密斯先生兩次了。第一次是概略性的資料，取自這裡的一部分文件檔案，簡述公司的日常活動和主要人員。

那些資料儘管有用，卻不是我完成這份任務所需要的。這並不令人意外，畢竟萊恩不在時還是有幾位員工會使用這個空間，處理格蘭威貨運公司的合法業務；他不會那麼漫不經心把機密隨便亂放。第二次提交的內容則包含了接管這間公司所需的關鍵資料——所有財務金流，錢在哪裡、客戶是誰。還有一份清單是記錄他從何處取得贓物，以及地方執法機關與邊境管制單位裡有哪些內線對他們睜一隻眼閉一隻眼。這些寶藏資訊是從萊恩的筆電裡獲取的。那台筆電他隨時都帶在身邊。我經過好幾週的耐心等待，才抓到正確的時機出手。

我找到的一切會讓史密斯先生能夠將萊恩的多年心血據為己有，想到萊恩會有多麼失落，一股痛苦的悔意便朝我襲來，我吃了一驚。這是我第一次在執行任務時心生內疚。是我第一次想要給任務目標一個為了保住所有物而奮鬥的機會。

我努力不去深思我為何有此感受，尤其因為我知道這樁任務對我自身的生存有多重要。

因此，雖然我回來重新翻看已經搜查過的檔案，但我並不真正期待會有任何管用的發現。只是由於我的目標有所轉變，我想起碼多檢查一眼，免得有什麼出我意料的突發狀況。

倉庫裡，卡車怠速的引擎聲太吵，以至於我沒有聽到門的另一側有聲音逐漸靠近，直到來者只差幾秒就要打開門。我唯一能藏身的地點是小浴室。我慌忙跑進淋浴間，緊緊拉上不透明的白色浴簾，此時辦公室的門正好打開，兩名男子走了進來。

我蹲下身，緊靠著淋浴間的牆壁，鼓起膽量盡可能將頭往浴簾湊去。

從浴簾和牆壁之間的小縫，可以透過敞開的門瞇眼看見辦公室裡。離我最近的辦公椅有人坐了，但我只能看見椅子的側邊和椅上男子的肩膀局部。

「去把他叫進來吧。」

聽到那聲音，我就像肚子被痛揍一拳。是萊恩。萊恩在這裡，他沒有留在路易斯安那州見客戶，而是坐在這裡離我約莫一點八公尺遠的地方。

一扇門開了又關，辦公室裡只剩我們。我從浴簾邊縮回來，以免他要進來上廁所。

我太粗心了，我從來不曾這麼粗心，不管史密斯先生對我上次的表現有何觀感，如果他看到我現在的樣子而對我成功執行任務的能力有所質疑，我也怪不了他。

因為失去目視觀察位置，唯一讓我知道他還在辦公桌前的線索，只有紙張的滑動聲。

過了幾分鐘，我再度聽到開門聲，然後是兩組穿著靴子的腳步聲拖著步伐走過水泥地。

「嘿，老兄，你今天來幹嘛啊？」一個男人的聲音說。他的音調偏高，好像頗感驚訝，但是其中有一絲緊張的顫抖讓他露了餡。他在害怕。

無人回應，於是那個男人繼續說話，彷彿他的語句不會比充斥室內的沉默危險。「我知道我應該只有週四上班，但是我這週需要一些額外的工時。我前妻又追著我討錢了，打算送小孩去阿肯色州一個什麼鳥的夏令營。我只覺得去他的，犯不著跑個老遠去歐札克高地玩鬼抓人還是什麼碗糕遊戲吧。」

一陣沉默。

「對不起，萊恩。我知道我今天不應該來。」他說出萊恩的名字時破音了，這讓我益發感到好奇。萊恩一語不發，但那個男人已經嚇壞了。我過去只見過貼心、浪漫、風趣的那個萊恩。

嚇人的這個萊恩引起了我的興趣。

「省省吧，佛雷迪。你是真的以為你有可能趁我不在的時候放我的貨車進來，自己撈一筆？」

現在他的聲音低沉了點。

「不是。這太蠢了，有夠笨。真的超他媽笨。」佛雷迪回應。

室內的第三個人還沒有開口說話過。

一陣嘰嘎聲傳來，也許是萊恩坐在彈簧零件需要上油的椅子上往後靠。我幾乎能夠想像出他的樣子，他的手會交疊在腦後，雙腳可能會蹺到桌上。他的神情會是一派平靜，幾乎顯得輕鬆隨性，但是他的聲音讓你知道實情絕非如此。

「賽斯，把班尼桌上的剪線鉗拿來。」萊恩用他那容易令人上當的平靜語氣說道。

一陣窸窸窣窣過後，賽斯說：「拿來了。」

接著，萊恩的聲音中出現一種我未曾聽過的尖銳。「你得告訴我還有哪些人牽涉其中，否則賽斯就要好好把鉗子用在你的手指上了。」椅子再度發出嘰嘎聲，萊恩再補了一句：「你覺得怎樣，賽斯，我們每等一分鐘，就對付一根手指？」

「很可以，老闆。不過這把鉗子挺鈍的，所以剪一根可能要超過一分鐘吧。」

賽斯的話才講完，佛雷迪就招了。他連番吐出姓名、計畫、日期，速度快到讓我希望賽斯把鉗子給忘了，改拿紙筆來才對。

「你沒有把全部的事情告訴我，」萊恩說。「你跟其他幾個白痴太笨了，不可能自己搞得定。告訴我還有誰牽扯進來。」

那個男的說話時破音了，「就這樣而已，我發誓！」

我聽見椅子短暫滑動，現在我想像他往前傾身，手肘靠在桌上，雙手在面前交握。我聽到像是紙堆掉落地面的聲音。「你以為我不知道有人翻過我的東西嗎！」

噢，該死。這個可憐的傢伙要為我做的事背鍋了。

「賽斯，收走他的手機，然後讓他在倉庫裡好好待著。把其他人帶來。他們準備好的時候，我會告訴羅勃特。」

「等一下！等一下！不用找羅勃特來！」那個男的大喊。他聽起來更害怕了。

根據我找到的資訊，他說的這個「羅勃特」可能是指羅勃特．戴維森，他最大的客戶之一。按我的研究結果看來，佛雷迪和他的同夥是該害怕羅勃特介入。

萊恩等了一段長到令人不安的時間，才終於做出回應。

「你以為你今天打算截走的那些貨是憑空冒出來的嗎？你以為羅勃特不會發現他的東西沒送達目的地嗎？」他的音量隨著每句話愈拉愈高，隨著每個字愈來愈尖銳。「你和那些他媽的白痴朋友，為了區區幾千塊就危及我的整個計畫。你甚至不知道卡車裡的商品有多少價值。你自以為聰明，先找到了買家，但你是真他媽笨，因為你找的交易對象是我這邊的人。幹，你跟他聯絡過後三十秒，我就知道你想搞什麼把戲了。」

「要命，萊恩，對不起。我不是有意的。是其他人叫我做的。」

「趁你還沒真的惹我生氣前趕快閉嘴。」萊恩的聲音大到令我聽了一縮。「你這個問題現在不歸我管。這位朋友，你挑錯卡車了，羅勃特想找你和你兄弟聊幾句。賽斯，給我把他從我辦公室弄出去。」

經過先前的幾分鐘，現在的沉默幾乎令人顫抖。我不曾聽過萊恩對任何人說過那麼狠的話。我逐漸認識的那個男人、和隔壁房間裡的那個人，有著難以調和的反差。

我縮在淋浴間裡，他則在桌前又忙了一下子。賽斯不久便回來了，從聲音判斷，他似乎坐上了其中一張空椅。我聽到他們片段零碎的對話，但只是兩個相識已久的大男人之間正常的閒聊。他們談到德州遊騎兵隊打進季後賽的機率，萊恩並且拿賽斯搞上的某個女人來調侃他。還有一段關於精釀啤酒的漫長討論，要不是怕會暴露我的藏身處，我聽了真想拿頭去撞牆。

在我等著找機會開溜的同時，新的這個萊恩在我腦中漸漸成形。做生意就是要冷面無情，尤其如果你做的是非法生意。我知道萊恩闖出這麼成功的事業，不可能不弄髒自己的手；可是，若非我親耳聽見，我絕對無法相信他能夠恐嚇要把某人的手指一根一根弄斷。他的手法或許有點野蠻，但似乎也相當有效，畢竟佛雷迪不出幾秒就把同夥供出來了。我很高興自己看到了他的這一面。關於萊恩，我需要了解自己面對的是什麼。

終於，萊恩和賽斯離開了辦公室，我多等了幾分鐘，才慢慢拉開浴簾。我隔著窗戶看到他們，專心地和一個剛停下車的司機交談，於是我循原路溜出去，一步一步回到我停在隔壁停車場那輛租來的車上。

我查看手機，有新訊息，修車廠告訴我車已經好了，另一則訊息是萊恩十五分鐘前說他的會快要開完了，很快就要出發回來。我一面遠望著他，一面回覆訊息說我下班途中會買晚餐回去。過不到一分鐘，他從後口袋取出手機，從跟他說話的人旁邊走遠幾步，轉身背對他們，也就是面對我的方向。我先前沒有直接看到他，所以現在他疲累的樣子令我訝異。他有點憔悴，拇指在螢幕上滑動，過了幾秒，我手中的手機就震動了。

萊恩：今天超爛。等不及要見妳。

我試圖忽略這兩句話帶給我的感受，我提醒自己，萊恩今晚會穿著早上出門時的西裝回家，用謊話說明他今天是怎麼個爛法。我則會給他看修車廠的單據，抱怨他們收費太貴。

我預期得到他會說謊，但他也對我有此預期嗎？

12 現在

我拿著茶杯，坐在通往後院的階梯上。像這樣的日子，天空是那麼廣闊又蔚藍，讓你忍不住朝戶外跑。萊恩把一部看起來年紀比他還大的除草機上下翻倒放置，好像要替它動手術。

「診斷結果為何？」我在他仔細研究時問道。

他抬頭，側臉上有很大一道油漬。「我宣布，」他看看錶。「死亡時間為十點四十五分。」

我咯咯笑起來，他用一塊破布蓋在機器上，彷彿在蓋住屍體。「我想我得去五金行一趟。」

「要我陪嗎？」我問。

他那副笑容又出現了。「一定要的，」他回答。「等我幾分鐘清理一下。」

他進到屋內，我往後坐，仰望天空。我去倉庫跟監他之後已經過了幾天，信箱仍然是空的。昨晚，詹姆斯和那個女人再度現身。社群網站顯示他們去了附近的精釀酒廠聽一個本地流行樂團的演出。他們已經把鎮上每個熱門場所都踩點過一遍。

露台旁邊，從樹枝垂下的蜂鳥餵食器吸引了我的注意，我看著鳥兒鼓動小小的翅膀，飛進飛出地從餵食器裡喝一口。萊恩每天早上都會把餵食器重新補滿，大概就像他祖母以前的習慣。

我媽媽一定會很愛這裡。

許多個夜晚，我們一起想像未來有一天要自建的夢幻美宅。我以前以為她只是討厭住在拖車屋，或是為此感到丟臉。年紀稍長後，我才明白媽媽不只是希望我們有更大一片屋頂遮風蔽雨。她要的是一種不同的生活方式，不用擔心手頭上夠不夠錢採買雜貨，不必煩惱她不在以後我該怎麼辦。

「好了嗎？」萊恩從露台門邊問道。

「好了。」我對那些小鳥再瞥了一眼，然後跳著站起來，跟他回到屋內，走向通往車庫的廚房後門。

我們在五金行賣場走道上漫步時，萊恩仔細研究每一款除草機，在手機上查詢商品評價，縮小挑選範圍。

「我去看看盆栽。」他盯著同樣三款除草機看了二十分鐘後，我如此說道。

「拿一台推車吧。我們要買些擺在前陽台的東西。」他把視線從面前的機器上抽離，轉過來看著我。「也許來些蕨類？」

「吊盆式的那種？」我問。

他聳肩，然後點點頭，對我表示交給我決定，因為在他心目中，他家也是我家。我們完美體現了一對享受家居生活的情侶，只差沒有手牽手、各拿一杯星巴克。

在大海般的工具、木料、電動機械包圍中，園藝區宛如一片綠洲。我不疾不徐地走過一架又一架的天竺葵、矮牽牛和三色堇，思考著如果真的由我決定，我要為前院的花床添上什麼。好像我能在這裡待到它們開花似的。我看著前所未見的美麗粉紅繡球花，看得分了心，購物推車和反方向過來的另一台擦撞了。

「噢，對不起！」看到來者是詹姆斯和那個假扮成我的女人，我幾乎僵在原地。

「噢，嗨！」她說。「我想我們在賽馬派對上有見過！」

希望我臉上綻開的笑容有隱藏好我內心對她這句話翻的白眼。我對他們兩人點點頭說：「有，當然。」

她有可能不知道我真正的身分嗎？不知道她是被派來這裡威脅要取代我嗎？她表現得很好，真的很好。她沒有洩露半點認出我的樣子，也沒有用深長的眼光把我當成她的明確對手上下打量。說不定她還處在她任務中的「等候資訊」階段，但她難道沒有和我一樣發覺我們之間無可否認、令人驚愕的相似點？儘管我的髮色比較深，我跟她還是相像得令人毛骨悚然。

「通常是我爸在幫我媽整理花床，但他現在做不來，所以我們看今天天氣這麼好，就想說幫他代勞了。」詹姆斯說著往推車裡的盆栽點了一下頭。

「喔喔，真是貼心的兒子。」我說，後排牙齒磨著牙。

「嘿，詹姆斯！」我聽到萊恩在我背後說。他小跑步過來，跟對方握手，也跟那個女人點點頭作為招呼。

「璐卡。」他看看她，再看回我這裡，然後又重新看著她。

他也看出了相似之處。

萊恩清清喉嚨，轉過來跟我說：「我挑好了一部，他們會把它搬來這裡的結帳櫃檯。我想說我就來幫妳挑盆栽。」

詹姆斯笑了。「靠，我們什麼時候老成這樣了，看到春天的好天氣就想到去院子工作？我們應該去湖邊享用冰啤酒才對。」

「真的，開什麼玩笑。」萊恩說，但我知道如果讓他選，我們離開這裡之後還是會在自家院子度過這一天，湖邊的啤酒就留到完工以後吧。

「下次嘍。」詹姆斯說。閒聊又持續了幾分鐘，而她和我就只是彼此互看。他們兩人準備走遠，但我將一隻手放在詹姆斯臂上攔住他們。「我在想——你們倆今晚有計畫了嗎？」我速速瞄了萊恩一眼，再看回他們身上。她在我剛好抓不到的地方兜圈子太久了。「如果你們可以來家裡吃個晚餐就太好了。」

我的邀請讓她滿面笑容。

「我們很樂意，」詹姆斯代表回答。「我們該帶什麼過去才好？」

「什麼都不用帶！交給我們。」我看著那個女人。「太期待了！」

化名：伊莎・威廉斯

——八年前

這是我的第一份任務，第一次使用有背景資料支撐的假名和假身分。我甚至在Google搜尋了我的新名字，伊莎貝・威廉斯，簡稱伊莎，我發現我被列在幾年前一個地區高中打進全國賽的校隊隊員名單上。有一篇報導附了一張畫質粗糙的團體照，我發誓其中右邊數來第三個女生完全就是我，留著一頭金色短髮，就和我現在戴的假髮一樣。

我不禁好奇史密斯先生手下有多少人。不單是跟我一樣被派去執行任務的人，還有幕後的工作人員，負責變造出現在網路搜尋結果的圖片，憑空創造出新身分。

我唯一打過交道的就只有麥特，但是不論這是個什麼樣的組織，我總感覺規模應該不僅止於他和史密斯先生。

任務前要做的準備工作挺不少。我收到指示，告訴我如何把真髮綁好，安全地塞在假髮底下，絕不讓任何一根髮絲暴露。我還奉命在每根手指的指尖塗上一層厚厚的液體OK繃，如此一來，無論我在這裡摸到什麼東西，都不會留下指紋。每隔兩個小時都要重新塗過一次。我將手指互相摩擦，還在習慣指尖缺少觸覺的感受。我還自己加上了化妝修容和彩色隱形眼鏡這兩項。媽媽以前教過我，刷幾下修容粉就能改變整張臉的形狀和看起來的感覺——雖然我知道她是希望我用這些技巧來加強臉部輪廓，而不是拿來易容。

這是我為史密斯先生執行第一份任務的第一天，我得承認自己有點緊張。葛瑞格與珍妮．金斯頓夫婦只知道我是新來的保母，要照顧他們的兒子邁爾斯。但實際上，葛瑞格在這間房子裡藏著某一樣我老闆想要的東西，我就是來幫他拿到手的。

關於如何處理目標物品的指示也很多。我一拿到我奉派拿取的目標物品，就要盡快把它放在事前安排的地點。如果有人要抓你的時候，你身上沒有帶著偷來的東西，就比較不容易被逮著。

我走向前門廊，撫平身上的襯衫和短褲，然後按了門鈴。

葛瑞格立刻打開門，彷彿已經在等我抵達。他穿著灰色西裝，打了色階更深的灰領帶，髮型看起來從孩提時代就沒有變過，旁分的短髮一絲不苟。

「伊莎貝．威廉斯？」他問道，上下看了看我。我的衣著完全按照指示，膝上兩吋的卡其短裙配上粉紅色馬球衫，看起來像準備打高爾夫球。

我的手向他伸去，我們握了握手。「是的，金斯頓先生。您可以叫我伊莎。」

他點點頭，示意我進屋。他開門後看了第二次錶，朝著前廳裡迴繞向上的螺旋梯喊道：「珍妮！她來了！」

我們的目光都鎖定在樓梯上層，等待著珍妮現身。

她沒有出現。

葛瑞格再次大喊她的名字，我們繼續等。

他很煩躁，而且有點難為情。「我失陪一下。」他含糊說道，然後就走了。他兩步併作一步地爬樓梯，才過幾秒就不見人影。

「妳是新保母嗎？」

我轉身，發現邁爾斯就在我背後。他站在門口的中間，那扇門通往餐廳，最後會連接到廚房，這是我在室內藍圖看到的。

我緩緩向他移動，停在離他幾呎遠的地方，蹲下來與他同高。「沒錯。我叫伊莎。你呢？」我問道，雖然我已經知道名字，也知道他的幾乎所有一切。我答應替史密斯先生工作時，麥特給了我一份資料，涵蓋這家人每一方面的細節。邁爾斯今年五歲，是獨生子，我是他今年之內的第四個保母。

他一跟我說完他的名字，拇指就塞回嘴巴裡，儘管他的年紀看起來已經大到不該有這種行為。

我指著他的上衣。「我最喜歡鋼鐵人。」

他把衣服從身體上拉開，低頭一看，彷彿需要回想一下自己身上穿的是什麼。他的衣服上有擺出戰鬥姿勢的漫威全體角色。

「我喜歡浩克。他會把東西砸爛。」他說，然後搭配上咆哮和握拳。

我正要問下一個問題，但樓梯那邊有了動靜，吸引走我們的注意。

葛瑞格找到了珍妮，正在拉著她下樓梯。下到最後一階時，她差點絆倒，像是沒發現面前還有階梯。

「伊莎，這位是我內人，金斯頓太太。」她似乎完全是靠著他抓住她手臂才能維持站立。

珍妮看著我，露出微笑，但眼中沒有笑意。

我還知道另一件事——珍妮喜歡在早上吃贊安諾，下午喝夏多內白酒，晚上來一杯伏特加，或是三杯。

我伸出手，她用雙手緊緊包握住。「伊莎，真是太高興見到妳了！」

她和我握手的時間久到令人不適，幸好邁爾斯湊了過來，讓她的注意力轉移到他身上。

「你在這裡啊，寶貝！你吃早餐了嗎？」

邁爾斯點點頭，但什麼話也沒說。

「好，行了，我得趕去辦公室了，」葛瑞格說完轉向我。「邁爾斯就歸妳管了。他的行程表已經寫出來貼在冰箱上，底下有我的電話號碼。他會幫妳導覽，告訴妳家裡每樣東西在哪裡。我六點前會回家。」

他揉揉邁爾斯的頭髮，然後往門口去。他沒有跟珍妮道別，甚至連朝她看一眼都沒有。

我們三人尷尬地在前廳站了幾秒，最後珍妮彎腰親吻了邁爾斯的臉頰，對我露出大大的笑容，接著晃回樓上。

「要帶妳參觀嗎？」邁爾斯問。

「好啊，給我來個豪華導覽吧。」我一面說，一面跟著他穿過他稍早走來的那道門。

媽媽曾說過我終究會找出我註定要過的那種生活。我環顧這間屋子，想像如果我的這個身分是真的、我真的是大學生兼邁爾斯的保母伊莎．威廉斯，那會是什麼感覺。

我只能肯定一件事，那就是這種生活絕對不屬於我。

五天過去，我還是沒發現我要找的東西。

我發現的是，這個家裡是邁爾斯在管事。他知道管家什麼時候會來，知道哪裡放了供她採買本週雜貨的小額現金，也知道珍妮何時會從吃藥改成喝酒。她酒不停灌，眼淚也不停流，此時我們就要閃得遠遠的。

珍妮面對邁爾斯時很憂傷，面對我時則堪稱是惡意滿滿。葛瑞格在場時，她笑容可掬，但一等他離開，她就會伸出利爪。她不想要我在她家裡，不想要我和她兒子相處，但是她酒喝太多、藥吃太兇，無力改變任何狀況。

邁爾斯和我一起玩樂高。我們蓋了堡壘、唱了歌。並且，我到處找了又找。

我沒騙你，這份任務的難度與日俱增。因為，一旦拿到我奉命來找的那樣東西，我就要立刻走人。那麼誰要來照顧邁爾斯呢？

但這樣想是很危險的。於是，我每天都在內心的牆上多砌一塊磚頭，希望這堵牆能封閉住我，把我跟那個金髮藍眼、太過早熟的孩子隔絕開來。

✦

到了第八天，我設法進到珍妮的臥室裡。

終於。

我並不常有機會來到房子裡的這個區塊，因為珍妮大部分時間都待在這裡。而只要她踏出房間，邁爾斯就會緊緊黏在我身邊。此刻，邁爾斯在睡午覺，珍妮在泡澡，和我只隔著一道薄薄的門。

她會在浴室裡一待好幾個小時嗎？她會趕快洗洗就出來嗎？天曉得。但我不能因為無法預料結果，就放這個機會白白溜走。

我在房間裡走動，審視每一樣物品。我在找的是一個隨身碟，它和我口袋裡的那個長得一模一樣，找到之後我就會把它們掉包。有千百個地方可以藏匿這麼小的東西，我已經在葛瑞格的辦公室裡看過每個抽屜、每個角落，卻一無所獲。我還翻過他放襪子的抽屜，看他是否把貴重物品藏在那裡。我開始覺得，即使房子的平面圖沒有畫出內建保險櫃，他們也可能在購屋之後自行加裝，所以現在這就是我搜尋的目標，我可不想第一樁任務就失敗。

珍妮的幾件珠寶隨意散放在精緻的古董桌面上。它們相當精美，我在腦中用想像力拆下鑲台上的寶石，並且計算每一顆的賣價。

但我不是為此而來，於是我強迫自己從珠寶旁邊走開，一一打開抽屜，在房間裡的每一處翻翻找找。房間很大，門邊的角落甚至還擠了一個小客廳，和浴室相連。我慢慢往那個空間靠近，不發出半點聲音，同時聆聽珍妮在浴缸裡唱著走音的曲調。

金斯頓家裝框的全家福照片掛在牆上，描繪出美滿的一家三口，卻完全沒有反映出他們家庭生活的真正樣貌。我相信珍妮曾在社群媒體上分享過這幅照片，讓人人看了都相信真實生活和影像中一樣美好。如同我對房子裡所有壁掛畫作所做的動作，我輕拉相框的邊角，它旋轉打開，露出嵌在牆壁裡的一個小型保險櫃；我阻止自己不要忘形歡呼。我拉一拉門把，但它鎖得緊密嚴實，動也不動。

我盯著十位數字鍵盤，開始冒汗。我會做的事情不少，但破解保險櫃不在我的能力範圍內。我拿出麥特給我的緊急通訊手機。

這就是緊急狀況。

幸好才響了一聲他就接起來。

「怎麼了？」

「沒事。」我悄聲說。「我發現一個保險櫃，上面有數字鍵盤，我現在時間不多。我該怎麼辦？」

「拍張照片傳給我。」

我照他說的做，等待他接收照片。

「挺簡單的，看起來沒有連線到保全系統。按個四位數字試試看會怎麼樣。」

我按了「二五八〇」，因為我曾讀到資料說這是最常見的一組密碼，鍵盤上唯一可以直線湊成四位數字的組合。

「嗶了一聲，小燈閃了一下紅光。」

電話另一頭的麥特沉默了幾秒，然後說：「試試看那個小孩的生日。」

在任務開始前他們給我的資料中，我看過所有的重要日期，可以毫無障礙地從記憶中找出確切的數字。我輸入「一〇一七」，十月十七日。

「嗶一聲，閃了兩下紅燈。」

「該死，」麥特在電話另一頭呸了一下。「這一定是那種『輸錯三次密碼就永久鎖死』的系統。可能經過一段特定時間後會重置，也許是二十四小時吧。妳留在那裡，明天再試一次。」

電話掛斷了。

我洩了氣。我得離開這間房子。浴室傳來的潑水聲讓我呆住，然後我聽見珍妮又唱起了她已經唱了兩天的那首蠢曲子。水龍頭重新打開，或許是因為她泡了太久，水變冷了。

我盯著數字鍵盤，腦中在瀏覽金斯頓家檔案中各個重要的日期和數字。然後我想到葛瑞格，我看得出他很疼愛邁爾斯，儘管他不是事必躬親的那種爸爸。他整天都會傳訊息跟我問兒子的狀況如何，每晚回家時看起來也是真心有興趣和邁爾斯對話。但密碼不是他的生日。

珍妮大笑一聲。我實在難以想像她一個人泡澡時到底在幹什麼。

為什麼葛瑞格沒有把她從家裡弄出去？他顯然夠有錢，請得起所有他需要的幫手。他只有在必要時才跟珍妮說話，但有幾次我察覺他帶著悲傷的神情望向她。那是顯示他心中仍有愛意的表情，雖然他討厭她如今變成的模樣。密碼會是她的生日嗎？或是他們的紀念日？葛瑞格試圖掩藏，但他每夜都睡在客房裡，床邊只有一張照片，是他和珍妮的合照，年輕而笑容燦爛的他們，兩張臉擠在一起，臉頰貼著臉頰。他們後方的天空中滿是煙火。這張照片很有可能是在他們第一次約會時拍的，他們在鄉村俱樂部參加七月四日國慶野餐。

我盯著數字鍵盤，屏著氣輸入了「〇七〇四」。有幾秒鐘毫無動靜，接著燈亮起綠光，我聽見鎖滑開了。

我鬆了一口氣，差點興奮得尖叫。我做到了！

我拉開櫃門，裡面就放著一個紅色隨身碟，有藍色的蓋子，外觀和我口袋裡準備拿來掉包的假貨一模一樣。假貨一插上去就會讓電腦廢掉，葛瑞格會驚慌失措，搞不清楚出了什麼問題，應該根本不會發現隨身碟被調換過。

我正在偷天換日時，珍妮再次發出笑聲，但是距離比之前更近了。她從浴室出來，正盯著我瞧。

「我過去這週都看著妳在我家裡鬼鬼祟祟。」她口齒不清，雙眼半閉著。她敞開的浴袍下，裸露的身體滴著水，在硬木地板上形成水窪。

慘了，太慘了。她把我逮個正著。

「不是妳想的那樣。」我說。

她微微搖晃，發出尖細的笑聲。「當然是。就是我想的那樣。」珍妮朝我襲來，伸出的手像是要抓我或打我，但是她的一隻腳被浴袍垂下的綁帶勾住，我還來不及去扶，她就摔倒了。她的頭隨著一聲巨響撞到地板，金髮底下滲出一道細細的血流。她昏過去了。

「噢，該死。」我悄聲說，在她身旁蹲下，手指按著她的脖子檢查脈搏。

我再度打給麥特。

「我拿到東西了，」我在他接聽時立刻說。「但是我被他老婆抓到了。她喝醉絆到，跌倒了，頭在流血。」

「她死了嗎？」他用沉靜的聲音問。

「沒，但是她需要急救。我該打九一一嗎？」

「好讓她跟警察說她抓到妳偷他們的東西嗎？」麥特啐道。「他媽的快跑，把隨身碟帶過來。」

「那邁爾斯呢？」儘管我和珍妮水火不容，但那孩子值得被好好對待。

「現在就跑！妳不能像這樣在那裡被抓到。只要妳一走，金斯頓就沒有半點屁線索可以找妳。」麥特的叫喊大聲到在房間裡迴響。「快點閃人，離開那間房子。」

然後通話就中斷了。

我不敢再碰她。我可以這樣把她留在原地嗎？我可以丟下邁爾斯嗎？但如果我留在這裡，可能就會招來牢獄之災。她會告訴他們我在搶奪財物。他們甚至可能會怪我害她摔倒，她會說是我推她的。

我拿出口袋裡的另一支手機，葛瑞格用來聯絡關切邁爾斯的那一支，只有在我踏進金斯頓家以後才開啟電源。

「哈囉，」葛瑞格接聽了。

「這裡出了點問題。我上樓來要跟金斯頓太太說我家有急事，需要立刻離開，但是她躺在地上失去意識了。她一定是跌倒了。邁爾斯在遊戲室的沙發上睡覺。你得回家一趟。我家也有急事，我沒辦法留下來。」

「等等——」

但我已經結束通話。我將假隨身碟放進保險櫃、關上門，把照片歸位。我讓自己這麼冒險的唯一理由就是邁爾斯。

葛瑞格可以打九一一求救，他可以回家處理這一切。我得相信我的假名和我採取的種種手段能藏好我的身分。我快步下樓，偷看了邁爾斯最後一眼。他小小的臉龐睡意迷濛，小手裡抓著我教他摺的紙天鵝，就像媽媽以前教我的那種。他會沒事的。他爸爸很快就會趕來。他不是我要負責的問題。

我從後門衝出去，貼著房子的側邊躡手躡腳前進，到了街上就跳上麥特為了這次任務安排給我的車。我離開用柵門圍起的社區時，一輛救護車呼嘯而過，後面跟著警車。

我低著頭，遵守速限開車。他們會檢查車道出入口的監視錄影嗎？會拍到我在車上的畫面嗎？警察要多久會開始找我？

我花了十分鐘開到保釋金借貸公司。他們叫我絕對不要回這裡來，但是現在顯然不是普通情況。

麥特在街道上踱著步等我。

我的車子還沒完全停住，車門就被一把扯開。「妳他媽怎麼拖這麼久？」他把我從車上拉進樓房裡，一路拉到他辦公室才停下來。

「我盡快趕過來了。」我一面說一面把隨身碟交給他，接著將我用來和葛瑞格聯絡的手機放在桌上。我沒有提到我打給他的電話——就算他要檢查，我也已經在關機前把通話紀錄刪掉了。

我不知道邁爾斯會不會在他爸爸趕到以前先醒過來發現她。

不。我不能想到他。

麥特把隨身碟握在手掌，忙著在手機點來點去，讀著上面的某些內容，然後手機鈴聲響起，他縮了一下。

「是。」他看著我，目光死命盯進我的眼睛，接著將手機遞給我。

我遲疑了一秒才接過來。

「哈囉，」我悄聲說。

「跟我報告今天下午的事。不要有任何省略。」史密斯先生經過變聲的嗓音隱藏了他真正的聲音中含有的憤怒。

我告訴他一切，包括我如何推測出保險櫃的密碼。只有打給葛瑞格的電話我沒提起。

「丟下珍妮．金斯頓倒在地上流血讓妳有罪惡感。」

這不是個問題，但我還是回答：「對。」

「這種意外早晚會發生，就算不是今天，明天或後天也會。她已經往那個方向努力很久了。」

我不發一語。儘管此話可能不假，我還是忍不住覺得，如果我沒有去她的房間翻他們的保險櫃，今天這件意外就不會發生了。她會從浴室出來，倒在床上；我在的期間，她每一天都是如此。所以說，如果她今天成功出了意外，就是我造成的。

「對，我知道。」我回答。

「妳完成了任務，但妳太魯莽了。妳亂賭破解保險櫃的運氣，還被一個醉鬼偷襲。妳應該表現得更好。」

他說得對。我應該表現得更好。我該發現她的歌聲停了，我該聽到她走過浴室地板的笨拙腳步聲，我該聽到門把的轉動。

「如果她沒有自己摔倒，妳會怎麼做？」他問我。

「我不知道。」我很快回答。這是實話。我會為了保證自己安全逃脫而做到什麼地步？我想我永遠不會知道。

「我幫妳回答。妳會採取任何必要的行動來保護妳自己和妳的任務。因為妳永遠不能忘記這是一場任務，妳不是那個家的一分子，那不是妳的人生、妳的世界。妳只是個短暫飄過其中的幽靈。那些人才不管妳死活，所以妳也別管他們死活。」

我靜靜讓他繼續對我滔滔不絕。他的一字一句就像刺進胸口的刀。

「我觀察了妳很久。妳靠著自己走到這裡，是因為妳善用資源，又能夠一邊行動一邊思考。妳也有天生直覺，那是學也學不來的，都是天賦。妳今天差點就毀掉了這些天賦。我明白妳在發現保險櫃時覺得有必要打給麥特，但是打電話是最後手段。求助會成為妳倚賴的拐杖。我需要的是能夠不靠外援自行解決問題的人，因為不一定隨時有人幫你。那個女人抓到妳，是因為妳急著完成任務，仰賴麥特的協助。妳當時應該先退一步，針對保險櫃做研究，判斷如何不靠密碼打開它，而不是不顧他那個下幹老婆在隔壁泡澡，還他媽的打電話害自己的身分敗露。」

經過機械變聲的嗓音讓他的粗話顯得更不堪入耳。這不是我預期中的精神喊話，但意外的是，我正需要聽到這席話。他說得完全沒錯，我急著完成任務，我不想再多待一天，加深自己對邁爾斯的情感。

我要做得更好，我會做得更好。這是一道艱難的課題。

像他這樣陳述事實令人深受衝擊。雖然我這輩子都會記得邁爾斯和這樁任務，但他無疑會忘記我。只是，史密斯先生說錯了一點，我不只是個飄過金斯頓家人生的幽靈。

我是飄過我自己人生的幽靈。

只有我自己會關心我，只有我自己會確保我能夠生存。

我只能靠自己。

他最後說：「因為任務完成了，款項會匯到妳的帳戶。下一份任務的指示會在這週內傳達。這幾天妳就收拾行李，妳的下一份任務需要移地進行。我不能冒險讓妳和金斯頓家的人巧遇。」

「是的。」

「救護車已經將金斯頓太太從住處載走，我們說話的同時，警方正在訊問金斯頓先生。下次我要妳告訴我所有細節的時候，任何一件事都不准給我省略掉。」

我深吸一口氣閉住，直到胸腔出現微微的灼熱感，頭也有點發暈。我小聲呼出氣來，悄悄地說：「我會表現得更好。不再出錯。」我無聲地補了一句：我再也不會在任務中動感情。

「不再出錯。」他複述。

13 現在

今天的晚餐聚會跟我們幾週前辦的那場會非常不一樣。我不在餐廳，而是坐在後陽台的桌子旁，因為天氣相當宜人，蚊子也還不多。萊恩在冰鎮我們稍早買的啤酒和葡萄酒，他將酒放進電冰桶，桶身前部刻著「桑納」。這是莎拉去年送他的生日禮物；如果說我這些年來有學到什麼事情，那就是南方人有多相信客製化的禮物是最佳選擇。

就在萊恩幫烤爐開火的時候，詹姆斯和那個女人到場了。

他們走過一小段通往陽台的階梯，我們一同上前迎接。詹姆斯提了兩手啤酒，萊恩拿起一罐，她則遞給我一個用鋁箔紙包住的大盤子，對我說：「雖然妳說什麼都不用帶，但是詹姆斯的媽媽和我今天做的布朗尼實在太多了。」

我拉起鋁箔紙的一角看了一眼。「喔真棒，聞起來超香的。」

我已經可以想像出伯納太太的臉書貼文會是什麼模樣，也許她已經貼了。

「你爸的腿傷還好嗎？」萊恩在握手時對詹姆斯問道。

「漸漸好轉了，」詹姆斯回答。「或者至少他抱怨的情形好轉了。」

那個女人笑了一聲，並且用手肘輕推詹姆斯。「別這麼說。他當起病人可比他兒子乖多了。」她轉向我。「因為他只能待在家，現在家裡隨時有打不完的撲克牌局。已經沒有朋友願意來輸錢給他了。」她的手輕柔地擱到萊恩手臂上。「我知道他很希望你來拜訪一下，也許順便輸給他一兩局，讓他提振一下精神？」

她才到場幾分鐘，就讓兩個男生都對她說出的每一個字全神貫注。

「要萊恩打牌輸掉有什麼難的！」詹姆斯說。

我發出恰恰足以顯得真誠的笑聲，然後示意大家在桌旁入座，萊恩則把詹姆斯帶來的啤酒放進冰桶。

「等我一下下。」我說，然後走進屋裡去拿我稍早做好的開胃菜。我回來坐下之後，深吸了一口氣，沉浸於周圍的一切。這是個美好迷人的夜晚，有著路易斯安那州少見的天氣──溫暖和煦、微風吹拂又不潮濕。把這麼美妙的一晚浪費在工作上真是太可惜了。

對話進行得輕鬆流暢，大部分都是兩個男生在發言。她似乎對這種情境採取跟我一樣的策略：邊聽邊學。

「都是我們在講，」過了一會兒，萊恩笑著說，轉向坐在詹姆斯旁邊的女人。「我想多了解了解我們佛賓湖鎮的這位新人。」

「是啊，我們在賽馬派對上都沒什麼機會聊到……璐卡。」我還是難以大聲說出她的名字。我的名字。我舌上的滋味就和預想中一樣苦澀。

她聳聳肩，對詹姆斯拋去一副溫暖的微笑。「沒什麼好說的啦。詹姆斯和我是幾個月前認識的。我們都在巴頓魯治工作。我是保險調查員，去那裡調查去年秋天的龍捲風災後的幾個理賠申請。」

「對啊，那次災情慘重，」萊恩說。「我有兩個客戶住在那裡。好多人的家整個毀了。」

「實在是悲劇。」她伸手過去讓詹姆斯握住。「讓人對自己擁有的一切真心感恩。」

我使盡渾身解數才維持住臉上甜美的笑容和專注的神情。

「所以說，妳就是在一場接一場的災難裡工作嘍？」我問。

她縮了一下。「算是吧。有時候挺難受的。但是中間也有休息的時段，就像現在。我現在不需要特別去哪裡，在任何地方都可以處理文書作業。」她對詹姆斯再次投以多情的眼神，再次握緊他的手，但他忙著用另一隻手灌啤酒，根本沒有發現。

她很厲害。她的背景故事很牢靠，講述的方式完美無缺，臉部動作能夠對應她的情緒。我不禁另眼相看。

至於詹姆斯就尚需訓練，不過我相當確定他只是顆棋子。她洗鍊自信，他則只是勉強維持形象。我無法想像這哪裡是一場真心誠意的戀愛。

我也曾經處在跟她一樣的位置，單純為了任務而強迫自己裝出某種感情。她一直用充滿愛意的眼神看著他，讓我不由自主對她產生更多敬意。

她轉過來對著我說：「伊薇，詹姆斯說妳在這裡住得還不久。是什麼原因讓妳到佛賓湖鎮來呢？」

「噢，我有一陣子一直是搬來搬去。幾年前，我父母車禍過世，我需要換個環境。」我咬著下唇，朝萊恩瞥了一眼——我的脆弱短暫地顯現出來，但接著又被我強壓回去。他挪近我，手放在我的大腿上。「最後我到了這裡，愛上這個地方。我最喜歡可愛的小鎮了，」我說，伴隨著緊張的笑聲。「也喜歡可愛又擅長簡單汽車修理的男生。」

萊恩在我旁邊輕笑。「如果是比換輪胎複雜的問題，我就只能呼叫增援了。」

她往前傾身，臉上咧出笑容。「說到可愛的小鎮，妳說妳從伊甸鎮來的大學同學是哪位呢，伊薇？我一定認識她或她的家人，畢竟整個鎮也就那麼點大。」

這個賤人。

我露出和她一樣的笑容。「蕾吉娜．魏斯特。她有一個妹妹叫瑪蒂達，還有一個哥哥納森，妳可能認識。我們每次去作客都會在他們家過夜，但我不記得是在哪條街或哪個社區了。」

我們就來瞧瞧她有多厲害、她拿到的針對我的調查資料又有多完整。蕾吉娜．魏斯特是我以前的同學，但是他們家在我們七年級時搬走了。我們小時候是最好的朋友。我可真想知道史密斯先生對我的過去知道多少。差不多五年前，納森醫學院畢了業就搬回伊甸鎮，開了一間免預約診所。由於當地的家醫科醫師不多，他在居民間相當知名且深受敬重。

她皺起眉頭，似乎在苦思該如何回答我。「那名字聽起來的確很耳熟……」她的聲音漸弱，讓句子剩餘的部分無疾而終。

才怪。這回合我得分。她顯然完全沒有自己做調查，完全仰賴史密斯先生提供她的資料。如果他們有發現我早年和蕾吉娜的友誼，知道她搬家前我們形影不離，那麼他們就應該會跟她簡述過納森這個人。我猜測史密斯先生沒有挖到我高中以前的任何紀錄。

「妳家還是住伊甸鎮嗎？」萊恩問。「我以為妳的公司不會派妳去離家那麼遠的地方出差。」

「我現在住在萊利。伊甸鎮是個很棒的地方，但就是小了點，妳懂嗎？」她聳聳肩，然後看著我，彷彿我會同意她的話。「我公司人手不足，所以我們的負荷都有點大。哪裡有需要，我就會被派過去。」

「妳們兩個都跑過很多地方，」詹姆斯大笑一聲說道。「伊薇，我想如果妳搬來和萊恩住，就是計劃要久待了吧。不會再搬來搬去了？還是說這裡只是暫時的一站？」

「詹姆斯，妳這樣會讓她很為難啦。」萊恩的聲音裡帶有一絲兇惡，如同我幾天前在他格蘭威公司的辦公室聽到的。

她把詹姆斯的手用力一捏，緊到讓他「噢嗚！」叫了一聲。接著他壓低聲音對她細語：「我以為妳想知道她會不會久待。」

是的，他絕不可能也在替史密斯先生工作。他在這方面完全稱不上有能力，她也必須更努力設法讓她的棋子乖乖安分。

「好問題，」我說，無視他的最後一句話。「如果我還有繼續飄泊的打算，我就不會接受萊恩邀我搬過來了。」萊恩的拇指輕輕從我腿上拂過，我知道他很滿意我的回答。

「要是她看到我計劃中的菜園和溫室，她就哪裡也不會去啦。這是個兩人合作的計畫，所以她可不能丟下我。」

我的注意力立刻切換到他身上。「你要弄個菜園？」

他緩緩搖頭，臉上笑得更開了。「不。」短暫停頓一下之後，他說：「是『我們』要弄個菜園。妳說過妳一直想要。」

我臉上泛起的紅暈是發自真心，但願我不用和桌旁的另外兩個人共享這一刻。

她往前一靠，打破了萊恩和我之間魔咒般的氛圍。她問道：「可以跟我說一下最近的化妝室在哪嗎，伊薇？」

但萊恩已經站了起來。「我帶妳去。我正好要進屋子拿牛排，得趕快送它們上烤架了，不然就只能等到明天當早餐吃。」

她跟著他進屋，我知道她會利用這個時機翻揀我們的東西。如果是我也會那樣做，但更重要的是，我就希望她那樣做。我放了個小東西要讓她發現，我知道她會向史密斯先生報告。這是個危險的把戲，但我需要他把手上的牌全亮出來。我受夠驚喜了。

這個狀況中有趣的點在於，我其實無從判斷她是否知道我是在這裡執行任務，和她一樣。她會不會把我當成其他毫無疑心的目標對象？她收到的指示是否告訴她，提及北卡羅萊納州的伊甸鎮會讓我慌亂不安？

「詹姆斯，你的牛排要幾分熟？」萊恩喊道，他走回陽台上，端著一大盤醃好的牛排，身上穿的圍裙寫著「你不必親我，但可以幫我拿啤酒」。

「三分。」他回應道，然後往烤爐那邊移動。

我啜飲葡萄酒，再給那個女人幾分鐘翻我的東西，接著才從桌旁站起來。「看來你忘記拿菜了。我去拿。」

萊恩對我點點頭，然後轉向詹姆斯。

我走進廚房，以為會看到她，但室內空無一人。我看看錶，她花太久時間了。

我無聲地走向樓梯。我爬到最上面一級時，她正從樓上走廊的浴廁出來。

「我怕妳迷路了呢。」我說。

她驚呼一聲，往後跳了一小步，手撫胸口。「噢，我沒看到妳！」她的表情隨後變成富親和力的淺笑。「我上樓的途中，看樓梯牆壁上這些可愛的家庭照片看得出神了！萊恩小時候真討人喜歡啊！」

我轉頭看著她說的那些照片，不得不贊同。他是挺可愛的。我也在心裡給她加了幾分；她找的藉口很不錯。

她往樓梯移動，在那邊等著，彷彿要讓我先走她再跟上，但我往旁邊一站。「我們等等下樓見吧。我只是要去我房間拿個東西。」

她僅僅遲疑了一秒，然後就微笑著從我身邊走過。她一離開視線範圍，我就前往位於走廊末端的我們的房間。她只可能在那裡找到一樣東西，我也希望她找到。

我到梳妝台前打開了抽屜。一疊紙張上有兩支原子筆和一支鉛筆，用特殊的方式排放，她必定需要移開筆才能看到紙上寫了什麼。她顯然就是那樣做了。我一把關上抽屜，走回樓下。

我拿著蔬菜回到戶外，把托盤遞給萊恩。太陽已經下山了，於是我把我分散放在這個區域周圍的蠟燭點亮。

「應該都快好了。」萊恩說。

我點點頭說：「太棒了，我把其他的從廚房拿來。」

不久後，萊恩就在每個餐盤放上一塊牛排，配上一份烤蔬菜，我則在餐桌中間擺上大蒜麵包和一大份沙拉。

「看起來都好美味喔，」她說。「你們真是太好客了。」

我切了一小塊牛排送進嘴裡，緩緩咀嚼。「能招待客人我們也很高興，」我說著看了看萊恩。他對我投來他那副淘氣的笑容，我們都想到他先前花了兩個禮拜說服，我才同意舉辦上一場晚餐聚會。

「你們會在鎮上待多久？」萊恩問。

她看向詹姆斯，彷彿不知道答案。

「也許再兩週吧，」他說。「只要我爸恢復一點行動能力，我離開家就不會那麼過意不去了。」

「你們兩個可以休假這麼久真是太好了。」萊恩說著喝了一大口啤酒。他下午稍早時也提過這件事：他在擔心詹姆斯回到鎮上真正的原因是什麼。如果詹姆斯真的像他說的讓生活上了軌道，有了工作，那就不禁令人心生疑問：他為什麼能請這麼久的假？

「這就是靠筆電遠距上班的美妙之處，」他笑了一聲說道。「在哪都能工作。」

「你是做什麼工作的呢，詹姆斯？」我問。

他看向那個女人，活像是只有她才知道如何回答。她回望他時的表情，只能說是像在希望他回答這個問題時不要徹底搞砸。

最後他終於轉過來看我們。「其實是璐卡幫我在她公司找了份差事。我是替她工作的。」

要不是他講得這麼死氣沉沉，他原本應該可以更有說服力的。他沒能讓我們覺得他們是平等的工作夥伴，反而顯得像他是個接受施捨的對象。

我邀他們來吃晚餐讓萊恩不太開心。他早先在車庫裡弄東弄西了足足一個小時，然後下午剩下的時間都在把屋內明顯且容易移動的貴重物品給藏起來——包括我的首飾和他放在藥櫃裡的處方藥。那些女生說過，詹姆斯上一次回到鎮上時偷了萊恩的東西，但是萊恩不曾對我坦承這件事。而且從他們現在相處的樣子，你也看不出他們曾經有過節。

為今晚做準備的過程是我們之間關係最緊繃的一次。

不管萊恩在怕什麼、詹姆斯的動機又是什麼，我唯一在乎的是她。

晚餐餘下的時間都花在閒聊上。萊恩和詹姆斯一罐接一罐地灌啤酒，喝得都茫了。她和我一起清理餐盤，同時詹姆斯和萊恩在幾乎全暗的院子裡丟著一顆舊足球玩，兩個人都是漏接比接住的次數多。

她跟著我進屋，一起清理碗盤、倒掉廚餘。史密斯先生告訴過我為什麼她會出現在這裡，但是她這麼好的人才只拿來作為提醒的工具，實在太浪費了。現在，既然她翻過我的東西，我就知道她是主動出擊的角色；她不是只負責觀察。我決定單刀直入。

「妳收到妳的下一份指示了嗎，或者還在每天看信箱？」我的語調很隨性，從她指間滑落掉進水槽的盤子讓我知道，我的出招讓她猝不及防。

但她很快就恢復過來，說話的同時臉上浮現出困惑。「指示？」

「我不期待妳會回答。但我期待妳傳個話，說我正在這裡執行任務，不希望遭到任何干擾。」她的肢體語言告訴我，她是真的因為我的話而訝異，我猜她並不知道我們的老闆是同一個人。我靠過去一點。「我們的共通點比妳以為的還多。」

她臉上仍然帶著難以置信的表情，但現在比較控制住了。「對不起，我真的不知道妳在說什麼。」

「伊甸鎮凡布倫北街上的 Sheetz 超商——旁邊那條街是叫什麼名字？」

她微微張口，但是沒有說話。

「是體育場東大道，也就是通往高中的同一條路。伊甸鎮上的任何人想都不用想就會知道，」我說。「妳已經把樓上找到的東西拍照傳給他了嗎，還是妳要等回到伯納家再傳？」

我的語氣讓她不禁一縮。「我不知道——」

我靠得更近。「我們可以省省時間、妳就直接回答我的問題嗎？」

緊張的一分鐘過後，她說：「我已經把照片傳給他了。」

她不可能知道她的發現毫無用處，她只知道那東西在我的梳妝台抽屜看起來格格不入，而且很可疑。只要這樣，她就會把這項發現回報給史密斯先生。

而我捨不得放過這個機會，讓他知道我對她的出現有何感受。他知道我不會把任何敏感資料放在這間房子裡。所以我建了一份試算表檔案，標題叫作「歌劇公會募款晚宴」，內容是一串假的姓名和信用卡號碼，代表的是我當初在鄉村俱樂部拍賣會那晚應該得手的收穫，假如我沒被抓到的話。這份表單足以引起她的注意，史密斯先生也會知道我是刻意設計讓她發現的。我不喜歡他派人侵入我的空間。

她起步離開，然後躊躇了一秒。「妳怎麼知道的？」

「我預期到妳會搜我的東西，所以我放了那個讓妳發現。但如果我沒有事先預期，我是不會察覺的。」我不知道自己為何感覺有必要給她一點點讚美。我們根本不是同一陣營的。

「我該去看看詹姆斯了。」她說。

我們就快要走到陽台門邊時，我說：「最後警告妳一聲。執行任務和變成任務目標只相差一小步。」我還有更多話想說，但我已經說得太多了，而且史密斯先生不會樂見我對她如此暢所欲言。

她推開門，用她那甜膩的聲音說：「詹姆斯，親愛的，你準備走了嗎？」

「好了，寶貝，妳準備好，我就好。」他喊聲回應。

萊恩和我送他們出去，我發覺不只我們之間氣氛很僵，萊恩和詹姆斯也是一樣。相較於晚餐時的談天說地，我們的道別顯得短促。她坐上駕駛座，因為詹姆斯連靠著自己的雙腳爬上車都很勉強。她發動車子時，我們對上視線。

萊恩和我目送他們倒車出了私家車道。

「詹姆斯怎麼了嗎？」我問。

我身旁的萊恩緊繃起來。「還是一樣的老毛病。」

他們的車頭燈一消失在轉角，我們就手牽著手回到屋裡。

14 現在

週日我醒得比平常早。前一晚的種種事件催生了一連串無窮無盡的問題，毫不意外地讓我很難睡好。我溜下床，小心避免吵醒萊恩，下樓到廚房去。我需要利用接下來的兩個小時好好思考，在等待史密斯先生下一步動作的同時，我該做什麼。

我啟動咖啡機，然後打開早餐區的小電視。當我望著深色液體以穩定的頻率滴流，一部黑白老電影在背景傳來模糊的聲音。

沿著樓梯而下的喧鬧聲使得我立刻轉身過去。萊恩匆匆步入廚房，手機貼在耳邊。他對我打了個響指，然後指向電視機。他用手蓋住手機收音孔說：「轉到第三台。」

他看起來驚慌失措。

「我再回電給你。」他說完就結束通話。

我轉了台，地方新聞記者佔滿整個螢幕。她人在某條路旁，背後冉冉升起的溫暖陽光照亮了橫越湖面的一座橋。

「事故發生在昨晚十一點過後不久。有關當局表示肇事車輛以高速行進，在橋梁末端衝出路面撞破護欄，落入湖中。面對駕駛人是否失能的問題，警方表示他們在毒理學報告出來以前無法回答。」

攝影機拍出現場全景，我全身湧過一股暈眩感。昨天倒車離開我們家車道的同一輛車，目前正由一台大型吊車拖出水面。然後螢幕上放出詹姆斯和那個女人在賽馬派隊上的照片。

「詹姆斯．伯納和伴侶璐卡．馬利諾是從巴頓魯治到鎮上拜訪。兩人均被宣告當場死亡，伯納的家屬稍後收到通知。」女記者說。

要命。

然後畫面切回主播台。「克麗希，這對伯納先生的家人是何等噩耗。」

克麗希隨後出現在分割畫面上。「是的，艾德。伯納先生的父親目前因為摔傷在家休養，他的兒子詹姆斯是回家協助母親照顧他。他們籲請外界在這個哀痛的時刻尊重他們的隱私。我們已去電聯絡北卡羅萊納州伊甸鎮的友台，也就是璐卡．馬利諾的家鄉。我們收到有關她的資訊，將在今天的晚間新聞分享。」

萊恩以手掩口，眼睜睜盯著小螢幕。他的表情空洞，彷彿還在消化剛看見的事情。

新聞播到下一則報導時，我關掉電視。萊恩跌坐在離他最近的椅子上，雙手抱頭。我到他身邊去，手指輕輕耙梳他長長的髮絲。

「我不敢相信。我們昨天道別的時候鬧得很不愉快，而現在發生了這種事。他一輩子都亂七八糟，惹過麻煩，偷過我東西……但我本來以為他變好了。結果我們昨晚丟著足球玩的時候，他跟我要錢。我喝醉了，控制不住自己，跟他說我永遠不想跟他扯上關係了。」

我一語不發，只是繼續輕撫著他的頭髮，同時思考著這件事怎麼可能發生，又代表了什麼含義。

「我們得去看望他爸媽，」他抬起頭來看著我說。「她有喝醉嗎？我們是不是應該阻止她開車？」

我搖搖頭，過了片刻才發得出聲音。「不。她整晚下來也就喝了兩杯。她開車沒問題。」我不願意讓他為了這件事的任何部分責怪自己。

這似乎讓他寬心了些，但是沒有持續多久。他像坐到彈簧般從椅子上跳起來。「我得去看看他爸媽。他媽媽一定會心碎的，他爸也是。幹，警察會要找我們談話的。」他緊閉雙眼。「我們是最後看到他們在世的人。他們會有問題要問。」

他在胡言亂語，我得讓他鎮定下來，希望可以勸他打消聯絡警方的念頭。我最最不需要的就是讓警察知道關於我的任何事。

「一步一步來。我們先換好衣服，去探望詹姆斯的爸媽，看看他們辦喪事需不需要我們幫忙。剩下的我們晚點再來擔心。」

他一面點頭，一面在廚房中央繞著小圈子踱步。

「好，我們就這麼做吧。」他停下腳步。「那麼璐卡呢？我們要打給她爸媽嗎？妳跟那個家住那邊的高中同學還有沒有聯絡？也許她認識他們。」

深吸一口氣，閉住，慢慢吐氣。

「我們先從詹姆斯的爸媽開始吧。他們搞不好已經打給她的家人過了。」

他再度點頭，然後衝向樓梯。「我十分鐘就可以準備好。」

我跌坐到萊恩走後空出的椅子。

快逃。

我在腦海中頭也不回地遠離這座小鎮。

吸氣。

我得把這件事想個清楚。我得把自己當成史密斯先生來思考。他用了這番時間和精力把她弄來執行任務，動用人脈把她安插到這裡，他會願意在她才到不久後就把她幹掉嗎？

這個可能性唯一有機會實現的前提，是她已經完成了她奉派執行的任務，不再具有利用價值。但我看不出來這怎麼有可能。

我接下這份任務時就知道這是測試——在我替他工作的八年內，也不是第一次遇到測試。所以我料想到這裡的情況不如我一開始得知的那麼單純。唯一能夠確定的是，那個女人之所以出現在這裡，和我老闆對我上次任務成績的不滿有關聯，而她現在死了。

現下，我要陪萊恩去詹姆斯的爸媽家，我們會說詹姆斯人生的最後幾個小時過得多麼快樂，藉以告慰他們。我會盡我所能查清楚這個被派來冒充我的女人的底細。我會在萊恩哀悼朋友的時候握著他的手。儘管萊恩說了重話，我還是知道他不會希望詹姆斯死於昨晚的車禍。死亡就是會讓那種嫌隙變得微不足道。

最重要的是，我會把已經開始的事好好完成。

✦

我們開到詹姆斯的爸媽家時，房子前面停了兩輛警車。雖然知道這是可能的情況，但我心裡原本希望警察已經來過又走了。

萊恩把車停在街上離他們兩戶遠處，他找得到最靠近的車位就是那裡了。

伯納家住在一個比較老舊的住宅區，在與萊恩隔湖相對的另一岸，房屋多半起造於八〇年代中期，褐磚的色調有深有淺，屋頂偏低，私家車道很窄。

一串穩定增加的人流跟我們一樣走向前門。

「現在怎麼會有這麼多人？這種人數看起來應該是出現在葬儀社的。」萊恩穿過人潮前往屋側時，我輕聲問道。我知道他和詹姆斯是一起長大的，他小時候也常來這裡，所以他能繞過前門並不令我意外。

「這些應該多半是鄰居還有他們教會的教友。在葬儀社舉辦告別式的時候，人數大概會是現在的兩倍。這其中有很多女人在冷凍庫裡常備砂鍋燉菜，就是專為了這種場合。」他轉過頭來看我，翻著白眼補上一句：「此外，他們也是為了聽八卦才來的。」

萊恩帶頭從側門進屋，我們從狹窄的後玄關走向主要起居空間。每一面牆邊都是滿滿的人，偏低的天花板更增加了壓迫感。有一群小老太太穿著相同的工作圍裙、別著看起來很正式的名牌，如果我沒猜錯，她們應該是和伯納家同個教會的讀經小組。她們到處端水或咖啡給訪客，並且維持室內整潔。

「他們不在這裡。」萊恩咕噥道，然後把我拉到走廊，然後又通過一扇打開的門，到了一間小辦公室。

蘿絲・伯納纖弱的身子縮在一張過大的椅子上的角落，韋恩・伯納則擠在她旁邊的扶手椅上，摔傷的腿用腳凳撐著。有個制服員警坐在他們面前的凳子上，另外兩名警察站在他後方。我們一到門口，警察的注意力就轉了過來。

萊恩和我雙雙後退一步。「抱歉，我們不是故意打擾……」

伯納太太看見萊恩時，發出一聲悲傷的哭喊。「別走，」她哭道。「怎麼會發生這種事，萊恩？他昨晚在你家的時候都還好嗎？是不是出了什麼事？」

萊恩進到辦公室內，蹲到她身旁，伸手包覆住她的手。「什麼事也沒有。他當時好得很！他們兩個都是。如果我覺得他們狀況不佳，就絕對不會讓他們離開的。」

警察們互看一眼，這才意識到死者在車禍前來過我們家。我們從普通的訪客變成了針對他們事故前精神狀態的潛在證人。

伯納太太向前傾身到恰好讓萊恩能夠擁抱她的角度。伯納先生大聲哽咽，伸手過去握著太太的手作為支持。

我不該來的。我應該讓萊恩單獨處理才對。我應該跟他說這是人家的私事，我這個陌生人不宜在場；但我當時太急著挖到關於那個女人的任何一點資訊，以至於我忽略了自己在這裡可能蒙受的風險。

現在我才發現自己犯了多大的錯。坐在凳子上的那個警察盯住了我們。由於萊恩的擁抱似乎是唯一防止伯納太太崩潰的支柱，警察便先找上了我。

「您好，」他說著把筆記本翻了一頁。「我是波洛克副警長。我正在盡可能蒐集相關資訊，您介意讓我問幾個問題嗎？」

我進退兩難。我不能說「我什麼都不知道」，因為他們昨晚顯然是和我們在一起。而即便我希望能照自己的步調來回答問題，現在也是個我不得不接受的時機。

「當然好，」我說，然後朝萊恩的方向點頭。「我們一聽說出事了，就急忙趕過來。詹姆斯和璐卡昨天晚上來過我們家。」

他將筆懸在空白的紙頁上，問道：「請問您的姓名……？」

我只遲疑了一秒就回答，「伊薇．波特。」我現在正式有了對警察說謊的紀錄。

「伊薇是全名，還是簡稱？」

「全名是伊芙琳。」

「好的，波特小姐，您是怎麼認識伯納先生和馬利諾小姐的？」

萊恩從伯納太太身邊離開，向她承諾不久就會回來，然後站到我旁邊。他的右手臂滑過來環住我的腰，我無法確定他是想要表示團結，或是需要從我身上得到撫慰。

「嗨，我是萊恩·桑納。詹姆斯和我是老朋友，我跟伊薇昨晚請他和璐卡來家裡吃飯。」

波洛克副警長振筆疾書，提出下一個問題時沒有抬頭。「馬利諾小姐昨晚有喝酒嗎？」

萊恩回答前看了看我，這短暫的停頓讓副警長停下筆，目光也從筆記本移到我們身上。

「他們六點鐘左右到的時候，她喝了一杯葡萄酒，然後又喝了一杯配晚餐。詹姆斯喝得比她多了不少，所以才由她開車。」我回答。

波洛克副警長頓了一下，然後回頭寫筆記。「她離開府上時，您認為她看起來像是可以控制自己的行動嗎？」

「可以。」萊恩回答。

「她的飲酒量有可能比您看到的更多嗎？也許她在您沒注意到時又喝了一兩杯？」

「不是沒有可能，但我覺得機率不大。她整個晚上都和我們在一起，只有去洗手間時除外。」

在這樣的事故中，酒醉駕車是最顯而易見的原因。關於她酒精攝取量的問題，終究會由驗屍報告來解答，但我知道她不可能喝超過兩杯。

「伯納先生有因為回程不能開車而吵鬧嗎？」他問。

他的問題讓伯納太太緊抓住胸口。萊恩發覺到她的情緒，示意我們改到走廊上去。

「沒，完全沒有。他是很配合、很樂意地坐到副駕座的。」我們走出去之後，萊恩終於回答。

副警長點點頭。他抄寫的內容比我們說的話還多，但是筆記本擺放的角度讓我看不到字。

「伯納先生和馬利諾小姐昨晚的相處怎麼樣？有口角嗎？或是爭吵？」

「不，完全沒有。」我回答。

「有任何事可能造成馬利諾小姐心煩意亂嗎？或是情緒不好？」警察看著萊恩，聳著肩補充一句：「有談到什麼前女友嗎？我知道老朋友聚會是什麼狀況。她是不是被迫坐在那裡聽伯納先生的光榮往事，也許聽到的事讓她不太開心？」

「不，完全沒有那種事，」萊恩說，他的話中隱含憤怒。「我們都不想讓璐卡或伊薇覺得不舒服。」

警察舉起一隻手。「好，我懂，但我不得不問。我只是想搞清楚她昨晚坐在駕駛座上時心裡有什麼想法。」

我知道她有什麼想法。我不但讓她身分敗露，還恫嚇她說史密斯先生很快就會像出賣我一樣出賣她。而在詹姆斯找萊恩要錢之後，萊恩說他再也不想跟他扯上關係。他們兩個當時都處在不怎麼好的狀態。

「他們是幾點離開府上的？」他問。

「快要十一點的時候。」我說。

每個問題我們都回答了，勾勒出當晚的情形，從昨天上午在五金行的晚餐邀約，到我們整天的行動，一直說到我們在安靜的街道上看著他們的車尾燈消失。波洛克副警長只有在萊恩對其中一個問題支吾其詞時抬起頭，不過他搞不清楚細節多半只是因為他和詹姆斯拚酒，我相信昨晚在他的印象中會有點模糊。

「在伯納先生回到鎮上以前，您最後一次和他聯絡是什麼時候？」

萊恩望著遠方，似乎迷失在思緒中。他最後回答：「大約一年前。他缺錢。我寄了錢給他。」他只用最少的字數回答，沒有提到詹姆斯最近向他尋求金援的一次。

副警長看著我。「那麼妳在伯納先生回到家鄉前，最後一次和他的互動是何時呢？」

我搖搖頭。「我一週前才第一次見到他。」

萊恩在我來不及阻止時就補充說：「伊薇是幾個月前從阿拉巴馬州的布洛克伍鎮搬來的。她之前不認識詹姆斯。」

噢幹。我看著他抄寫下萊恩說出的最後一點有用資訊；只能希望伊芙琳．波特的背景資料禁得起考驗。

終於，副警長將筆記本和筆收進口袋。「如果有進一步問題，我們會再聯絡兩位。」

我點頭，但萊恩在他走開前將他攔住。「你們通知璐卡的家人了嗎？」他仍然環在我腰上的手臂將我拉近。「我想他們也許會希望跟我們說說話，因為我們是見到她最後一面的人。」

「我們已經聯絡了伊甸鎮警方，正在等待他們回應。他們在試著找出她有沒有任何親戚。」

北卡羅萊納州伊甸鎮沒有璐卡・馬利諾的親戚，但他很快就會發現這一點了。

「那麼，如果他們有問題想問，或者只想談談，你可以把我的電話號碼轉給他們嗎？」萊恩問。

波洛克副警長點了點頭。「當然。」

警察離開後，我們扶著伯納夫妻回到客廳。雖然有長長一條人龍等著致上哀悼，伯納太太仍然只緊抓著萊恩。他在沙發上坐到她旁邊，她在那裡和一一上前的每個人說話。看起來我們短時間內走不開了。我自告奮勇去廚房幫忙，教會的女士們大部分都移動到那裡了。在八卦這方面，沒有人比得過端著砂鍋菜、信仰虔誠的教會姐妹，於是我在咖啡壺旁就定位，主動把每個遞過來的馬克杯斟滿，希望在我找到機會偷溜進詹姆斯和那個女人住的房間前，能聽到些有趣的對話。

有三個女人跟我一起待在廚房裡。法蘭姬似乎是這個團體之中的大廚，把眾人送來的雜七雜八的食物一半分裝成小份，放進冰箱讓伯納夫婦之後再吃，另外一半則放到餐廳的桌上，擺成自助餐，讓訪客取用。東妮是我媽所謂的「裝忙高手」，她擅長擺出忙碌的樣子，但其實什麼事也沒做。珍是專管清單的，有待聯絡人員的清單、待買物品的清單、收到餐點的清單、訪客的清單，還有一份是要寫信感謝送菜和拜訪的所有人的志願者的清單。

死亡所需要的組織工作還真不少。

法蘭姬有幾分鐘消失在和廚房相鄰的小洗衣房，重新現身時拿著一大籃摺好的衣服。「我要把這些搬到詹姆斯的房間。」她說。

籃子的重量顯然超過她的負荷，於是我把握住這個機會。

「請讓我幫忙吧。我搬得動的，只要幫我指個路就好。」我說，手已經擺在籃子上。

法蘭姬看起來鬆了一口氣。「親愛的，妳人真是太好了。這是詹姆斯和璐卡的，我不想讓蘿絲現在還得處理這些。他的房間是右邊數來第二間。」她說著指向廚房外的走廊。

我快步走出廚房，到了走廊上。看到這個房間維持著他們昨晚離開、以為自己還會回來時的原狀，實在令人心驚。我把那籃衣服丟在沒鋪過的床上，我花了點時間翻揀小桌子上的紙張，但是沒什麼重大發現。

床邊有兩個相鄰的行李箱打開來放在地上，裡面的衣服都滿出來了。浴室的台面上胡亂散放著盥洗用品和化妝品。我先從那個女人的行李翻起，但只翻到衣服和鞋子。我很訝異他們待了這麼久，卻沒有把行李箱清空，利用衣櫥和斗櫃置物。我用手指拂過她行李箱的內側邊緣，摸到一個不平坦的凸起區塊。我往內襯挖，發現用魔鬼氈黏起的封口，一打開來，看見的是四乘六吋牛皮紙信封熟悉的棕色。

我收到的任務指示也是裝在同一種牛皮紙信封裡。

我拿出信封打開，看到裡面放著的那張紙時，心臟怦怦重跳。

目標：伊薇・波特

進行初步接觸後，就要準備與目標再次互動。如果有機會進入目標的住處，就藉機搜索她的物品，特別針對她的個人生活空間和所有物。如果有任何她眼中重要到需要藏匿的物品，不論是什麼都要呈報。若不確定，先記錄下來傳給我。碰到她的東西時，需要格外謹慎，絕不能留下痕跡。

我細看信封的外觀，看到快遞站的地址和「二八七〇」的信箱號碼。他一定是處境急迫，才派她來翻查我的東西。他明知道我絕不會把任何有價值的東西放在萊恩家。

我將那張指示放回信封，對摺後塞進我牛仔褲的後口袋。

「裡面還好嗎？」法蘭姬在打開的門外問，嚇了我一跳。

我轉頭看著她，同時抓起一疊我從行李箱拿出的衣服。「我想我可以讓伯納太太省點事，幫她把璐卡的衣服打包好，畢竟她一定要把她的東西寄回去給家人吧。我不希望她還得處理這些。」

我這段話贏得對方一個大大的笑容。「噢，太棒了。我來幫妳整理完吧。我在避著珍，她想叫我去洗碗。」

法蘭姬和我用接下來的三十分鐘把他們的物品放回兩個行李箱裡。我繼續尋找更早應該收到過的任務指示和針對我這個任務目標的詳細描述，但我沒有發現。

我出了房間，走向客廳去找萊恩。我得離開這裡，去跟唯一能幫助我決定下一步的人談談。

化名：蜜亞·畢安其

——六年前

有很多人爭相要成為安德魯·馬歇爾最出色、最優秀的幫手。所有員工和志工必備的主要技能就是逢迎諂媚。我決定採取相反的策略。這肯定很冒險，但我不在乎對方有多麼自命不凡，不留情面的誠實就是比盲目的崇拜更有價值。如果安德魯的聰明才智讓他爬到了今天的位置，那他也會懂得這一點。

我目前被安插在安德魯·馬歇爾競選田納西州州長的團隊裡。第一份針對這項任務的指示中，寫著我新身分的姓名，蜜亞·畢安其，以及位於田納西州諾克斯維爾新公寓的地址，此外在頁底還附了一張手寫的便條：「**妳要進大聯盟了，這次千萬別搞砸。**」

雖然我已經替史密斯先生工作了兩年又多一點，我仍沒有見過他本人，從金斯頓家那次之後也沒再跟他透過電話，所以我猜這個額外的註腳是麥特留下的。

所有訊息都透過麥特傳達。

第二份指示在我落腳於諾克斯維爾的一週後送來，其中指出安德魯·馬歇爾是任務的目標，並告訴我蜜亞·畢安其下週會開始在他的競選團隊工作。我的髮型、妝容和衣著都必須無懈可擊。我要成為全場最出色的人物，不可或缺的要角。我有七天時間深入研究安德魯・馬歇爾的生活，以及所有相關人士，包括他的對手，如此一來我在上班第一天就能有備而來。我一心想要往上爬，所以我絕不可能不做好萬全準備。

從第一份任務以後，我已經有了長足的進步。當時我確實就如史密斯先生說的一樣粗心魯莽，弄得一團亂，還好運氣站在我這邊。珍妮在藥物誘導昏迷狀態下度過了一週，頭部受到的撞擊和酒精與藥物混合的結果相當不妙。她甦醒時，失去了摔倒前整整二十四小時的記憶。我因此脫罪，或者該說伊莎・威廉斯因此脫罪。

過去兩年來，我去關心過邁爾斯的狀況一兩次。金斯頓夫婦離婚了，看起來邁爾斯是跟著金斯頓先生和新任的金斯頓太太生活。我上次偷看新女主人的臉書時，她分享了一篇貼文，來自她委託的室內設計公司，將珍妮留下的所有痕跡都移除了。貼文附有房子全新裝潢後的室內照片，其中一張是邁爾斯的房間。我把書架的部分放大，看到一格層架上放著一隻摺紙天鵝。我無從得知它是不是我當天摺給他的那隻，或是他學會以後自己摺的，但是看到紙天鵝被慎重其事地擺出來，好像成了我曾存在於那裡的證據，即使時間非常短暫。

也許我不如自己認為的那麼像個幽靈。

針對安德魯・馬歇爾的任務是我第一次需要打入新環境，從一開始我就獲知我要到兩個月後才會收到進一步指示。這也是我第一次拿到裝著必需費用的厚厚現金袋，用來支付房租、水電費和其他讓我成為蜜亞・畢安其的附帶步驟。往上爬了一階的滋味真是相當甜美。

我花了三個月的工夫，但現在安德魯．馬歇爾不管什麼事都會徵詢我的意見，小自要打哪條領帶，大至是否要參加某場活動。我只要點頭或搖頭一下，就能讓其他人細心為他做好的計畫付諸流水。

只有安德魯．馬歇爾本人對此欣然接受。

哪怕我腦袋後面沒有長眼睛，我也知道自己是大家想從背後捅刀的眾矢之的。他的團隊員工把我的背景挖遍了，想找出任何一點足以把我推下寶座的缺陷，但是他們空手而歸。

我是蜜亞．畢安其。雖然我其實是二十二歲，但新證件上寫的年齡是二十七，造假成功的關鍵在於合適的衣著和化妝。我是克萊門森大學的畢業生——校隊隊呼是「猛虎出柙！」——，公共政策課程的成績優異，在辯論隊更是大殺四方。我想也想不透，某個人是怎樣把我的影像加到一張幾年前辯論隊和北卡州立大學比賽的照片裡。然而，照片就是擺在眼前，解析度低得恰到好處，如果你特別留意就看得出我，但是沒有清晰到會讓其他真正在場的學生有所懷疑。

和麥特共事兩年之後，我知道他並不具有讓我徹底融入這種人造生涯所需的能力，於是我對史密斯先生背後的團隊愈來愈好奇，不知道有多少人跟我一樣在外頭替他辦事。

但這些事該留到改日再想。

今天的重點是安德魯．馬歇爾是否該參加美國律師公會舉辦的活動，地點在南卡羅萊納州希爾頓黑德島鎮某間高級飯店。那是為期一個週末的會議，給律師（包括像安德魯這種已不執業但執照仍然有效的）參加的進修教育課程，穿插在晨間的高爾夫球和下午的聯歡會之間。活動的目的既是為了三十分鐘的速成課（例如關於小型事務所使用的最新科技等主題），也是為了彼此交際、建立人脈。由於我等待已久的第三份指示明確要求讓安德魯出席這場活動，我正在往這個方向推進。

但是他手邊還有同一時間在孟菲斯的另一個露面機會，對他的選情更有益。因為他是要在田納西州而非南卡州選州長，我要爭贏這一局會很吃力。

安德魯的妻子瑪莉對我深感厭煩。我沒給她任何懷疑我在覬覦她丈夫的理由，但女人就是這麼奇怪，就算沒有理由，她還是對我抱持這種想法。

安德魯・馬歇爾的驚人之處在於他真的是個好人。我已經搜遍了所有找得到的檔案和紀錄，他對我全未起疑，讓我可以自由取用資料；其中沒有任何一點線索指向盜用公款、黑箱交易、見不得光的協議，他對妻子的愛如同見到她的第一天般歷久彌新，他也給予手下員工很好的待遇。連他的寵物都是收養的搜救犬。

在我過去的任務中，核心都是我去取得史密斯先生想要或需要的某樣東西——不論是電腦檔案、文件或任何實體物品財產。但這份任務從一開始就不同。

現在我知道了自己為何來到這裡。安德魯・馬歇爾會是下一任田納西州州長，而史密斯想要從任期第一天就掌握住他。

既然沒有發現可用來勒索的把柄，我就得創造出一個。

他的團隊主任剛分析完為何應該選擇去孟菲斯、不去希爾頓黑德島，所有的理由都非常好。

我這邊支持會議活動的好理由已經先分析完畢。希爾頓黑德島的會議是涵蓋更大地區的，不是只有南卡州，而且會有幾位大人物出席，簡報主講人就剛宣布要參選總統，所以會得到全國性的報導。打通人脈和爭取選戰經費金主的機會就更大了。況且，基於社群媒體對政治生態造成的改變，想當上田納西州州長，思考格局就不能只限於田納西州。

全場一片靜默，每個人都在等安德魯是要接受或拒絕曼菲斯的出席邀約。

安德魯明白我的選擇。他看向我，我有幾分鐘可以決定是否要出一份力來毀掉這個完美無瑕的好人。

我迅速搖了一下頭，註定了他的命運。

✦

安德魯以為我比他和團隊其他成員早一天前往希爾頓黑德島，去提前做準備，好讓他待在那裡的時間能發揮最大效益。但那不是我提前一天往東出發的真正理由，我的目的地是喬治亞州，而不是南卡州。週五早上，我人在薩凡納，希爾頓黑德島南方相隔一小時路程處，等待當天第一班舊城觀光巴士。

上車之後，我直接走到車廂後面，坐在最後一排和司機同側的靠走道座位，希望不會有人為了靠窗座位從我前面擠過去。

旅行社頗有效率地在幾分鐘內就讓車子滿座發動。一名上了年紀的熱情男子拿著麥克風，嗓音如雷貫耳，不只車上的乘客，連街上的路人都得聽他介紹薩凡納的一切。

我們繞完第一圈之後，車上的第一批乘客只剩下我，其他人都分別在路線上的不同站點下車了。

在我搭到第三趟的第二個停靠站，一名又高又瘦的黑人男子上了巴士，沿著中央走道前行，停在我面前。

他穿著亞特蘭大勇士隊的T恤，戴著帽子，眼睛藏在墨鏡後方。「這裡有人坐嗎？」他指著被我護住的靠窗座位說。

我把腿往內縮，示意他儘管請坐。

他從我前面擠過去，坐了下來，將後背包放在腿上。

「我猜你就是戴文了，」我說。「我很欣賞你的偽裝，但我有很多事得做，沒有計劃要浪費兩個鐘頭搭車兜圈子。」

他朝著巴士天花板上裝設的擴音器撇了一下頭，我才第一次注意到網狀表面下藏著的小小紅色燈光。「一個人在枯等時的行為，可以讓你對他做出許多觀察。」

我將注意力轉回他身上。「我猜我是過關嘍。」

他狡黠的笑容只出現了一秒就消失。「高分通過，史密斯夫人。」

這樣可能挺蠢的，但我就是忍不住要用跟我老闆一樣的假名。一年前，我在尋找任務所需、我又無法自己弄到的某種科技產品時，在網路上發現了戴文。這是我們第一次線下相見，正是因此，他讓我經過層層考驗之後才露面。

但我欣賞這種程度的疑神疑鬼。

「妳有什麼要求，史密斯夫人？」

現在開始就會有點棘手了。「我暫時還不是很確定。我在希爾頓黑德島有一份任務，但是我要等抵達當地才會收到完整的指示，也就是說我尚且不知道我需要什麼。我一旦得知任務需要什麼，就得盡快弄到，所以我想請你陪同在旁待命，提供所需的物品和支援。」

他望出窗外，沒有說話。這是很大的一個請求，所以我才想要當面提出，而不是如往常一樣使用線上溝通管道。

在鄉村俱樂部差點被逮捕的那一晚之後，我就了解到狀況不對時有人在旁邊待命提供保護，可以發揮多大的價值。史密斯先生派來的幫手會在不損及他自己的前提下關照我，但我需要有個專門照顧我的人。我該來建立屬於自己的團隊了。

終於，戴文轉過來看我。「如果妳需要的是我無法那麼臨時弄到的東西呢？」

「那我希望你可以跟我一起解決問題，提供別的辦法。」

他再度看向窗外，此時巴士停下來讓乘客上下車。

「聽起來妳已經預期會遇到問題。」他說。

我點頭，雖然他並沒有看我。「是的。姑且說是直覺吧。」這樁任務的設計者對所牽涉人物了解不如我深，我收到指示、判定計畫不可行之後，就試圖搶先一步行動。

「這不是我平常辦事的方法。」他說。

「我懂。我會讓你付出的時間得到合理報酬。而且，如果你以後需要我的幫忙，我隨時都會在。」

他了解我要求的是什麼——夥伴結盟。過去一年來，我們擁有穩固的合作關係；他知道我付錢慷慨，我知道他使命必達。

「我們現在是試用期，史密斯夫人。一有出問題的跡象，我就要閃了。」

我點頭，從包包裡拿出一張紙遞給他，上面寫著關於這週末計畫的所有資訊。「正符合我對你的期望。」

就在巴士停車時，我問了下車前最後一個問題。「我是為什麼高分通過的？」

「妳坐在這裡的樣子好像一點也不趕時間，雖然我知道事實不是如此。這一點就對我透露了我需要知道的一切。」

✦

安德魯．馬歇爾和競選團隊抵達了希爾頓黑德島。我把安德魯在飯店套房安頓好之後，就入住了我自己小了許多的房間，比他的低了四層樓。我剛踢掉鞋子、拉開行李，就傳來匆促的敲門聲。

一個穿著飯店制服的男人在我開門時向我微笑。我低頭看著他面前的推車上，有個蓋著半圓形罩子的餐盤。

「你送錯房間了。我沒有點客房服務。」我說著就要關上門。

那個男人把推車往前推到剛好讓門無法關上的位置。「是麥特送的，順道致上他的祝賀。」他的聲音低沉，讓我瞬間愣住。我不曾遇過其他替麥特工作的人。我快速掃視一下，這個男人看起來約莫三十五歲，短髮在太陽穴處夾雜灰絲，身高只比我高了幾吋。他制服上的名牌寫著「喬治」。他從臉到全身都長得很普通，過目即忘。但他直盯著我不放的眼神讓我無法輕易忘掉。

我把門拉得更開，示意他進房。他將推車停放在房間中央，然後一語不發地離開了。我揭開罩子，只見一塊紅蘿蔔蛋糕和一個信封，跟我平常在信箱拿到的那種相似。

他們知道紅蘿蔔蛋糕是我的最愛，真令人心裡發毛。

我把蛋糕和信封拿到小桌子上，打算邊吃邊看這週末有什麼安排。

但是，讀完他的指示以後，我可以肯定計畫執行成功的機率微乎其微。這是份無力的計畫，不堪一擊。

正如我所害怕的。

麥特吹噓說自己要負責管理這份任務，所以我相信史密斯先生是想看看他有多大能耐。我想不是只有我在往上爬。可是，經過跟麥特兩年的相處，我還是沒有信心、不覺得他已經準備好放手施展，所以我才聯絡上戴文。

敲門聲再度響起時，我知道這次來的會是什麼。不是穿制服的喬治，而是一個門僮，推著行李推車進到房裡，卸貨了三個大紙箱。我付完小費，他就走了。我架好螢幕，連接到筆電，登入我稍早收到的文件上寫的網站。螢幕上滿是一個個小方塊，從每個角度呈現出安德魯的房間和陽台。

麥特設法讓安德魯的太太瑪莉受邀參加納許維爾一場炙手可熱的活動，這是為了確保她不會來這裡；今晚雞尾酒會上的某個女人會接近安德魯、引誘他帶她回房。而我會在這裡確保整個過程都被監視器錄下來。

這個計畫愚蠢的程度幾乎令我感到受辱。

因為麥特不了解，就算得到機會，安德魯還是不會背著太太偷吃，不管有幾個衣著清涼的美女對他投懷送抱，不管他是不是單獨住一間房，不管他被灌了多少酒。他就不是會偷吃的人。很明顯，麥特事前沒有做好功課。

但我這個週末也不能無功而返。我現在玩的顯然是更大的遊戲，風險也更高，我已經不幹那種小偷小摸的勾當。

幸好我帶了戴文來，全是靠著這一點，我才不至於驚慌失措。我負責主導，不出半個小時，我們就有了一份新計畫，一份更好的計畫。

戴文忙著到處蒐集我們需要的東西，我則拿起手機打給安德魯。鈴聲響到第二聲他就接了。

「嘿！」他說。「都安頓好了嗎？」

安德魯的房間是這家飯店裡數一數二大的套房，除了臥室，還有很大的客廳和餐廳。套房裡每一吋都在監視器覆蓋範圍內，讓我能看到他在房裡踱步，手機貼在耳畔。

「對，都好了。你呢？」

他坐到窗邊其中一張大椅子上。「好了，都沒問題。我在期待稍後能有點放鬆的時間，反正我也是明天早上才需要出席會議。我想我就不去今晚的雞尾酒會，明天早餐時間再跟大家碰面。明天的會議和晚餐都有很多時間可以交際。我就先點個客房服務吧，希望晚上能睡個好覺。」

這就是安德魯．馬歇爾，清清白白，還有點無聊。

「你知道我應該把你在這裡的每一分鐘都排滿有助於競選的行程吧，」我說，對著手機笑了出聲。「特別是因為我們放棄孟菲斯、選擇來這裡，把所有人都氣壞了。」

我看到他垂下頭。「蜜亞，我需要放一個晚上的假。」

罪惡感湧上我心頭，但我回想起金斯頓家那次任務。這不是我的世界。我只是個飄蕩而過的幽靈。只要能把我的感覺壓下去、繼續前進，這樣就夠了。「不如這樣吧——我看過與會者名單了，裡頭有幾個大人物。要不要我邀幾個人在你的套房裡辦個私人的雞尾酒會？很低調的那種。跟他們應酬個一小時，我就會去清場，讓你擁有今晚剩下的自由時間。」

他現在仰頭靠著椅背，用手抹抹臉。「就一個小時。」

「行！我會找客房服務人員去擺吧檯和餐點。」我掛斷電話，接著將計畫的其餘部分安排就位。

我為安德魯的私人酒會邀請的每個對象都一口答應。我的名單經過精挑細選，上面有來自南方各州的人士，因為這是個地區性的會議，範圍不限於南卡州。由於我過去兩年的任務都是在南方執行，我也熟悉每個州最新的政壇動態，知道名單上每個大人物的好事和壞事。

參加會議的律師之中，有幾位和安德魯一樣是民選政治人物，從地方政府官員到參議員都有。我邀請的都是尋歡作樂的壞男孩型，但他們也會在造勢集會上引用聖經，宣揚他們對家庭、信仰和上帝的愛。

我要讓他從中獲得最大的政治效益。

安德魯在房間裡來回走動時，一隻眼睛盯著手錶，倒數著酒會結束的時間。大家開懷暢飲，都要感謝我帶來招待酒水的女孩。我拿了罐啤酒給安德魯，他點頭道謝。他很少喝酒，開喝的時候喝的總是美樂啤酒，而且只喝一罐。

他啜著啤酒小聲說：「如果是我的話，可能不會想邀請尼爾森參議員和博克眾議員。」

他這句話並不讓我意外。那兩個傢伙是自私自利的混蛋，但我今晚邀來的所有人也都是。

「我知道，但這就是遊戲的一部分。不論你喜不喜歡，這些就是最有影響力的人。」

我朝其中一個女孩點了個頭，音樂開得更大聲了一點。眾人紛紛鬆開領帶，手也開始不安分。

安德魯察覺到派對氣氛的變化，困惑地看著我。他有點冒汗，眼神迷濛。

他朝我靠近。「也許今天該到此為止了。我不太舒服。」

我對他投以同情的眼神。「你看起來是不太舒服。我帶你去透透氣吧。」我領著他到陽台上，讓他在躺椅上休息。頭碰到枕墊的瞬間，他就失去意識了。他手上的啤酒罐掉落地面，被下過藥的液體在磁磚上流淌開來。

「對不起，安德魯。」我悄聲說，然後回到派對上。女孩們該出動了。

15 現在

把那個女人的行李打包收拾好之後，我們終於能夠離開伯納家，但承諾了明天還會來幫忙規劃詹姆斯的告別式。我會欣然讓萊恩獨自來拜訪，因為我能從這裡搜刮到和璐卡相關的一切都已經到手了。

萊恩開著車，我則在滑Instagram，停下來點閱《南方生活》雜誌的最新貼文，照片是一座美麗的前院陽台，搭配白色的木鞦韆和垂吊的蕨類植物，拍得很令人驚豔。我按下留言圖示打了字：「**真是親友相聚喝一杯的絕佳地點！還沒到五點一樣可以喝！**」

回應送出之後，我繼續滑手機，滑得整個不可自拔，然後才將手機收進包包。

我們一進到萊恩家，他就面朝下倒在休憩區的沙發上。我坐到他旁邊靠過去，他把頭抬到剛好可以靠在我腿上的高度。他的眼睛完全閉上了，我的手指輕撫他的頭髮。我們都不覺得有說話的必要。

我低頭看著他，那兩人的死亡造成的初步震驚減緩了，我思考著事態的最新發展。

只有兩種可能。

第一，這場車禍是不幸奪走兩條人命的可怕意外。

第二，殺掉他們是我老闆刻意為之。

我的直覺告訴我後者才是實情，而我的腦子在嘗試想出他採取這種行動的理由。她看起來還沒有完成任務。她為了假冒這個身分——我的身分——而接受了充分的訓練，現在就除掉她似乎太早了。況且，為什麼不把他們從任務中抽調走，而要殺掉他們？我想不通的是這個時機。

殺掉他們能夠成就什麼？北卡州伊甸鎮的璐卡．馬利諾死了。

我沒有隱藏過我對自己真實身分的積極保護。剛開始的第一年，麥特每次打來討論我的下一份任務，都會以閒聊開場，而我蠢到相信他跟我是朋友。我們每次都會談到的話題，就是我恢復璐卡．馬利諾這個身分的計畫。我甚至跟他描述過我想打造的房子和院子。

但她的死不會阻止我恢復璐卡．馬利諾的身分，雖然會變得比較困難，但並非不可能。殺掉她是極端手段，我和戴文都沒有預料到。史密斯先生說是派她來作為提醒，可是我不需要提醒也記得這場遊戲有多麼危險。

這也就讓我回到另一個可能——另一種希望——，也就是此事真的純屬意外。

還有萊恩。

如果此事不是意外，那麼對我的任務又會有何影響？

他抓著我的手鬆開了，發出小小的鼾聲。他今天累壞了。

我慢慢把萊恩從我腰上扳開，從他身下滑走，拿了個抱枕放在原位代替我的大腿。早上的宿醉加上整天的壓力，他都毫不眨眼地承受了。

看看烤箱上的時鐘，我該出發的時間到了。我希望戴文已經在等我，準備一起盤整過去二十四小時發生的一切。

經過六年的合作，戴文和我的關係大有進展。他知道我究竟是誰、來自什麼樣的背景，而我成了他託付他真實身分和往事細節的極少數人之一。事實上，我相信包含我在內就只有三個人。

我拿出手機，打開Instagram。我的貼文數量是零，有少少幾個追蹤者，大部分是機器人帳號，但是我有追蹤戴文的假帳，還有其他四十七個帳號，百分之九十是企業帳號或名人，每天都有貼文更新。我的假帳追蹤的四十七個帳號中，有三十二個是戴文也追蹤的。我在《南方生活》最新貼文下發表的留言讓他知道我需要今天傍晚五點跟他見面，但他會透過另一個完全不同的帳號下的留言來答覆我，如此一來就沒有人會聯想到我們的留言是在彼此溝通。

他的偏執實在沒有極限。

我也不能怪他，因為過去他的行事準則在我們渾然不覺時救過我們不知道多少次。

我瀏覽著動態，滑到紐奧良聖徒隊的帳號時停下來，查看「skate_Life831043」的回應。只有戴文的這則回應顯示在我的動態上，因為我們互相追蹤，而且都追蹤了貼文的這個帳號，所以我就省下力氣不用滑過數百則回應、尋找他的留言。

他的回應寫著：「**瞧這是誰！我第三喜歡的選手！#分秒不差**」

我每次收到新任務資料以後，戴文會做的第一件事，就是找出五個他能夠接受的會面地點。

我們到佛賓湖鎮時，他給我的地點清單上第三個是主街上的咖啡店。他固定用主題標籤來確認會面時間可行，或是提議其他時間。既然他會#分秒不差，我有三十分鐘可以趕過去。

我從冰箱旁邊的便條簿撕了一張紙，留言告訴萊恩說我去買吃的，然後就從家裡溜出去。

我比約定時間早了五分鐘，但看到戴文已經搶先一步抵達。

合作兩年後，戴文才第一次分享了關於他自己的私人資訊。我們當時在檢視一座辦公大樓的藍圖，我需要在下班時間溜進那裡。他從我試圖進入的樓層的辦公人員名單上認出了一個名字。「這傢伙是搞科技的。我念麻省理工的時候他來演講過。」他這麼說道。我不想刺探，但也想盡可能多了解他，所以我試著打趣，希望讓他多說一點。「你在演講廳白板上解開他出的複雜公式嗎？」他瞪著我，讓我以為自己選錯了策略，但接著他就笑了，真心的笑。我們之間就此破冰。他跟我分享的事仍然是一點一點的小片段，但是我現在對他的真實身分已經有了通盤概念。

戴文坐在沿著整面後牆裝設的吧檯。這裡通常只有單人入座、或是最多兩兩成雙，因為座位不適合讓你跟除了隔壁位置以外的人對話。他在研究他熱愛的一本數和❶高階題目書，戴著大型的耳罩式耳機；他的頭部和肩膀有節奏地擺動，但我知道他的耳機並沒有在放音樂。

他的智商高到破表，只要醒著就得找事情讓他的頭腦有得忙，例如他面前的那本數和書。他十七歲的時候開始讀麻省理工學院，但他說他早知道他在那裡撐不了太久；不是因為無法應付課

❶ kakuro，一種結合數獨和填字遊戲的數字益智遊戲。

業，而是因為他會無聊到發瘋。這是他的原話。對他來說的最後一根稻草，是一份要為線上廣告公司模擬設計網路系統的作業，結果他發現那是一間真實存在的公司，他的老師在利用學生幫他做副業。

反正是自由市場，他就直接去找那個客戶談成協議，把系統打了點折賣給對方，然後跟班上其他同學通風報信，讓他們也如法炮製。

他便這麼做起了生意，過不久就發現最賺錢的差事不一定是合法的。他做得最成功，是蒐集許多人根本不知道自己需要的資訊，再用頗具吸引力的價格銷售給他們。他喜歡在那種晦暗不明的地帶活動，他繞過那些本該把他擋在外面的系統，藉此發家致富。如果你證明自己對他忠誠，他也會永遠忠誠於你。

我點了一杯卡布奇諾，然後朝他走去，挑了一張跟他隔著一個空位的高腳凳。他說話時沒有看往我的方向。「我駭進了驗屍官辦公室，所以一等她的牙醫紀錄上傳，我就會拿到一份。我不認為會比對到相符結果，但誰也說不準。」

我輕輕點頭，但也沒有看向他。比對不會有結果的，史密斯先生辦事沒那麼草率。我難以接受我們也許永遠不會知道她究竟是誰。

「我們能確定真的是她嗎？她真的死在車禍裡了？」這點他想必已經去查證過，但我還是不得不問。

他點點頭，我由此知道他確定停屍間裡的那具屍體就是她無誤。

「我找到他給她的最後一份指示。」我告訴他。

戴文把書翻過一頁，同時問道：「上面寫了什麼？」

我從後口袋拿出那張紙，夾在一本廢棄雜誌裡，往我們之間的空位一扔。等我走了他才會拿起來看。「你可以自己看，但基本上他就是叫她跟我接觸，有辦法的話就搜我房間。講得挺模糊的。她完全照他說的做了，我沒有留任何東西給她搜。」

「我不喜歡這個走向。一點也不。」他小聲說。

「你覺得這不是意外？」

他微微搖頭，幅度只剛好讓我可以知道他覺得不是。

「但是為什麼？你覺得是不是她已經完成了任務，只不過我們還不曉得？」

「或是她搞砸了，他就把她除掉。」

「你覺得詹姆斯在其中扮演的是什麼角色？」

「棋子，」戴文不假思索地說。「有嚴重藥癮和賭癮，急缺現金，極度容易受人操縱。如果是史密斯在幕後害他爸斷腿、把他引回這裡，也不令人意外。」

老天。我還沒想過這種可能。

「還有，你覺得萊恩會不會在其中有更多牽涉，不只是個不知情的任務目標？」我被派來、得知任務目標是誰以前，我們有過一場對話，還討論了這整份任務都是陷阱的可能。一發現萊恩是我被分派到的任務目標，戴文就使盡渾身解數去挖他的底細。史密斯先生針對任務內容給我的資訊，根本比不上戴文查出的資料。我們了解到他的事業及其目前的成功規模，如此一來就能解釋為何有人想要將之據為己有。幾年前，史密斯先生使用過萊恩的運輸服務，來移轉一些物品，那幾份任務我有參與，所以我不難看出萊恩為何被他注意到。

戴文的肩膀前後晃動了兩三次，像在試圖判定自己對這個話題有何感想。「首先，我們知道任何事都有可能，對吧？」

「對。」

「儘管任何事都有可能，這個假設在我看來還是太牽強了。雖然萊恩有見不得光的事業，但他在這個社群扎根很深，完全和史密斯先生招募手下的理想條件相反。」

我是個沒有家庭、沒有人脈的無名小卒。如果我消失，不會引起任何人警戒，如果遭遇不測，也不會有人為我伸張正義。萊恩就不是這樣了，他住的這間房子旁邊，還有鄰居是真的從他嬰兒時期看著他長大。

「我們只就事實討論，目前我們還沒有任何直指那個方向的實證。」他說。

我們沉默地同坐了一分鐘左右，思考著最新的發展。最後我說：「我在廚房裡逼她對質，跟她說我知道她是替誰工作，還有她可能很輕易就會落入跟我相同的處境。」

我坐下來之後，他第一次停下了手中的鉛筆。「L，為什麼？」

「L」是他對我最接近於「璐卡（Lucca）」的稱呼，因為這個名字太少見了，如果其他人聽到「L」倒是會以為他叫我「艾兒」。然而，即使防範措施已經如此嚴密，戴文還是鮮少直接稱呼我，所以我能感覺到他話中的重量。

「我需要知道，她是以為我只是普通的任務目標對象，或是曉得我也替他工作。結果她不曉得。她臉上的驚訝表情是真心的。我也不是發現什麼驚天動地的大祕密，因為他已經承認過自己把她派來了。」

戴文的鉛筆又動了起來，頭跟著假想的節奏擺動。「史密斯最大的成就，是讓組織裡每個人都對內部的其他事、其他人一無所知，乖乖待在他底下。沒有人知道他是誰，也沒有人知道自己在食物鏈上處於哪個位置。」史密斯先生是戴文已經研究數年的一個謎團。

「而現在警察已經注意到阿拉巴馬州布洛克伍鎮的伊薇．波特這個名字。」我用細如耳語的聲音補述道，彷彿在告解。

我承認的這件事讓他的臉轉了過來。「詳情是？」

我跟他報告了我們去伯納家的拜訪，還有和那個寫筆記寫不停的警察的對話。

我講完以後，他表示：「我不喜歡這個發展。我不喜歡我看不出這件事的方向會往哪走。我覺得我們該退場了。」

我聽完頓了一下。我們曾經陷入過許多似乎不可能獲得正面結果的情況，但他從來沒提過要退場。

「然後呢？我們從一開始就知道他在不爽我沒幫他拿到康納利的勒索資料。我們也知道他想搞清楚我是否其實成功完成任務，但藏著東西自己私吞。如果史密斯先生想除掉我，我退場也阻止不了他，反而還會讓我離開這裡之後寸步難行，尤其是因為璐卡．馬利諾這個人現在已經不存在了。」

「我還是不喜歡，」他說。「妳在等待下一次指示的同時，就只能當個被動挨打的活靶。而且要是一直都沒收到指示呢？」

「我唯一的選擇就是繼續前進。」我們又坐了一兩分鐘，沉默不語地深陷於自己的思緒。然後我問：「海瑟都還好嗎？」

他低下頭，我以為他打算不理我，但他最後說：「很好，她很好。」

「我們要堅持到底，戴文。只有這個答案。」

他遲疑了一下，然後說：「收到這週四有大批貨件要送到格蘭威貨運公司的消息了。詳細資料在妳前面的《時人》雜誌裡。」

「好。我想如果史密斯先生看到我在那個女人死後還繼續進行任務，會讓他摸不著頭緒。」在我第一次和第二次把萊恩的公司經營資料交給史密斯先生的間隔內，我對自己扮演的角色產生了後悔。也許是因為幻想萊恩的家能夠真的成為我的家、希望這個身分是真實的，在我特別脆弱的時刻，我修改了財務紀錄和客戶名單上的幾條關鍵資訊，然後才交出去。這些改動不足以引起史密斯先生的注意，但是恰好夠給萊恩機會保住他的公司。

我打算對最新的一批資料也做出類似的改動再交出。

戴文不知道我這樣做，把這件事瞞著他也讓我很不好受。他會覺得我在冒不必要的風險。

「我會在回家路上把它投到信箱。」

戴文微微朝我的方向轉頭。「那裡不是妳的家，L。」

他的話讓我縮了一下，然後我抓起面前的雜誌塞進包包，拿了杯子就從高腳凳上站起來。

「我們再聯絡。」

就在我起步走開時，他輕聲說：「好好保重。」

16 現在

和戴文見面回來之後，我跟萊恩整晚都在吃外帶餐點、狂看Netflix，想要忘記這是多麼糟糕的一天。萊恩的朋友整天不停打電話、傳訊息，搞得他索性把手機關掉，這種事他可不常做。我們兩個都睡不太飽，所以這個週一早晨，起床似乎變得更困難了。

雖然萊恩往後幾天都請假，但他今天還是行程滿檔，因為他主動幫忙籌劃辦理詹姆斯的喪事。我是也可以請假一天，但我不想再去拜訪伯納夫婦，也不想被迫在午餐時間找藉口溜走去見戴文。

我在廚房裡幫我們倆各裝滿一個隨行杯的咖啡，萊恩在這時下樓來。

「我要先跟其他幾個男生去伯納家，」他說。「伯納太太想請我們幫忙聯絡他工作的地方，告訴他們發生了什麼事。然後我們會再去葬儀社。」

「嗯，聽起來真不輕鬆。」我把咖啡拿給他，並開始收拾今天出門用的包包。「糟，我的手機忘在樓上充電了。」

我回到樓下時，萊恩等在門邊，包包掛在肩上，一手拿咖啡杯，一手拿鑰匙。「我今晚應該不會太晚回來。」

我從椅子上拿了我的東西。「我也是。你要回來的時候打給我吧，我可以提早走。」我說，然後跟著他走到車庫。

就在我碰到車門之前，萊恩把我拉近他，輕柔地親吻。「今天讓我好害怕，」他小聲說。「如果我不想去，是不是很糟糕？」

我伸出一隻手撫摸他的側臉，然後從脖子摟他過來貼近我。他的臉埋在我的頸側。

「我真的很遺憾。」我附耳對他細語。我感覺到手機在包包裡震動，但我不想在萊恩想放手之前先放開他。

我不確定我們相擁著在那裡站了多久，但他最後從我身邊拉遠，再親了我一次，然後放開手，往他的車子走去。

我們各自上車，車庫門打開時，他點頭示意我先倒車出去。因為空間很擠，我慢慢移出車庫，盯著副駕座的後照鏡，確保我不會刮到他的車門。

一出車庫，我就拿出手機匆匆一看，因為我的手機很少響起任何提示。是個未知號碼傳來的簡訊，我開始心跳加速。我相信萊恩一定很納悶我為何開到一半就停在車道上。

我打開簡訊。

未知號碼：911

去死。這是戴文警告我拔腿快跑的訊息。我抬頭看到萊恩從車子裡出來，目光被吸引到我後方的街道上。

我看向後照鏡，害怕自己會看見什麼。

三輛警車停在我後方，把我們倆的去路擋住。

只要幾秒就足以判斷我們不可能繞過去。我同時也想到，如果我沒有跟萊恩在車庫逗留，我就會立刻看到戴文的簡訊。那幾分鐘可能導致我賠上安全脫逃的機會。

萊恩下了車，走近我的車門嘗試要打開，但是因為我還在倒車檔，車門是鎖住的。我在心中快速清點車上是否有會讓我惹上麻煩的東西，發現並沒有。

他敲敲車窗。「伊薇，開門。」他的視線追蹤著逐漸逼近的警察。

我用緩慢而明顯刻意的動作，將車子打到停車檔，關掉引擎。萊恩一聽到車門解鎖聲，就打開門把我拉出去。

他的臉上全無表情，雖然我沒有在他跟那個背叛員工說話時看到他，但我想像他當時的臉孔就是這樣。

他會認為他們是因為發現他在東德州的活動而來找他的嗎？我感激他擋在我和警察之間，但是戴文的簡訊告訴我，他們是來找我的，而他無法救我脫離即將發生的狀況。

「別擔心，」他悄聲說。「我來處理。」

他真的認為他們是來找他的。

跟之前在伯納家時同樣的一位警察，波洛克副警長，帶隊沿著車道走來，亮面墨鏡後的眼睛可能正閃爍著光芒。

「波特小姐，」他說話的同時，雙手放在腰帶上低低掛著的配槍。「我需要請妳跟我回去派出所一趟，有幾個問題要請教。」

萊恩雙手扠腰，面對著警察，將我完全擋住。「這是要幹嘛？」

波洛克副警長越過萊恩看著我。「亞特蘭大市警局對妳發出了一份重要證人拘票，是關於艾美．侯德的死亡事件。」

我看到另外兩名員警逐漸靠近過來，我不想讓場面沒必要地變得更難看。萊恩的隔壁鄰居羅傑斯夫婦已經散步回來，和對街的其他幾個人一樣在圍觀事態發展。還有幾輛車在這個街區停下來。這條綠樹成蔭的寧靜街道不曾看過如此好戲。

我伸出一隻手放在萊恩肩上，讓他轉過來看著我。我沒有說話，只是點了點頭，讓他知道他們把我帶去問話是沒關係的。他盯著我看一兩秒，想解讀出我的心思，弄清楚現在發生什麼事。警察把我帶向封閉的巡邏車，態度頗客氣。謝天謝地，沒有人對我的車動手，所以我可以指望我脫身的時候車還會在。

艾美．侯德是我上一份任務的目標對象，也就是我沒有成功做到讓史密斯先生滿意的那份任務。但是，我這份任務的假名伊芙琳．波特，應該是個清白乾淨的身分，和艾美．侯德的死亡毫無關聯才對。他們為了她的死亡事件把我帶去問話，就足以讓我知道我的資料外洩，而這在某種程度上正好促成了史密斯先生為我安排的、未知的下一步。

一動也不動地坐著所需的專注力是超乎你的想像。我沒有用腳點地、沒有在椅子上挪動，哪裡也不看，就只望著我正對面的淺灰色牆壁。我的呼吸維持平穩，用鼻子吸氣、從微張的嘴唇吐氣。我眨眼的節奏輕鬆舒緩，不會太快也不會太慢。

我知道他們在透過左手邊的單向鏡牆監看我，但我連小指的抽動都不願讓他們看到，因為我忘不了戴文第一次和我在現實中見面時說的話：「一個人在枯等時的行為，可以讓你對他做出許多觀察。」

他們用了浩大陣仗把我帶進偵訊室，讓我坐到這張桌子前。制服警員和便衣警探走進又走出，都想要在訊問中參上一腳。有人拿飲料給我，也有人問我需不需要去洗手間。我被問了一個接一個的問題，我都只用最省話的方式回應。最後一個問題是我問的，我表示要找律師。

我要求找的律師是瑞秋．莫瑞，但我相信萊恩也已經打給她了。

過了一陣子，瑞秋趕來了，坐在我對面。我靜靜讓她毫不收斂地檢視我。我不確定該對她有什麼預期——她會樂見我被拘留，還是害怕坐在一個也許涉及謀殺的人對面，或是疑惑我為什麼找她——但以上的反應我都沒看到。她跟我一樣面無表情，我對自己決定採取的策略頗感高興。

她要我先開口說話，我尊重這點。

「妳願意當我的委任律師嗎？」我問。如果不受律師及當事人保密義務規範，我什麼都不會跟她說。

「願意，」她回答，然後從放在腳邊的包包裡取出一份文件。「我想妳還沒簽這個以前是不會跟我說話的。」

那是一份制式協議書，表明我們將建立正式委任關係，瑞秋現在起就是我的律師。我在文件下方簽名，然後看著她在我的名字下面草草簽名。

「我姑且假設我之後寄帳單給妳也沒問題嘍？」她問。

我點點頭。「當然。」

她將文件塞回包包裡，然後往門口移動，把門微微打開說：「我現在是波特小姐的委任律師，所以請切掉偵訊室的收音和錄影。」

門關上了，然後她到窗邊將簾子放下。現在我只能相信法律系統，希望不會有任何人聽見我要告訴她的事。得到了這小小一點隱私保障之後，我在座位上動了動，試圖讓身上需要血液的部位恢復循環。

她瞇起左眼注視著我。「他們一把妳押進後座載著開出車道，萊恩就打給我了。妳要求找我的時候，我就已經在這裡。用最輕描淡寫的方式說，我挺驚訝的。」

我終於開口提問。「妳知道他們查到我的什麼嗎？他們為什麼認為我是重要證人？」

「波洛克警官離開伯納家之後，拿妳的名字和阿拉巴馬州布洛克伍鎮一起查詢，拘票就跳了出來。他今天一大早就打電話給艾美．侯德案的偵辦員警。他們有理由相信妳出現在她的死亡現場，要嘛知道她死前不久發生什麼事，要嘛協助或導致了她的死亡。他們要求拘捕妳，所以本地警察就去萊恩家把妳帶回了。」

阿拉巴馬州布洛克伍鎮的伊薇・波特根本不應該和艾美・侯德有半點關係。

「他們有什麼證據指出我在場？」

「據說有一張妳在現場的照片。本地警方說亞特蘭大市警局沒有分享那張照片給他們，所以他們也無法拿給我看。我不確定他們說的是不是實話。不論如何，我要求了一份副本，據我知道已經在處理中了。」

我點著頭消化這些資訊。「他們具體是怎麼知道照片裡的人是伊薇・波特？」

瑞秋歪了一下頭。「我不確定妳這是在問什麼。」我相信她也在納悶我為什麼用第三人稱來描述自己。

「他們有伊薇・波特的完整紀錄嗎？除了她出現在艾美・侯德死亡地點以外的資料？」我用挫敗的語氣問。我還沒準備好告訴她一切，但我需要知道她所知的一切。我還不到可以恢復璐卡・馬利諾這個身分的時機，我必須再保守祕密一下子，直到我確切搞清楚現在是什麼狀況。目前，璐卡・馬利諾是個死人，而我被困在伊薇・波特的身分裡。

瑞秋向前傾身，手臂靠在桌上。「妳要告訴我這是怎麼回事嗎？如果妳把我蒙在鼓裡，我也幫不了妳。」

「我認識艾美・侯德。」她並未對我的坦承表現出驚訝。「但我認識她的時候，我的名字不是伊薇．波特。」

她的頭往側邊抬高。「那麼是叫作？」

「蕾吉娜．海爾。」

「蕾吉娜．海爾。」她複述。

我點頭，她直視著我。「妳是蕾吉娜．海爾嗎？」她問。

我搖頭表示否定。

「蕾吉娜．海爾是個被妳冒用身分的真人嗎？」她最後問道。

「不是。」

「妳是故意模糊其詞嗎？」她問。「如果妳覺得保守祕密比向我吐實更重要，我現在就可以走了。」

天啊，這女人脾氣可真硬，但我現在需要的正是又硬又悍的女人。

「蕾吉娜．海爾是我住在亞特蘭大外圍時用的名字。就我的理解，艾美的死亡被判定為意外。」

瑞秋在椅子上往後靠，雙臂交疊抱胸，大剌剌地打量我。

「伊薇．波特是妳的真名嗎？」她問。

我遲疑的時間久到讓她知道了答案，但她還是等我回答。

「不是。」

「妳的真名叫什麼？」她問。

「不是伊薇．波特。」我回應。我還沒準備好對她知無不言。現在還不行。我們互相注視，彼此都想判斷誰會先屈服。最終，瑞秋彎下身，從公事包拿出幾份文件。

「這是我個人搜尋到的。我可以查出警方有沒有掌握比這更多的資訊。」

雖然我早知道她會自行對我展開調查，但我對她放在我面前的第一項資料毫無心理準備。那是一張阿拉巴馬州立大學學生證的影本，上面的名字是伊芙琳．波特，照片是七年前的我。

「這是什麼？」我問。我認出那張照片，是我第一份任務中用的，也就是化名為伊莎．威廉斯去執行的金斯頓任務，但現在它出現在伊芙琳．波特的學生證上。

瑞秋什麼也沒說，只是再拿給我另一張紙。是一張駕照影本，發照時間是六年前。同樣地，照片裡的人的確是我，但駕照姓名是伊芙琳．波特，這張照片是我化名為蜜亞．畢安其時執行針對安德魯．馬歇爾的任務中使用的。

又一頁資料放到桌上。伊芙琳．波特四年前核發的護照。又是一張我的照片，當時是用在佛羅里達州的一樁任務，化名是溫蒂．華勒斯。

另外三頁資料是電費帳單、超速罰單和一張診所的收費單。又是三項證明我是伊芙琳．波特的證據。

我花了八年隱藏自己的身分，同時史密斯先生也花了八年為我創造出有效的新身分。

戴文和我對新到的每個城鎮和接到的任務目標都調查得徹頭徹尾，但是沒有深入挖掘我得到的新名字，是我們的盲點。

瑞秋在等我做出某種反應。當她明白自己不會等到，就在椅子上往後一靠，大聲吁出一口長氣。「妳還是要跟我說妳不是伊芙琳．波特嗎？」

我恢復靜止，冷靜而沉著。我的腦子也許在對著上百萬個不同的目標輪番開火，但我絕不讓任何人發現。

「如果妳不是伊芙琳．波特，又不肯告訴我妳的真實身分，我要怎麼幫妳？」她問。

「我需要離開這裡。我需要幾天的時間把這件事擺平。」

她已經搖起頭來。「我可以試一試，但是妳別期望太高。她們已經找妳找了一陣子，可不想讓妳有機會搞失蹤。他們手上就只有那份正式的拘提要求，要針對她的死亡事件訊問妳，以潛在重要證人的名義，不是嫌疑犯。就只有這樣，但我也不覺得他們今天就會讓妳大搖大擺走出這裡。我可以在差不多一天左右讓妳出去，但附帶條件一定是妳得立刻前往亞特蘭大接受訊問。」

時間就是我現在最需要的。我等了幾秒，權衡起我有的幾個選項，然後把她的筆記簿和筆拿過來，在紙上草草寫下一個名字，再推回去。我不想講出聲來，以免隔牆還是有耳。「打電話給這個人。說妳的當事人在二〇一七年六月去過希爾頓黑德島。叫他把我弄出去，今天就要。」

瑞秋往前靠過來，臉比之前白了一階。「妳要我打電話給他，提起希爾頓黑德島和二〇一七年六月，然後呢……要他動用關係讓妳獲釋嗎？」

這不算是個問題，所以我也沒費事回答她。

她迅速對著我點了一下頭,便離開偵訊室。我很訝異她沒有抓著那神祕兮兮的訊息向我追問，但我現在慢慢了解到，我先前並沒有如實承認瑞秋這個人的才能。

我從來沒有想過要坐在這裡，面對我眼前的事，但我還是有所準備。現在該來找人還我人情了。

門緩緩打開，但瑞秋不該這麼早回來的。我在椅子上放鬆坐著，準備和警探們周旋。接著，萊恩探頭到門打開的空隙，好像不確定自己是不是走錯間了。

他以為警察是上門找他的時候，一心掛念著要保護我。現在他看著我的眼神帶有戒備。

「瑞秋說服那些警察放我進來一分鐘看妳。我想他們是怕她怕到不敢拒絕。但她說錄影和錄音應該會重新打開。」

他們可能也希望他進來找我，希望我會對他說出些什麼話，之後可以拿來指控我。

他躊躇了片刻，然後來到我身旁，將我擁入懷中。我心中奔湧的情感令自己也驚訝。見到他讓我放鬆下來。他把我緊緊抱住，小聲呢喃著說：「這是搞什麼鬼，伊薇？」

我應該退開，應該和他中斷接觸。

但我無法放手。

我不想放手。我將此歸咎於我經過漫長的一天……漫長的這幾天之後降低的防衛心。

「妳還好嗎？」他問。

「還好，」我回答。「你在這裡我就好多了。」

他稍微退後，好把我看清楚。「瑞秋說她在設法把妳救出去。」

「好，這樣很好。」他看起來累壞了。過去二十四小時對他是場煎熬。他先是失去了從小到大的朋友，然後他的女友又被抓進警車載走。

他跟我十指交扣。「這是怎麼回事，伊薇？那個警察說妳是亞特蘭大某個女人死掉時的重要證人，警方要拘提妳問話。他們認為事發時妳在現場。」

「對，他們也是這樣告訴我的。我和你一樣訝異他們想要找我談。我根本不知道他們發了拘票要找我。」我說，並且小心不讓自己講出警察在場時我不會講的任何話，因為他們可能也在聽。

「這樣代表他們認為她的死有疑點嗎？我是說，不然他們為什麼會需要申請拘票來找妳談話？」

我深吸一口氣，然後呼出來。「我不知道他們為什麼認為我知道些什麼。」

他在我說話時點著頭，彷彿在估量我的話有幾分真實。他還沒說下一句話，瑞秋就打開門溜進了偵訊室。她的眼神在我們之間來回跳躍，批判的意味非常明顯。我在對她的朋友說謊。

「伊薇，」她說話時格外強調我的名字，「我打電話去了。好像挺成功的，我們很快就會知道結果了。」

我點頭，因為我早已知道會成功。

她看著萊恩。「可以給我們幾分鐘嗎？我需要跟伊薇整理一些事。」

他在我們之間來回看著，肯定是在納悶有什麼事我們不能說給他聽。

我沒有說他可以留下來無妨，於是他表示：「當然可以，我去外面等。」

然後他就走了。

她揮了一下手對著偵訊室裡示意。「收音和錄影關掉了。」

我點頭，等著她不知道要說什麼不能讓旁人聽到的事。

「妳會告訴他妳到底是誰嗎？」她問。

「我是請妳處理我的法律事務，不是私人生活事務。」

她沒有退縮。「他是我的朋友。」

我沒有回應，我們互看了幾秒，然後她說：「等到宣布釋放的時候，我馬上會回來。如果真的會宣布釋放的話。」

「會的。」我說。

她看了我一眼，隨後就離開偵訊室。

我在椅子上往後靠，清空腦海，要開始思考計畫。

璐卡・馬利諾

——六年前

我不慌不忙地從希爾頓黑德島開車回北卡州的萊利鎮，過去十二個小時以來發生的種種沉重地掛在我心頭。我現在不應該在乎安德魯・馬歇爾對我有何觀感，但我就是在乎。

我處在下線狀態。麥特打了我的手機上百次，傳了一則又一則的威脅訊息，但我毫不動搖。

星期一上午，我在南卡州的飯店離開安德魯將近四十八小時之後，我把車停在保釋金借貸公司前面，雖然我得到過指示說絕對不要回到這裡。

麥特不會料到我要來。

上一次來這裡時，我嚇得魂飛魄散。當時的我剛逃出金斯頓家，把垂死的珍妮・金斯頓留在地上失血，放著邁爾斯在沙發上睡覺。

今天不一樣。

今天我趾高氣揚地走進他的辦公室。

等候室裡分散地坐了幾個普通人，櫃檯後的還是同一個女生。我走向她時，她對我露出意興闌珊的微笑，但當我繞過櫃檯往後面的走廊而去，她的表情立刻就變了。

「等等！妳得先登記！」她緊追在我後面喊道。

我扭開麥特辦公室的門，她在就要撞上我的背時停下腳步。

「妳他媽跑去哪裡了！」麥特一看到我就大吼道，然後他看著我背後的接待員。「幹，給我出去回前台！」她在我關上辦公室門的同時緊急迴轉。

我坐在他辦公桌對面、和兩年前一樣的椅子上。他的樣子看起來像是從週五就沒睡過。週五是我們最後一次對話，他最後一次能看到他架設的監視器錄影畫面。隨後我就切掉了監視器。

「我手下的女孩子找安德魯找了他媽的一整個週末！甚至都直接去敲他的門了！妳又跑到哪裡去？妳竟然在這份任務上給我鬧失蹤！」他滿臉通紅，口沫橫飛。

我慢慢回答他。「你的計畫太蠢了。我幫它做了改進。」

他咬牙切齒，雙眼用躁亂的節奏掃視我。「妳這什麼意思？」他最後問。

「叫史密斯先生接電話。」我說。現在他看起來活像是想殺了我。

麥特繞到他的辦公桌前面，站著俯視我。他彎下身，雙手放在我坐的椅子扶手上，把我困住。「妳是聽我指揮的。」他說。

「不，不是。再也不是了。」我抬起手，看了看錶。「你有五分鐘，再不然我就要走了。你不會希望我走的。」

我玩的遊戲非常危險，但是我得跟著我的直覺行事。它不曾讓我失望過。

在漫長又緊繃的片刻間，我們就這麼互瞪著。

當我把任務搶過來由自己掌控時，我這個人發生了某種變化。現在我不想回到過去的樣子了。

「四分鐘。」

他用力推我的椅子，力道大到我險些要往後翻倒。我將腳往前踢，想恢復平衡。他拿起手機，背對著我，小聲和史密斯先生說話。

過了幾秒，他轉過來，手機開了擴音。

「妳說啊。」麥特說。

電話另一頭只有沉默，但這嚇阻不了我。「安德魯．馬歇爾就是個失敗的目標。他永遠不會出軌背叛他老婆。他太乾淨了。如果你逼他做了什麼醜事，他會羞恥到乾脆退選。你抓到一個無權無勢的人的把柄，對你也沒有好處。你只要跟那傢伙相處過哪怕只有十分鐘，就一定會明白這一點。」

我任由史密斯先生的沉默充斥室內，麥特的眼光灼灼盯著我。

「但我幫你撈到更大尾的。尼爾森參議員。他已經在喬治亞州的議席坐了十八年，每個重要的委員會都有他。他愛上帝、愛老婆、愛國家，但是也愛塞著口球被人打屁股。他現在完全聽命於你了。你只管告訴我要把隨身碟寄去哪裡。」

我的表態很清楚了。我不會把隨身碟交給麥特，我要排除他。但我沒有說出來的是，安德魯．馬歇爾也聽命於我了。他不久就會當上州長，他不但意識到自己只差一點點就要遭人勒索，同時也發現是誰救了他。

我注視著麥特，而麥特注視著手機。他的前額冒出一層薄汗。和安德魯的那場對話並非易事。他隔天早上醒來時，人還在陽台上，有滿腹的問題。我全都回答了。保持警覺。如果他未來還想繼續發展，就得做到這一點。即使是對已經證明值得相信的人，也不能盲目信任。這是慘痛的教訓。他向我道謝，然後提議要幫助我脫離這種生活，用他能力所及的任何方式都可以。脫離犯罪的生活，去過堂堂正正的人生。因為安德魯・馬歇爾就是這樣的人。

我擁抱他，向他說了謝謝，然後立刻離開了。

我知道如果我需要——真的需要——他，他就會出手相助。

史密斯先生今天似乎不打算跟我講話，於是我繼續說：「你可能不喜歡我擅自改動任務內容，結果也和你希望的不一樣，但如果照麥特的計畫走一定會失敗。有尼爾森參議員在手，總好過把任務搞砸、讓資源浪費。如果你想要繼續利用我的服務，我以後直接跟你聯繫，不透過麥特。我很擅長我的工作，比他擅長。你自己也知道。」

一片靜默。

麥特怒不可遏。他的脖子泛起一陣暗色的紅潮，下巴也咬得死緊。

終於，史密斯先生說話了。「麥特，把你的手機交給璐卡，去走廊上等。璐卡，他一出去，妳就關上門，關掉通話擴音。」

麥特的眼珠像是要從頭顱裡彈出來了。他走出辦公室，把門在背後甩上。

我拿起手機，按下保護通話隱私的按鈕。

「我還在。」我說。

「我聽說安德魯．馬歇爾的套房上週五晚上有很熱鬧的一場活動。」

我毫不遲疑。「沒錯。我一了解到麥特的計畫是什麼，就邀了幾個大人物來參加雞尾酒會。我知道如果我不能抹黑安德魯，我最好就找個一樣重要、或更重要的人物來代替。」

一片靜默。

最後，更多問題來了。「那派對進行時安德魯．馬歇爾人在哪裡？如果妳手上有妳說的東西，他是否也目擊了那位參議員的行為？」

「我把安德魯迷昏了放在陽台的躺椅上。尼爾森參議員帶了一個女孩回他房間，事情是在那裡發生的。」

又是一片沉默。他的問題和我的回答之間相隔的等待時間令人焦躁，我相信這正是他的目的。

「麥特的指示在當天下午四點三十分傳達給妳，而妳在五點四十五分就發出了馬歇爾套房酒會的邀請。妳怎麼有辦法在那麼短的時間裡找到這個計畫所需的硬體和人力？還是妳早在收到指示之前，就打算要自作主張？」

如果我以為他會對我說的一切照單全收，那就太天真了。

「你也說過，我善用資源，又能一邊行動一邊思考。這就是個例子。上週末我不是一開始就認定我會需要擅改計畫，但是如果沒有為突發狀況做準備，那就有欠專業素養了。我收到指示的時候，狀況很明顯是麥特負責主導這份任務。他做得草率粗糙，只有業餘水準。」

「那我難道應該要相信妳整個週末都完全沒抓到馬歐爾的把柄嗎？難道妳跟他相處的這整段期間，都沒有發現半點可以用來對付他的籌碼？」

「這是事實。他就是那麼清白。」

我判斷得出他不相信我。過了一分鐘，我查看一下手機，確認通話是否還在連線中。

「尼爾森參議員有其用處，只不過他不是我們派妳處理的對象，然而，我理解也欣賞妳補救這份任務的努力，」他說。「從今以後，妳直接對我報告。我們暫且這樣看看效果如何。妳是頗令人意外的，我們就來瞧瞧是好的意外還是壞的意外吧。」

我忽略最後一段話中的不祥意味。「我的職務變動會反映在薪水上，對嗎？」

我沒料到他會笑。「妳還真要跟我施壓是嗎？」

「如果不這樣，你會把我看在眼裡嗎？」

他對我的問題置之不理。「我們就看看妳是不是真的跟妳自以為的一樣厲害。佛羅里達州那邊有個狀況，妳可以幫得上忙。有個安詳的、小小的大學城，裡面錢可不少。我需要妳去那裡一趟。」

「沒問題。」我不假思索地說。雖然我不知道任務內容，但這是我證明自己值得升職的機會。

「去機場旁的智選假日酒店，用妳目前的化名登記入住，等待下一步指示。」

然後線路上一片死寂。

「我跟他講完了。」我對著關上的門喊道，麥特過了幾秒就推開門，從我手裡搶回他的手機。

「妳會後悔的。」他說。

我聳聳肩，然後從口袋裡拿出一隻小小的紙天鵝，丟在他辦公桌的角落。

「這是什麼鬼東西？」

「留給你的紀念。」我一面說一面往門口走。

在我走出那棟樓房的同時，有許多個白色小盒子正在配送到許多個不同地點。每個盒子裡都有一隻摺紙天鵝，和我剛才給麥特的一模一樣。一把天鵝拉開，就會出現一張照片，照片上是收件人不堪入目的醜態，下方用紅色簽字筆寫著「希爾頓黑德島，二〇一七年」。就這樣。

我稍稍擴充了我的團隊，雖然成員並不是自願加入的。我在萊利鎮差點被逮捕的那天晚上，有人動用了一點人情，我就靠這個擺脫了麻煩。

未來的某個時機，我會需要這些人，而他們會匆匆趕來效命。現在有一群深受尊敬、信仰虔誠的政治人物成了我的囊中物。一個參議員、兩個眾議員、幾個市長和州議員。還有，路易斯安那州可憐的麥克英泰法官，當天只是跟著朋友參加了雞尾酒會。

17 現在

麥克英泰法官這招大舉成功，我早就知道會的。我現在和萊恩同車回家，瑞秋開著她的車跟在我們後頭。她同意為我的行為負連帶責任，所以看樣子我甩不掉她了。

為了爭取今天釋放，我必須同意和亞特蘭大方面的警探在週五早上見面，回答他們關於艾美・侯德之死的問題。如果我拒絕，我就會被拘留在佛賓湖鎮警局，直到亞特蘭大市警局派人來把我抓回去。如果我週五早上沒有現身，他們就會因為我拒不到案而再發出一張拘票。

昨天，史密斯先生的計畫還不明朗，但今天情勢就不再相同。我過去一直以為我隨時可以回去當璐卡・馬利諾，但在今天的事情之後，我幾乎不可能擺脫伊薇・波特的身分。釋放的條件是我要接受拍照和按指紋，所以我現在不但第一次被登錄了資料在警察系統裡，登錄的身分還是伊薇・波特。

我過去是如此小心謹慎地不讓璐卡・馬利諾的身分有污點、不引起注意——維持在一張白紙的狀態，我一旦準備好就可以將它剪裁出形狀，結果我現在反而沒有任何證據能夠證明我就是她。但伊薇・波特有完整的背景和個人歷史，有照片和新上傳的指紋，還有針對艾美・侯德死亡事件的重要證人訊問拘票。

八年前，史密斯先生救我脫離可能遭到逮捕的命運，而現在他設計我掉入同樣的陷阱。

今天是星期一，已經過了半天，所以我只剩下三個整天的時間處理這件事。

車裡一片安靜。

我的腦海中現在有各式各樣的問題輾轉迴繞，其中最讓我心煩的是：史密斯先生為什麼要拿這份任務冒險？我現在也許被困在這個小鎮上、這個身分裡，但我的工作其實已經完成了。這到底是不是一份真正的任務，還是個讓我動彈不得的陰謀？

「你不管有什麼問題都可以問我。」靜默的氣氛變得令人難以忍受時，我終於開口這麼說。

「她是怎麼死的？」他問。「就是他們要跟妳問的那個女人。」

「她死於火災。」

他稍微瑟縮，雙仍緊盯著路面。「妳是怎麼認識她的？」

「工作上認識。」我回答。這也是實話，她是我上一份任務的目標。

我們離他家只剩幾分鐘路程，他沒再問我別的，所以我對他施了點力。「你沒有要問我當時是不是真的在場嗎？問我知不知道她遭遇了什麼？問我有沒有牽涉其中？」

「沒有。並不是因為我不想知道答案。」他轉過來看我看了一秒左右，然後注意力又回到路上。「而是因為妳還沒有準備好告訴我真相，而我寧願妳不要對我說謊。」

「你不怕你交往的對象是犯過罪的嗎？」我問，語氣中沒有半點打趣的意思。「不怕我在你漂亮的大房子裡縱火嗎？」

施力、施力、施力。

他毫無幽默成分的笑聲響徹車內。「整條街的鄰居都看到我女朋友被警察帶走。我一整天都在警局裡千方百計努力讓她獲釋。現在她卻要在我們回家路上跟我找架吵，因為我不肯跟她玩遊戲。」他又朝我看過來。「發生這種事我開心嗎？不。我會支持妳、陪妳度過嗎？會。我怕妳嗎？不。我有足夠的耐心等到妳做好準備來跟我談這件事。但我不要跟妳做假設性的對話。」

他的話對我產生意料之外的衝擊。

萊恩伸手過來，將他的手探入我的掌握之中，軟化了車內的氣氛。「我們會去亞特蘭大，告訴他們妳什麼都不知道，回答他們的問話，然後我們就可以回歸正常生活。」他說得是如此斬釘截鐵，讓我幾乎相信了我有這個選項。

我根本不知道正常生活是什麼樣子。

我們把車停進車庫，但是萊恩讓引擎繼續運轉。「我得去辦公室一趟，要拿幾樣東西，因為我先前沒機會過去。」他說，雙眼望出擋風玻璃。

我在還沒說出會讓自己後悔的話以前下了車。他那場小演說讓我想要把不該說的一切都告訴他，現在他要從我身邊逃開了。我快要走進屋裡時，聽到瑞秋關上她的車門，鞋跟在我背後的水泥地上發出敲擊聲。

「伊薇，有些事我們得談談。」她一面說，一面跟著我走進後門。

我點點頭，但沒有轉頭面對她。「我需要先沖個澡，也需要一點時間。給我一個小時。」她還來不及說別的話，我就爬上樓梯。

我在我們臥室關上的房門前猛然停住。房間裡沒人的時候，我們從來不會關門。我回想今天早上，我們準備出門的時候，兩個人的動作都慢吞吞的，因為上個週末而昏沉疲憊。我先下樓，然後萊恩不久後也來找我，但我後來又跑回樓上拿走接在床邊充電的手機。

我離開房間時，門是打開的。

我慢慢扭轉門把，接著出力一推。

床被鋪得整整齊齊，這又是一個少見的現象，而且以我們今天早上的狀態是絕不可能還鋪什麼床的。我掃視房內，看到我睡的那側的床頭桌上擺了什麼，不禁深吸了一口氣。

是一隻摺紙天鵝。

它放在檯燈前，小到不會引起任何人的興趣，只有我會注意到。

我盯著它的時間久到異乎尋常，給了它不應擁有的力量。

最後，我伸手將紙天鵝拉開。天鵝體內還有另一張紙，是兩張列印在同一面的照片。這就是亞特蘭大警方掌握到關於我的資訊，相信是由史密斯先生提供。他把訊息傳達給我的方式，完全如同我當初讓麥克英泰法官知道我握有他什麼把柄。

上面的照片裡，我站在亞特蘭大市中心一間飯店外面，艾美・侯德離我只有幾呎遠；她滿臉怒容，手舉起來對我比了個中指。第二張照片裡，我跟著艾美進了飯店。幾分鐘後，街上每個人的手機都拍到她在那間飯店的客房陽台窗戶竄出濃煙。很明顯，我們之間有衝突，我也顯然跟在她後面進到飯店裡。

我清楚記得那個時刻。她怒氣騰騰的話語。距離夠近聽得到她在對我大吼大叫些什麼的人，全都盯著我們看。稍後，消防車警鈴在空氣中震響，眾人驚聲尖叫，煙味刺鼻。

這是一項完美的證據，抓到了我在現場和死者針鋒相對的當下。就我對史密斯先生的了解，還有從別的角度拍的其他照片，和這兩張一樣足以陷我於罪，只要他想，隨時可以把照片寄給亞特蘭大警方。現在這只是開胃菜。

那張紙的背面顯示了他對我有什麼要求。

那是我同一天被拍到的別張照片，但是地點不同。我正從銀行出來，跟艾美投宿的飯店相隔了幾個街區。

紙張最下方寫著一個電話號碼。我從包包裡拿了手機，立刻打給他。

「沒想到妳這麼快就聯絡了。妳脫身的速度比我想的還快，值得肯定。」史密斯先生在我出聲時說，機械式的聲音比平常高亢了一點。

「你一直都小看我了。」我用盡全身力氣才在語氣中加入一絲玩笑的意味。

「給我把妳在亞特蘭大從艾美．侯德那裡弄到的東西交出來，要不然這件事收尾的方式絕不會讓妳開心。」

我閉緊雙眼，無聲地做了個深呼吸。「我解釋過當時發生什麼事了。我沒拿到。東西沒了，在火災裡燒掉了。」

「那麼那個保管箱裡放的是什麼？」

我再看了看我站在銀行前台階的照片。「拜託告訴我你不是因為這張照片就設計讓我被警察抓。」

「現在是妳小看我了，」他冷笑道。「我手上有桃樹街那間富國銀行裡的監視錄影。妳在消防隊將吞噬艾美・侯德的惡火完全撲滅前，去銀行租了個保管箱。妳從來不會把任何重要的東西留在身上，租保管箱是最快速、最便利的手段，可以把妳找到的東西安全藏好。我們之所以還會在這裡談，唯一的原因就是我不知道保管箱號碼，也沒有開戶印鑑卡。」

「不是你想的那樣，」我說。「那跟艾美無關，跟她的死亡也無關。」

變聲器製造出的機械式咆哮聲令我一陣瑟縮。

「現在不是跟我裝傻的時候。妳要回去亞特蘭大，但我要妳週三就到。亞特蘭大市區的坎德勒飯店幫妳保留了一間房，我派出的代表人會在週四早上十點跟妳在大廳見面，他會陪同妳前往銀行、進去保險庫，親自把保管箱裡的物品取出。如果真如妳所言，其中的物品和艾美・侯德無關，那麼我們就會把這件事徹底了結，照舊繼續合作。妳也會發現亞特蘭大的警探很快就對妳失去興趣。」

「我應該要相信我一給你看保管箱裡的東西，你就會收手嗎？那這份任務又要怎樣？我就這麼一走了之？對你這麼討厭失敗的人來說，為什麼這份任務失敗就沒有關係？」

「因為我跟妳一樣遭殃了，妳是想聽這個嗎？唯一要緊的就是找回艾美‧侯德拿走的東西。全部找回來。」

他安靜了一下，然後補充道：「妳曾經是我手下最優秀的人才，看看妳現在淪落到什麼境地。」

「我仍然是你手下最優秀的人才，你自己也知道。」

狗吠般的響亮笑聲嚇了我一跳。

「妳就那樣走進去跟警察講話，現在他們有了份檔案，上面標著妳的名字。他們要妳按指紋的時候，妳連一點反抗都沒有嗎？妳在偵訊室裡的時候有錄影。妳的鎮靜是挺值得讚美。」

他的字字句句都像正中目標的子彈。

「妳口袋裡還藏了幾個麥克英泰法官？」

我發出笑聲，希望聽起來不會太勉強。「多到夠我繼續閃開你丟過來的曲球。」

「很不幸，璐卡，妳做了妳的選擇，所以現在我也做了我的選擇。」他低吼道。

「不要演得好像你不是一開始就設計我。這麼多年來都是。我是你手下的頂尖人才，但你一直在等著要背刺我。」

他發出嘖嘖聲。「當然了。難道妳以為我不會準備好應變計畫，以免手下的人不受控制嗎？不要現在跟我感情用事。這是生意。」

「那個偽裝成我的女人接下任務的時候，知道會發生什麼事嗎？妳有告訴她這等同是死刑宣判嗎？」

「她是個不幸的連帶傷亡。她有潛力，但我隨時都有做出艱難抉擇的心理準備。侯德那個任務比較重要。」

是了。他確認了他們的死亡不是意外。

「她有完成你指派的任務嗎？還是她在哪方面讓妳失望了？」

「她是被派去擾亂妳的，她做到了。她被派去頂著璐卡．馬利諾的名字闖蕩，她也做到了。她被派去出席那天的晚餐，讓妳成為最後一個看到她活著的人，警察就別無選擇必須針對妳們共度的晚上訊問妳。我則認為我需要出手讓他們注意到妳的那份拘票。派她去偷翻妳的東西，是為了造成妳的不安，因為我知道妳有多討厭那種事。妳留給她發現的表格倒是讓我小小笑了一下，挺高明的。」

我全身湧起一股衝動，想要對他狂吼，把手機摔爛成無數碎片，但我不能讓他看到我有多崩潰。

「你拿什麼保證我最後不會跟她一樣？她來了這裡，執行了任務，得到的是什麼回報？就是往橋下一掉。」

「我可以保證，如果妳沒能辦成我第二次派妳做的事，妳就會遭遇相同的命運。」他補充後面一句時把語調放軟了。「我知道妳會不擇手段達成妳一心想要的童話故事美滿結局，有院子的大房子，就像多年前妳媽媽在拖車屋裡愈病愈重的時候，妳和她一起夢想的。妳還是可以擁有那個夢想。我可以讓伊薇．波特變成過眼雲煙，讓璐卡．馬利諾起死回生，只要妳把我要的東西給我。」

他真的以為我會相信這是個可能的結果嗎？

「我不知道要跟你說幾次——亞特蘭大那次就是失敗了。不管你想從艾美・侯德手中拿到的是什麼，她都帶著它進墳墓了。那個保管箱裡放的不是你以為的東西。」

他等了一下下，然後說：「這個號碼在這通電話結束後就會立刻斷訊。妳知道這是怎麼運作的。如果妳沒有在指定時間到飯店大廳見我派去的人，我就不得不把手上的東西全都交給亞特蘭大市警局。那些照片只是預告而已，正片還沒上呢。妳還是可以逃，但妳不再是幽靈了。」他掛斷前再補充一點：「而且到時候不會只有警察在找妳。」

然後通話就斷了。我沒有嘗試回撥，因為他不會虛言恫嚇。

我拿著他留給我的那張紙到浴室裡，丟進水槽，然後拿起我放在浴缸旁用來點蠟燭的打火機。只過了幾分鐘，那張紙就成了灰燼。我趁煙霧觸發警報以前把殘跡用水沖掉。

我把蓮蓬頭的熱水水溫開到我能忍受的極限，脫了衣服站到水柱下，急切地需要把過去幾個小時的經歷沖洗乾淨。

有好多亟待回答的問題。

有好多我需要梳理的情緒。我憤怒於這個我效力多年的男人用我想也沒想過的方式背叛我。我失望於他從一開始為我塑造新身分的目的，就只是為了搞垮我。我滿心苦澀，因為發現他從第一份任務起就在計劃把我扳倒。這一切對我的打擊超乎我的想像，超乎我的心理準備。

但對我打擊最大的一點是那個女人的死亡。她是來執行任務的，她會死、詹姆斯會死都是我的錯。若不是我在跟史密斯先生玩這個遊戲，她現在還會活得好好的。

我用力擦洗身上每一吋，洗了頭髮，洗了臉。只要能讓我有乾淨的感覺，做什麼都好。

她的死亡是掛在我肩上的沉重責任，也堵滿我的肺臟，模糊我的視線。

浴室門嘎吱一聲打開，讓我嚇了一跳，雖然我已經預期到萊恩一從辦公室回來就會進來關心我。

蒸氣讓玻璃上霧氣濛濛，在他開門前我都看不清他。他直盯著我，額頭中間出現一道線條，我無法解讀他的表情。就在我以為他要走開時，他默默脫下衣服，進來找我。他從我手中把洗澡巾拿過去，將我轉向蓮蓬頭。他一隻手放在我腰上作為固定，另一隻手拿著洗澡巾在我的背部和肩膀擦出長長的一道道軌跡。

我轉回去，將臉埋在他的胸口，水滴在我們周圍灑落如雨。我哭了，一哭起來就無法停止。破碎的大聲嗚咽讓我整個人崩垮。

萊恩在我耳邊低語。只是無意義的內容，甜言蜜語和承諾。

他輕柔的聲音找到了我盔甲上的縫隙。

我有十分鐘可以崩潰。有十分鐘可以浸泡在他給我的撫慰裡，不論我是否有這個資格。我會享用這十分鐘，然後再打起精神振作起來。

水開始變冷，於是萊恩把水關了，手沒從我身上放開，卻拿來了毛巾，不知是怎麼辦到的。我靜靜站著讓他幫我擦乾。

「要到床上躺一下嗎？還是要先吃東西？」他在我套上內搭褲和寬版T恤時問道。

「瑞秋還在這裡嗎？」我問。

他一面以毛巾擦身一面點頭。「在，她覺得自己對妳有責任。她打算在我們到亞特蘭大以前都待在離妳不遠的地方。」

我深吸一口氣，接著再吸一口。「你不需要跟我一起去亞特蘭大。」

萊恩聳了聳肩。「當然需要。但我們不要今晚討論這個。我們明天再來計劃。」

知道我現在要應付什麼狀況之後，我腦海中已經在推想各種不同的可能情境。我會先在路上停個幾站，才去亞特蘭大。

「妳腦子裡頭在想什麼呢？」他問。

我不喜歡他能夠把我解讀得這麼精準。這顯示了我在他面前把自己的武裝解除到什麼程度。

「想他們會問我什麼問題。想如果我回答不出來，他們會怎麼做。」

萊恩把我拉近他。「我會全程陪著妳。瑞秋也是。我們站在妳這一邊。不管如何妳都要相信這一點。」

我緊抓住他的手，拉到唇邊，一個指節接著一個指節地親吻。「我餓了。但我需要個一分鐘把自己整理一下。」

他微笑著按按我的手。「我去弄點吃的。妳準備好再下樓吧。」

萊恩離開房間，我癱倒在我們的床上。

我自憐夠了，現在該來開始做正事了。

18 現在

史密斯先生要我在後天以前抵達亞特蘭大，而我最不需要的就是讓瑞秋跟著一起。我下樓看到她在餐廳裡架設起了一個迷你辦公室，桌子的一端放著她的筆電，幾個檔案箱則散放在另一端。

「萊恩呢？」我用這個問題代替招呼。

她在整理電腦旁的一堆檔案，頭抬也沒抬。「他去買外帶了。」

我看她看了很久，久到讓她不安起來。她停下手邊的事，終於給了我全副的注意力。她坐到桌子一端的椅子上。「我們週五早上九點前要到亞特蘭大，所以我們週四就要從這邊出發。」她說。「我查了航班，當天下午四點三十分有一班直飛的。我們可以在機場旁邊的其中一間飯店裡訂兩個房間。我們就拿今天和明天的時間來把該準備的東西都整理好吧。」

我坐在她旁邊的椅子上，把文件推開，好靠在桌上。「我週五早上八點半會跟妳在亞特蘭大會合，但是有些事情我得先處理。自己一個人處理。」

我這句話還沒說完，她就在搖頭了。「我得為妳負責任。如果妳到時候沒有現身，慘的就是我了。我相信妳可以輕輕鬆鬆——而且開開心心——搞失蹤，但我住在這裡，我的整個人生都在這裡。」

「我不會對萊恩那樣做。」我小聲回答。

她翻了翻白眼。「他連妳的真名都不知道。」

瑞秋想要激怒我，她眼看就快要成功了。「沒有討論的空間。如果我想要，隨時都可以甩掉妳，妳完全預警不到。但我現在好聲好氣告訴妳，我週五會跟妳在亞特蘭大會合。妳只要告訴我該去哪裡。」

我們彼此互瞪，都在等對方先屈服。此時後門打開了，讓我們驚覺萊恩帶吃的回來了，我需要在他介入之前把這件事搞定。

「我知道這對妳沒什麼意義，但我向妳承諾，我會到場。我一旦做出承諾，就不會食言。絕對不會。」

她斷斷續續地呼出一口氣。「妳不覺得我們需要花時間順過妳的案子嗎。」

我確實需要準備，但我需要跟戴文一起準備，不是跟瑞秋。「不覺得。」

萊恩探頭進餐廳來。他的視線從我身上轉向瑞秋，又再轉回來。「都沒事吧？」他問。

「沒事。」瑞秋說。

「當然。」我回應。

「妳們先來吃吧。」他說，我們跟著他到廚房裡。我擺好盤子和餐具，萊恩在中島上把食物擺成自助餐形式。「我買了好幾樣不同的，因為不知道大家想吃什麼。」

在準備餐點的過程中，瑞秋仔細觀察著萊恩和我，觀察我們如何在室內移動，如何隨時留意對方的位置。她受夠我了，她明知自己在做什麼卻還是要見證這一切，我相信她心裡一定不好過。

舀起一大匙帕馬森起司烤雞到盤子裡的同時，我才終於想起萊恩今天原本應該要去伯納家。

「伯納太太會介意你今天沒過去嗎？」

他喝了一大口啤酒，然後才回答我。「我有打電話給她，說我臨時有事，沒辦法過去了。」

我在廚房桌子旁和他相鄰的位置坐下。「他的喪禮會辦在這週，所以我覺得你肯定應該參加，而不是跟我一起去亞特蘭大。」

「我已經跟伯納家說過我不會去了，因為在外地有急事。」

我搖著頭說：「你真的應該去。亞特蘭大的事由我和瑞秋就能搞定了。」

他把叉子往盤裡一丟，撞擊聲在廚房裡迴響。「我自己會決定要去哪裡。」

我們可真是給瑞秋看了一場好戲，我決定把這段對話留到在房間獨處時再說。她已經知道我計劃要獨自出門了。我抬頭看著她說：「那我想妳也不介意缺席喪禮吧？」

「對，」她說。語尾的音發得特別響亮。「我最後一次跟詹姆斯講話差不多是兩年前了，那時候他打來跟我要錢。我給他了，條件是他要去尋求專業協助。我甚至幫他排到了一間勒戒中心的名額。結果他一拿到現金就閃得無影無蹤。他兩週前回到鎮上的時候，我是我們這群人裡面少數幾個沒去看他的。」

萊恩嘀咕道：「是喔，像這種故事我大概有十個可以講。」

這餐剩餘的時間充滿了無意義的閒聊，不久之後我們就回房間去，瑞秋則待在樓下的客房。

我站在房間的中央，緩緩吐出一口長氣，讓自己穩定下來。「有幾件事我需要單獨去處理，」我說，與此同時萊恩轉頭面向我們的床，完全沒注意到有人幫忙鋪過。他的表情變得嚴峻，但我繼續說：「我會跟瑞秋在亞特蘭大會合。你也可以去那裡找我。」

萊恩一面看著我，一面脫下衣服爬上床。「我今天不想再說話了。」他拉高著被子，邀請我跟他一起躺進去。

我應該繼續主張，但是我說話也說累了，於是我關了燈，過去跟他一起。

✦

我坐在廚房桌邊，面前擺著筆記本，瑞秋在此時晃了進來。我把剛寫的兩頁撕下來，摺成足以放進牛仔褲後口袋的大小，然後將筆記本放進後背包，再移動到咖啡壺旁，要把隨行杯裝滿。

「杯子在哪？」瑞秋問。

我朝咖啡壺上方的餐具櫃點了一下頭。她過去拿了個杯子。「妳今天早上就要出發嗎？」

我看著時鐘回答：「一個小時內就走。」我用手機瀏覽Instagram，滑到美食頻道最新的貼文時停了下來，巴比・福雷在烤架前露出他招牌的賤賤笑容。我留言道：「**《挑戰巴比・福雷》是我最愛的節目!!用四十五分鐘挑戰成功根本不可能！#好食譜都是用寫的**」

一般來說，我會給戴文超過四十五分鐘的時間準備在我們預先決定的第一個地點會面，但經過昨天的事，我相信他會跟我一樣每隔幾分鐘就重新整理一次動態。那個主題標籤除了戴文以外的人都看不出端倪，但我需要讓他知道我有東西要給他，他才能告訴我要放在哪裡。

瑞秋在她的咖啡裡加了一包糖和一點奶精，然後一面攪拌一面轉過來看我。「萊恩知道嗎？」

「他知道，」我說著繼續滑手機，重新整理我的動態。只過了兩分鐘，他就在Spotify最新的貼文下留言：「**酷玩樂團的〈不久後見〉太被低估了。#Twinkies蛋糕也是**」

看起來我去會面點的時候要留意的就是Twinkies蛋糕了。

我關掉應用程式，然後上樓打包行李。我往行李袋裡丟了幾件衣服，再到浴室拿盥洗用品。

我回到房間裡時，萊恩把他自己的行李袋打開放在床上，裡面裝了半滿。

「妳覺得我需要帶西裝嗎？」他問。

我把手裡抱著的東西丟進行李袋，然後移動到衣櫃前拿鞋子。「這件事我需要自己一個人處理。」我沒辦法看他。

「我理解妳覺得妳需要自己一個人處理，但妳再也不是只有一個人了。」他的視線越過床跟我對上。「我要跟妳一起去。」

我迎視他。「但這樣你週四就不能上班，我知道你週四安排的事情有多重要。」我正在施加壓力，看看會有什麼收穫。

他的頭往側邊一撇，眼睛瞇了起來。「如果妳把妳的祕密告訴我，我也願意把我的告訴妳。」他的聲音低沉，有點令人不安。「妳先。」從他身上可以稍稍瞥見那個倉庫停車場霸主的影子。

我雙手抱胸看著他。

我沒有接受萊恩的提議，他雙手往空中一舉。

「我一個問題都不會問。我不會輕易被嚇倒。而且我真的不想讓妳單獨去處理妳覺得必須做的事，不管那是什麼。」我們繼續互相瞪著眼，最後他補充說：「再說，我的技能也許可以派上用場。」他又露出那副微笑，那副讓他無比迷人的微笑。

儘管我覺得自己現在不可能笑得出來，我還是也對他露出笑容。「你說的是什麼技能？」

他聳聳肩，繼續打包。「帶我上路，妳就會知道嘍。」

對於要拿萊恩怎麼辦，我真是左右為難。史密斯先生決定一面玩他的病態遊戲，一面讓我執行這項任務，我需要知道這是為什麼。

史密斯先生預期我會單獨前往。目前為止，我都想要當個百分之百穩定可預測的人，但從現在開始我需要採取完全相反的策略。而且，萊恩相當努力爭取要跟我去，即便他會因此錯過詹姆斯的喪禮、犧牲一週的工作時間。非常令人好奇。

我用力呼出一口氣，假裝出投降的樣子。「所有的決定都由我來做。如果有什麼事我需要溜去自己處理，你不可以有意見。一點都不可以。」

他點頭。「別想在路上把我丟包喔，」他促狹地笑著說。「妳腦子裡想的事都寫在臉上了。」

我們都知道這個選項隨時存在。

✦

瑞秋很氣萊恩可以跟著我去，她卻不行。

我把我們的行李裝進後車廂，萊恩則在離房子較近的位置和瑞秋針鋒相對地爭論。我關上後車廂，轉身面對街道，把它的模樣刻進記憶裡。我會想念它，即使不願意承認有多麼想念。

我坐上駕駛座等萊恩。他聽見引擎發動，轉過頭來看著我。他朝車子走來時，瑞秋伸手攔他。關於我，她知道他所不知道的事，但她因為受保密義務約束而不能告訴他，只能慌亂焦急地阻止他跟我同行。

他可不接受。

萊恩坐到副駕座，然後在瑞秋走近他那一側時搖下車窗。他原本想開他的車，但這次作主的是我，而且如果我半途決定要在某個地方棄他而去，我會需要我自己的車。

瑞秋對我投來一個不令我特別喜歡的眼神，然後聚焦在他身上。「我沒在開玩笑，萊恩。週五早上在亞特蘭大，八點三十分，一刻也不能遲。我正在設法讓那些警探跟我們在分局以外的地點會面，一確定下來，我就會告訴你們地點。」

「這些話妳都說過好幾次了。」他回應道。他的頭往後靠向座椅，眼神看著擋風玻璃。她的手緊緊抓在打開的車窗上，彷彿要用物理力量阻止我們開車。

我在座位上躁動著，已經準備要出發。我不搞這種送別的場面，門都沒有。

萊恩想必感覺到了我的不安，於是對我點了個頭。我打到倒車檔，鬆開煞車讓瑞秋不得不放手後退。「我再打給妳，」他在我們慢慢後退時對她說。「如果我被她丟包在什麼地方要找妳來救的話，妳也別太驚訝。」

她顯然不覺得他的笑話有哪裡好笑。

一等車窗關上、我們開到他家前面的街上，他就問：「需不需要我在亞特蘭大訂個飯店？我是說，姑且假設我們真的是要去那裡。」

「我已經處理好了。」我回答。

我開出這個社區，到了穿越整個鎮的繁忙街道上，然後轉進一間加油站。「我去買幾樣點心路上吃，你可以幫車子加滿油嗎？」

我話還沒說完，他就下了車。

「幫我買罐可樂，還有洋芋片。燒烤口味的。」他在我走進商店前說。

我在零食區的貨架走道上，拿了幾包不同口味的洋芋片，和一包花生口味的M&M's巧克力，然後看到正在飲水機前裝水的戴文。我從後口袋取出摺起來的紙張，塞到Twinkies蛋糕底下。我在收銀台結帳時，他移動到零食區，取走我的手寫信，信中簡述了昨天發生的事情，並且告訴他我想出的計畫細節。這不是最理想的溝通方式，但是夠老派，不可能被駭入。如果一切順利進行，我很快就會跟他碰頭了。

回到車上時，我坐到副駕座去。

萊恩從駕駛座側打開的窗戶看著我，手上還在加油。「我想妳現在是要我開車嘍？」

「是，麻煩你嘍。」我回答，然後喝了一口低卡 Dr Pepper 汽水。

「要我開車的話，妳得跟我說我們要去哪裡。」他一回到車上就這麼說。

「上州際公路，往東開。」

車程中有好一陣子，我們都一語不發，車內安安靜靜，沒有音樂，沒有交談。只有在必要時給出的方向指示。

我們開進密西西比河三角洲地區，地形逐漸變得平坦，連續好幾哩都只見農田裡一排排的作物。我們現在下了主線高速公路，在小路上顛顛簸簸，每隔一個小時左右，道路就經過一個小鎮。這種地方的速限會猛然從五十五降到三十五英里，又少有預先警告，所以毫無防備的駕駛人就會不慎踩進為地方增加財源的超速違規陷阱。

我們再度停車加油，萊恩堅持要付錢。我堅持他要付就付現金。他拿出裝滿二十美元紙鈔的厚厚皮夾，顯得比我以為的更有備而來。然後我提醒自己，他跟我一樣沒少做見不得人的勾當。

「我很遺憾你要錯過詹姆斯的喪禮。」我在我們重新上路之後說。

他深深嘆氣。「我也是。」我本來以為他沒別的話了，直到他又補充說：「我花了好幾年想要幫忙詹姆斯……想要救他。我給他錢、給他衣服、給他地方住。我送他去勒戒過不止一次。我就像他的拐杖，他知道我會不離不棄，他知道我會救他。那麼，如果總是會有人救你，你又何必費力氣自己振作呢？」

過了幾分鐘之後，我說：「我不需要人家來救。」

他往我的方向轉頭。他看著直視前方的我，稍後才把注意力放回路上。「我知道，妳也許有妳需要的事物，但不需要拯救。」

這讓我有問題想問，好多好多的問題。但是他已經清楚聲明過——我先說我的祕密，他才會說他的。所以我嚥下疑問，只說：「再過三公里就要左轉了。」

化名：溫蒂・華勒斯

——六年前

我愛上了這個小鎮。在另一版的人生裡，我從高中畢業之後，就會直接來這裡上大學。每一場體育賽事、戲劇演出和藝術展覽我都不會缺席，下課時間我會在方院裡和同學抱怨教授的考試評分不公平。

但那不是我過的人生。

我只在萊利的機場飯店待了一天，就有人來敲門了。我打開門，看到一個穿UPS制服的男人站在門的另一邊。但仔細一看，我發覺他跟上次幫麥特傳送指示給我的是同一個人。

「你就是喬治。」我說。

他滿臉困惑。「不好意思，那是誰？」他問。

我指著自己T恤上應該拿來別名牌的位置。「喬治。在希爾頓黑德島的飯店，你制服上別的是這個名字。」他似乎很驚訝我記得這件事。「但我猜那也不是你的真名。」

他交給我一個不起眼的棕色包裹，上面沒有地址也沒有託運標籤。他說：「對，不是。」我相信他只應該來送件，不應該跟我說話。

「你要把你的真名告訴我嗎，還是我就要繼續叫你喬治？」

他聳聳肩。「我想，叫喬治也行吧。」

「行，那就叫喬治。」他起步走開，但是我的提問讓他停下腳步。「你會跟我去佛羅里達嗎？還是你有別的快遞要送？」

他又聳肩。「等著瞧嘍。」然後他又走了。

我撕開包裹，裡面是一張佛羅里達州的駕照，姓名是溫蒂・華勒斯，還有一張紙上寫著一間快遞站的地址、信箱編號，和一個公寓社區的名稱與門牌號碼。還有掛在同一個鑰匙圈上的兩把鑰匙，一把很小，另一把大了很多。最後，則是一名年近四十的男子的照片，背面是他的名字，米契・卡麥隆。名字下面寫著「去把他裡裡外外摸個清楚」。

我馬上就找到了米契・卡麥隆。人人都認識米契・卡麥隆，因為他是佛羅里達中部一所大學足球校隊的總教練。他的好感度和仇恨值可說是不相上下。

米契現年三十七歲，和妻子敏蒂結縭十年。米契配敏蒂，多可愛啊。米契是兩個孩子的爸，兒子叫小米契，女兒叫瑪蒂達。

全家人都押了ㄇ的頭韻。

我只花了四天就把米契和他的日常生活摸了個清清楚楚，雖然我還是怎麼想也想不透一個大學足球教練為何會成為任務目標。我從來不會知曉客戶的身分，但是我迫不及待想查明米契到底搞了什麼把戲，讓人要請史密斯先生來對付他。

這週的每一天，我都騎著腳踏車去練習場，好觀察他工作的樣子。今天，我在地上鋪了墊子，身邊堆著教科書，就和這個秋日午後其他五、六名在戶外讀書的學生一樣。佛羅里達州的陽光把我的皮膚曬成漂亮的古銅色。我從來不曾這麼長時間在戶外活動。

米契看起來很受隊上選手的喜愛。他對他們十分嚴格，但是也樂於鼓勵，在他們認真努力時不吝讚美。循著每天相同的行程，當練習時間結束、米契把選手們送去沖澡，我就收拾東西、去快遞站查看信箱。目前為止，我每次去看，信箱都是空的，但今天我有幸運的預感。

我看到信箱裡的一只小信封時，興奮的小小驚呼便脫口而出。終於！我把信封塞進短褲褲腰，用上衣蓋住，然後盡快離開了快遞站。

到了安全的公寓裡，我才把信封打開。裡面只有一張紙，列出了五個名字，旁邊各自寫著一組日期和時間。

我只用Google搜尋了兩個名字，就看出了其中的規律。名單上每個人都是住在大學周邊六十哩內的高三生，都在足球方面頗有佳績。網路上有人在猜測他們明年秋天會加入哪裡的球隊。

起初，這一切在我看來很荒謬。我在這裡幹嘛？來監視某個足球教練和一群十八歲男生？

我深入研究高中和大學足球賽。我了解到，在選手從校隊轉成職業級以前（如果他們夠幸運能當上職業選手），大學能靠著他們賺進數以百萬計的收益。

這可是門大生意。

也有很多人在討論，這些選手在檯面下收錢來選擇去念哪所大學——傳言說有掮客會趁夜輸送現金，用拋棄式手機聯絡。更令人傻眼的是那些大學校隊贊助人[2]，也就是老校友，他們大把大把撒錢，就只希望自己的母校有機會贏得冠軍。他們花錢資助招募計畫，也期待看到成果。如果他們沒看到成果，金流就會停掉。真正值得深究的問題是，到底是誰在執行這些計畫：是學校的體育主任還是開支票的有錢人？你只要搜尋「布恩．皮肯斯[3]」和「奧克拉荷馬州立大學」就會有個初步的概念。

有一股強大的推力試圖改革現有規定，允許大學運動員藉姓名及形象權獲利。運動產業內大多數人都相信，國家大學體育協會最快在二〇二〇或二〇二一年就會允許學生運動員接受商業贊助，但是至今為止，這種行為仍遭到嚴禁。如果大學付錢給選手被抓到，校方會遭受大筆罰款，甚至可能失去季末碗賽的參賽機會，也就會讓他們招募球員的努力毀於一旦。但運動員受的懲罰更慘重，他們會失去所有賽事的比賽資格。

前幾次任務中，我都利用空檔來蒐集資訊，等待確切的指示下達，讓我猜出客戶雇用我們是想做到什麼。

拿到潛力選手的名單後，我就在猜他們涉及這個問題。米契是手腳不乾淨的贊助人嗎？客戶是不是敵對學校，希望米契的招募計畫出事？

我專注在日期和姓名上。我整理出每個選手的生活概況，了解他們的比賽成績，翻遍他們的社群媒體帳號。

五個名字。五個日期。第一個日期就在不到一週後。我需要技術支援，也需要有人幫忙安裝設備，於是我照著戴文設計好的步驟，請求他來佛羅里達一趟。

✦

我打算要觀察米契．卡麥隆向那些選手遊說，但我沒料到會碰上其他學校的教練也去拜訪同樣的選手。這些選手在這個地區是頂尖中的頂尖，大家都搶著要。雖然米契代表的大學很不錯，但還有幾間規模更大、程度更好、離此地不遠的學校，所以競爭相當激烈。

戴文帶著我們所需的設備前來以後，我們溜進各個選手家裡裝設的過程進行得比我想像中更順利。他們的住家都位於貧民區，幾乎沒有什麼保全措施。大學為了要在賽季中取勝不惜一擲千金，這些男生卻連晚餐錢也不能讓任何和校方有關的人士來付，這樣的不公平實在令人難以忽視。

我開始監視這些男生的一週後，信箱收到了另一份指示。

❷ booster，為校隊物色有突出運動表現的高中生，說服他們申請就讀該所大學。

❸ T. Boone Pickens，1928-2019，美國企業家、基金經理人、富比士榜上富豪，因對石油產業及油價觀察預測精準而有「油神」之稱，也熱衷於捐款，捐贈與母校奧克拉荷馬大學的總金額超過十億美元，其中至少有百分之二十六點五是針對體育。

「對於名單上所有對象的錄音、錄影、照片，只要包含**任何**關於足球的會談、對話或討論（即使是在家人之間），都必須全數交回。每天晚上十點會有一名快遞員到妳的公寓收件。不要投件在信箱裡。」

我知道史密斯先生會把我盯得很緊，但我之前沒發覺到有多緊。這也讓客戶作為敵對學校的可能性大幅提升。史密斯先生要的不只是那些選手和米契之間的對話，連其他教練也不放過。但是跑來找這些男生說話的不是只有教練們。

很快就可以明顯看出，這些選手中最有價值的是泰隆．尼可斯。泰隆住在大學所在的鎮上最貧窮的其中一個黑人聚落。他家只有三個小房間、和一間小之又小的衛浴，卻住了泰隆本人和父母、祖母與五個弟妹。他的父母工時都很長，學齡前的孩子由祖母負責照顧。顯然，泰隆的父母並不知道如何應付他所得到的關注。

但泰隆很聰明。就算有人主動給他錢，他也一毛不收。因為話說到底，泰隆才是承擔最多風險的人。如果他失去選手資格，就沒得上場比賽了。而如果他沒有先在大學階段打出好成績，加入國家美式足球聯盟、終於得到合理報酬的機會就趨近於零。

我在小螢幕上看著襯衫筆挺的男人來到泰隆家門前。我留意泰隆如何應對他們，稍後再細聽他和小一歲的弟弟討論那些人提出的條件。

到了第二週，我已經累壞了。即使戴文和我分工合作，我們還是要花上一整天瀏覽總共五個地點的錄影，在喬治穿著UPS制服來敲我的門以前，把有關任務的部分擷取出來。

唯一的好事是，喬治似乎跟我熟絡起來了。頭一兩趟取件都是公事公辦的態度，但現在他會在我門口逗留一下、聊個幾句。我昨晚甚至給了他幾片披薩帶在路上吃，因為他看起來跟我們一樣累。我不禁好奇，如果他每晚都要回來這裡，那麼他一整天下來跑的範圍有多大。

雖然我們找出了其他幾位教練的污點，但米契在和潛力球員的會面中都沒有任何越界行為。他直接表達想要他們成為自己球隊一分子的意願，對選手的家人很有禮貌，不管面前擺了什麼吃的喝的，他都連聲讚美。他是個再好不過的客人。

和安德魯．馬歇爾共度的時光掠過我腦海，我腹中有一股緊緊的糾結感，預感到我可能得應要求做什麼事。

我準備好要知道任務的內容了。

又經過整天瀏覽監視錄影的漫長一日，我將隨身碟放進信封，看了看時鐘。喬治應該隨時會到。

戴文看到上一份指示以後，完全不肯到我的公寓來，因為他不喜歡喬治離我們這麼近。因此，我還得多跑一趟去拿他錄到的部分，會面點每天都會更動。

兩聲匆促的敲門聲告訴我他來了。

「嗨，喬治。」我說著將小包裹交給他。

他的額頭皺起來。「妳氣色不太好啊。」

「你真會說話。」我翻翻白眼。「你看監視錄影看個一整天，我們再來瞧瞧你氣色會有多好。」

他遞給我一個牛皮紙信封。「今天有妳的東西。反正我都要來，就想說省得妳多跑一趟去開信箱。但妳別打我的小報告。」

我明顯地鬆了一口氣。「終於來了。別擔心，我幫你保密。」我正要拆包裹，但發現喬治還逗留在玄關。「還有別的事嗎？」

他點了一下頭，然後用近乎耳語的音量說：「這是妳第一份跟他直接聯繫的任務，如果妳感覺這像是考試，那麼的確就是沒錯。」

我瞪大眼睛看著他，無聲地請求他多告訴我一些。但說完這句高深莫測的話，他就走了。

我迫不及待撕開信封。

「卡麥隆必須離開現職，但不得對他本人、校方、招募計畫和準隊員造成財務上或形象上的負面後果。切勿引發醜聞。」

對於客戶會要求我做什麼事，我有很多版本的推測，但這可排不上前十名。儘管對方希望的成果和手段上的限制表達得很明確，這仍然是相當模糊的一份指示。

如果妳感覺這像是考試，那麼的確就是沒錯。

那就來吧。

✦

我花了幾天考慮我的幾個選項，評估成功潛力有多少、違反史密斯先生設定的規則的風險有多大。

我不能在米契的電腦裡植入兒少色情影片，然後勒索他辭職，因為這樣一來無法保證不會釀成醜聞；二來他若是辭職，需要為合約內剩餘的任期支付違約金——六百萬美元——，這就會造成財務上的傷害。

勒索他太太也會導致相同的結果，勒索大學的任何教職員亦有造成醜聞的可能，也會帶來財務損失，因為那樣的話是他們必須付給他違約金。

我覺得進退兩難。

我覺得我通不過他的考試了。

唯一的出路就是從頭開始。他不會刻意設計讓我完全失敗，所以我一定是錯過了什麼。他要我證明自己，所以這樁任務一定有辦法可以成功——我只需要找出那個辦法。

✦

這間福特汽車經銷處門面嶄新又閃亮，主體是一個龐大的開放式空間，建材用了大量的玻璃和鋁。推銷員在前門像鯊魚般繞來繞去，但我直截了當走進去，沒有慢下腳步，也沒有跟任何人眼神接觸。

迎賓櫃檯有個年輕的金髮女子，迅速把我上下打量一陣，然後臉上堆起燦爛的笑容。

「歡迎光臨南區福特！請問需要什麼服務？」

「我要找菲爾．羅賓森說話。」

「我不確定他現在有沒有空……」

「把這個給他。」我在她面前的櫃檯上丟了個白色信封。菲爾名下有五家福特經銷處，分布在佛羅里達州中部多個地點，但他的主辦公室在這裡。

接待員過了片刻就回來，領著我去找他。菲爾在門口和我們碰頭。他的目光從我的鞋尖一路看到頭頂。我讓他一口氣把我要他看見、要他記得的細節看個夠。我的衣服不錯，但不會太高級。我的外套看起來像量身訂做，但裙子明顯是成衣。我佩戴的首飾低調簡約但有品味。我的頭髮往後束起，妝比平常濃，輕輕鬆鬆就讓自己像三十歲。

我伸出手朝他走近，他遲疑了一兩秒才配合。

「羅賓森先生，謝謝你見我這一面。」我在我們握手時說道。

他示意我進去他辦公室，我快速把整間掃視一下。他是大學球隊的超級球迷，也是最強力的贊助人之一。辦公室裡有裝在玻璃框裡的隊服和比賽球，有選手和教練的照片，米契．卡麥隆也在其中。菲爾坐進辦公桌後的椅子，用手勢請我坐在他對面的座位。

「這是什麼意思？」他問。他打開信封，拿出一張照片，拍的是一堆放在一輛福特卡車尾門上的鈔票，後車窗有他的經銷處貼紙。閒聊寒暄可以省了。

「我是來談羅傑．麥克班的事。」

菲爾臉上露出疑惑的神情，但是他筆挺的白色衣領下有股紅潮泛起。「我不認識什麼羅傑．麥克班。」

我皺起眉頭，好像真的相信他的話，因此百思不得其解。然後我拿出更多照片。菲爾和羅傑的合照。「是喔，你們倆在這邊看起來挺要好的。」然後我把我的iPad放在桌上面向他。我對螢幕上待命的一段影片按了播放。影片錄的是菲爾、羅傑和其他幾位大金主共進晚餐。他們細談到要叫羅傑去接觸哪些高中球員、要各給他們多少錢，整個討論就熱絡了起來。菲爾甚至提議要加碼送幾輛車，如果有必要的話。「只要能別讓他們去念佛羅里達州立大學就好。」他說。席間也有人誇耀他們去年如何成功招募到最優秀的幾位選手。菲爾說完「為了那十二次達陣送出一輛F-250皮卡車可真值得」，我就把影片結束播放。

菲爾隔著桌面凝視螢幕，我可以看出他的臉上血色漸失。

史密斯先生的那張指示上，唯一沒有提到的一類人就是贊助人。任務目標要保護，校方要保護，招募計畫要保護，準球員要保護。

但是關於那些富甲一方、大筆投資的贊助人，他一個字也沒說。

史密斯先生知道我不只看到那些選手和教練的對話，我也抓到像羅傑・麥克班這種人代表菲爾・羅賓森這樣的贊助人，去和選手們接觸。

「羅傑聽命於你。你告訴他你想要為你的母校爭取哪些選手，給他資金來利誘他們就讀。」我手上有款項單據，他也知道。他默不作聲，雙手把玩著一支黑色原子筆。

「我還有同樣多的照片拍到你和體育主任、校長、半數的教練，所以不難推定校方知道、甚至縱容你們的行為。想想看國家大學體育協會要禁止他們參加三個還是四個賽季的碗賽？」這是我唯一虛張聲勢的地方，因為我其實不能把校方牽扯進來，但反正菲爾不知道這一點。我只需要讓他害怕我可以把校方和他的行動連結在一起。他最不想要的就是成為搞砸一切的人。

他終於開口說話。「妳想要什麼？」

雖然我早知道菲爾絕不可能讓球隊因他的所作所為而受害，現在他在我的威脅下屈服，還是令我鬆了口氣。

「我們要米契・卡麥隆走人。你和你的兄弟們要堅決要求開除他，但態度要好一點。你就說你們不贊同米契的未來規劃，說改組團隊的時機到了。然後，你要付清違約金。沒有理由要讓校方因為你做錯事而吸收六百萬的損失。」

他齜牙咧嘴，彷彿想要對我咆哮。「妳誤會我有比實際上更大的權力。」

「沒有。我相信你，菲爾，」我開朗地說。「我相信你辦得成這件事。」

「為什麼？」他問。「為什麼是卡麥隆？」

「就跟你一樣，我們想讓學校有最好的發展。我們是站同一隊的，菲爾。」他不喜歡我的答案，沒有再問別的問題。我收起我的東西，慢條斯理放回包包。「我希望最遲在週一上午看到正式公告。」

我說完就走了。

✦

三天後，我回到公寓裡，一邊看ESPN體育台，一邊繼續看著準球員家裡的監視錄影。信箱裡沒有新的信件，喬治也不再來收夜間包裹。我等著看我的賭注是否成功。贊助人要求換掉隊上教練、出錢讓他們走人，並不是聞所未聞的事。但那通常發生在落敗的賽季以後，針對績效不良的教練。

ESPN的即時新聞把我的注意力從某個球員家畫質粗糙的監視錄影吸引走，我專心看著閃過螢幕底部的跑馬燈。

「佛州教練米契．卡麥隆出局」

詳情報導接續在後。大學已終止雙方合約，球隊贊助人出資支付違約金。校方給出的理由是卡麥隆教練和體育主任針對招募計畫的未來展望有歧異。

事情就這樣結了。

過不到一分鐘，門上響起了敲門聲，我簡直嚇得魂不附體。我把頭髮往後梳順，做了幾次深呼吸，然後才去開門。門外是熟悉的臉孔、棕色的UPS制服，伸出的手裡拿著一個包裹。

「嗨，喬治！」我一面接過包裹一面說。「看起來我通過考試了。」

「看起來是呢。」他微笑著靠在門柱上。「感覺如何啊？」

「感覺挺不錯的。」我回答。

他又待了幾秒鐘才推著門框退開。「下次見嘍。」然後他就走了。

門一關上，我就撕開了包裹。裡面有一張打字紙、一張收據和一支掀蓋式手機。

紙上寫著：

妳的酬勞餘額已經存入，明細如附。讓手機保持有電狀態，妳會再接到關於下一次任務的聯絡。

就這樣。我看了看存款收據，然後再讀一次信。我又看了收據上的數字一遍。這可是一大筆錢。我的錢。

只花幾分鐘，我就收拾好公寓裡我需要的東西，但我不會回北卡州。我需要找一個不會被人發現的地方，在兩樁任務間的空窗期可以休息的安全地點。多年來我都很小心，知道平時儲蓄以備不時之需有多重要。也許我可以藏身於另一座像這裡一樣的小型大學城，在人山人海的學生之中隱匿行蹤。

我幻想起來，想像自己身在一座和這裡一樣安詳的小鎮，一條靜謐的街道，一幢可愛的小房子。一個安全的地方。

我現在只需要親眼看到它實現。

臨走前我還有一件事要做。我的本田「二手新車」慢慢停到一間小房子前，我鎖上車門，然後走了短短一段路通過一片小院子。

我敲門後的幾分鐘，泰隆來應門了。

「嘿，可以請你出來一下下嗎？」

他顯然大惑不解，但還是照我說的做了。我走回我的車旁，靠在後車廂，他則站在我旁邊的路緣。這邊比他家房子裡更有隱私。

「你不認識我，但我想給你一點忠告。你前程似錦，又聰明得很，但你還需要更聰明一點。你要隨時當作有人在偷聽，當作有人會出賣你。我知道你喜歡跟你弟弟討論那些學校開的條件……額外的誘因……但你得停止。別跟任何人分享。」

他的眼睛瞪得好大，像是嚇壞了。

「把你能拿到手的全都拿了。別做任何承諾，和你真正想去的球隊簽約，別管其他隊開給你什麼條件。但在這方面也得放聰明一點。」

我又說了幾分鐘，他看起來是把我告訴他的話都聽進去了。他問了幾個問題，我盡量回答。

我跟他說了些關於錢放在哪裡會增值的祕訣，教他如何保持低調，勸他絕不要相信科技。我準備離開時，他問：「妳是誰？」

我對他笑了一下說：「是個不得不太早長大的人，跟你一樣。」我轉身要離開，但還是問了最後一個問題。「你考慮過要去哪個球隊了嗎？」

他聳聳肩。「還不確定。可能卡麥隆教練最後去哪我就去哪吧。」

我點頭。「嗯，我聽說他正在找新的學校。」

「嗯，他說會發生這種事，但不用擔心。」

他說這句話時的某種語調讓我警覺起來。「他是什麼時候跟你說的？」我監看了泰隆和米契在那間房子裡的所有互動，但我從沒有聽到他那樣說。

「我一個禮拜前碰巧遇到他。他有點神祕兮兮的，但是我懂他的意思。他想讓我知道即使他不在佛州，他還是想要帶我。」

巧遇。

一個禮拜前。

米契．卡麥隆是今天早上被解約的。一個禮拜前他不應該知道這件事會發生。

非常有趣。

19
現在

傍晚時分，我們開車進到密西西比州牛津市。

牛津市是一座風景如畫的小型大學城，在這裡似乎任何事都有可能發生。我指示萊恩開向一間飯店，就在大學生愛去的廣場旁邊。他們白天在飯店大廳讀書，一日落就搭電梯到屋頂喝雞尾酒。

「我猜想妳會帶我去的地方有很多，但這裡我真沒想到。」萊恩在我們開進停車場時說。這個大學城是密西西比州立大學的所在地，是他母校的對手學校之一。

「來過這裡嗎？」我問，主要是為了分散他的注意力。我們的車程漫長而安靜，而我實在不想開始談我們為什麼會在這裡。

「有，路易斯安那州立大學在這裡比賽的時候，我們來過一次。」他把車停好，轉過來面對我。「我們要在這裡過夜嗎？」

我搖頭。「不。我需要你上樓去屋頂酒吧一趟。吃點東西、喝個啤酒，用現金付帳。一個小時之後，我再回來車子這邊跟你會合。」

我打開車門跳下車。他也跟隨在後。

「我們應該一起行動。」他說。有一群揹著後背包和小包的女孩，衣服上有代表學校社團的希臘字母，她們投來好奇的眼光。

我等她們經過，然後拉近我們之間的距離，將雙手放在他胸口。「我們討論過了。光是你在這裡，在這個鎮上、在我處理我的事情的同時跟我在一起，就是很大的讓步。我知道你感覺被我拒於門外，但是多年來我只對你一個人敞開過心房。我只需要這一個小時。不要逼我用別的手段。」

我們又互看了一分鐘，然後萊恩將我摟近，親了一下我的額頭。「那就一個小時，」他說。「妳需要車鑰匙嗎？」

如果史密斯先生在追蹤我的車（不無可能），我想讓他知道我在牛津市，但不知道確切位置。至少現在不要。

「不必，我要去的地方不遠，而且也想讓腿伸展一下。」

萊恩往飯店移動，我則起步往反方向走。我轉進一條離廣場不遠的安靜小街道，停在一間四面有廊台的美麗房子前方。屋前的繡球花叢綻出粉紅色的花朵，高大的橡樹枝椏上掛著餵鳥飼料器，有蜂鳥在周圍振翅。

每一級磚造階梯上，都有春季盛開的花卉盆栽。廊台的左邊有一個小小的座位區，右邊則架了一座老式的鞦韆。我站在門前，左看右看，然後慢慢走向座位區，那裡有一張小沙發和搖椅，兩者都套著大學的紅配藍代表色，抱枕上印著「來杯熱托迪酒！」的校隊隊呼。我拍拍抱枕，撢掉這個時節附著在所有物體表面的薄薄一層花粉，額外花了點時間把靠墊放在搖椅上理想的位置。

這是我的夢中美屋，我始終渴求的避風港。

只可惜它不屬於我。

我壓下渴望的浪潮，走到門口去。按下門鈴過後幾分鐘，一個金髮青少女來開門了。

「嗨，」我問她。「妳爸在家嗎？」

「在啊，我去找他。」她說，然後當著我的面把紗門關上。我聽到她大聲喊他，接著他的沉重腳步聲就從屋裡某處趨近。

紗門緩緩打開，米契．卡麥隆問道：「請問有什麼事嗎？」

我知道這樣跑來他家很冒險，但是在一年中的這個時節、一天中的這個時間，他不可能去別的地方。我也不打算在別的地方見他。

「能耽誤你一分鐘嗎？我叫作溫蒂．華勒斯，我是當初幫你脫離佛羅里達州那個教練工作的人。」我說。

他退後一步，彷彿我對他做出肢體攻擊。從他背後看來，四下沒有別人，但他不想讓家人看到我，所以他出來前門廊上，把門在背後關起。

我從不期待他會請我進屋。

「抱歉，我不知道妳說的是什麼……」

我移動到座位區，坐在小沙發的中間，他注視著我，想看出我打的是什麼主意。我們氣氛緊張地互看了幾秒，然後他也坐進了一旁的搖椅。「我真的想不透妳的來意，這位小姐……」

「叫我溫蒂吧。我相信你是真的想不透。」

我讓尷尬的感受逐漸加深，彷彿為這場對話邀來了第三個參與者。我讓它以無與倫比的效果拆解米契的防衛。他舉起雙手，聲音拉得比平常高。「喂，我不知道妳為什麼來這裡，也不知道妳有什麼目的，但我當時是被炒魷魚的。我事前根本沒有料到，所以也許妳是誤會了。」

我向前傾身，聲音壓低成耳語。「我就廢話少說，直接講重點。你當時請了我老闆幫你擺脫工作合約。你討厭那個體育主任，那些球隊贊助人也把你煩得要死。見過他們其中幾位之後，我看得出為何如此。如果你自請離職，要賠上一大筆錢，所以你就請了人幫你脫身。但你是個有榮譽感的人，所以你不想在過程中損害到球員招募計畫。也就是說，你心裡還是有點正直的部分。」

米契往後靠著搖椅，手肘倚在椅子扶手上。他看起來動也不敢動。

「如果你問我想要什麼或是需要什麼，你會覺得自己是在認罪，那麼我就幫你省了這個麻煩。我需要錢。我當初好好完成了我的任務，你拿著高額支票退場，然後很快就有了新工作。我猜你早就知道那份工作會送上門來。既然我當時幫過你，現在我想你也得幫我一把才公平。」

他的下顎微微顫動，眼神從我頭頂開始向下打量。

「怕我戴了竊聽器嗎？」我站起來，雙臂向兩旁一伸。「儘管幫我搜身。」

他不覺得好笑。但他還沒開口說別的話，手機就「嗶」了一聲。他從口袋取出手機，對著螢幕看了一秒，然後點點按按一番。過了幾秒，他弄完了，將手機放回口袋。

他看起來沒有要照我提議的檢查我是否戴了竊聽器，於是我坐回去。我們盯著對方看，他坐在搖椅慢慢前後搖晃。我幾乎能看到他的腦子在運轉。

「妳到底是誰？」他最後問。

「誰也不是。」我回答。

米契．卡麥隆果真是個名副其實的鐵血教練。

「那麼，誰也不是的傢伙，妳搞錯了。我對佛羅里達州那份工作喜歡得很，如果他們願意，我本來要做到退休的。我很幸運能來到這裡站穩腳步，安家立業。我要保護我的家。妳最好快走，現在就走。」

我洩氣地坐在沙發上，他緊閉嘴唇，不讓自己再多說別的。他望著我的時候，我看得出他眼中的憐憫。

我從小沙發上站起來，往廊台階梯走去。他依然坐在搖椅上。

我就要下台階時，轉頭面向他，讓我心中的挫敗一湧而出：因為八年來的老闆背叛我而生的氣憤和狂怒，我任由它一口氣爆發。「你知道嗎？你真是個混帳。我幫過你一個大忙，現在我需要援手的時候，你怎麼做？你真是個他媽的爛貨。幹，你他媽下幹的死雜種。」

他滿臉通紅地從搖椅上站起來，速度快到差點把椅子給翻了。我專心看著他的椅子，但所幸它在最後一刻穩住了。如果椅子上的東西掉了一地，那可不好。

米契噴著口水對我大吼。「我給妳三十秒離開我家的範圍，不然我要報警了。誰都不准跑來我家對我這樣講話，小丫頭！」他現在就不擔心引人注意了。

我得確確實實把他氣個半死，所以我跺著腳走下門階之前，還對他比了個中指。這招有效。他從搖椅旁走開，停在階梯頂端，雙手緊握成拳。我站在他鄰居房子前的人行道上，他終於開始左顧右盼，看會不會有人聽到我們。

我再大叫了一聲：「去你的，米契！」然後沿著街區跑開。

跑到兩條街以外時，我已經重新控制住脾氣。我剛才太失控了，衝動過頭。我從來沒有讓自己這樣大解放過。

感覺真是太棒了。

我看看錶。萊恩應該已經回到飯店停車場等我了。我再也沒有回頭看一眼。

當我回到停車處，萊恩坐在駕駛座，車子的引擎運轉著。我跳上副駕座說：「走吧。」我拚命忍住臉上擴散開的笑容。

他的手放在排檔桿上，轉過來面對我。他說話時嘴角牽動了一下。「妳那副笑容就是幹了壞事的樣子。妳要我像逃亡車司機一樣不管東西南北趕快開，還是要給我指個大概的方向？」

「離開牛津市，往北去田納西州。」他在嘲笑我，我有點心花怒放。

「我幫妳帶了點吃的。」他說著往後座微微撇頭。

我的手伸到後面摸索，摸到白色的外帶餐點塑膠袋。裡面有個起司漢堡，除了洋蔥所有配料都加，還有一份炸地瓜薯條。

「謝謝。」我悄聲說。

我抓著漢堡大口咬下時，我們愈開愈遠。他在我吃東西的同時默不作聲，我發覺喉嚨裡有股腫腫的哽咽感，令我難以吞嚥。是食物觸動了我。他知道我喜歡地瓜薯條勝過一般薯條，知道我討厭沒煮過的洋蔥。這份貼心在我的世界裡是如此罕見。

我匆匆吃完，接著把垃圾全部塞回袋子裡。

「所以呢，就是田納西州？」他問。

我點頭。「對。」

他的下顎緊繃，似乎在忍住心裡想要說的話。最後，他還是不吐不快。「妳之前刻意提到我星期四的行程有多重要。我在德州的格蘭威鎮有間公司，和我在佛賓湖鎮的工作性質不一樣。我用偏門的手段取得某些東西，再把它們提高一大截價錢出售。這不是什麼光明正大的事，我也想繼續保持不公開。」

他的坦誠讓我難以招架。「但你現在就告訴我了。」我說。

他看向我，仔細端詳我的臉，然後將目光轉回路上。「我想可以先由我開頭。」

我們都沒再說話，就這樣開了好幾英里，他盯著路面，我看著側邊車窗模糊的風景。

「我會告訴你一切。但不是現在，我得先撐過週五。」我用耳語的音量說，但我知道他每個字都聽見了。到了週五以後，我就會知道我需要知道的一切。

「這我可以接受，」他說。「但是到了週五，我們就要統統開誠布公。」

我的手機「叮」了一聲，剛好讓我不用回他的話。我看到訊息通知，一股解脫感流過我全身。

萊恩往我看過來，注意到我的改變。「好消息嗎？」

我點著頭說：「對。我正好需要。」

我打開手機螢幕，點開一個應用程式，讓我可以看到米契的手機上所有即時動態。當然嘍，他的行動完全如同我所希望的。他去跟史密斯先生投訴我。

拜訪米契是一步險棋。我不認為他會邀我進屋，但是面對南方人根深柢固的禮貌，你永遠也說不準。但幸運的是，他想讓我和他的家人保持距離，所以我們只待在廊台上。他坐在搖椅上時，屁股底下就是我片刻前才藏在那裡的設備，只要他在我對面打開戴文傳到他手機的訊息，我們就能駭入。

他現在才聯絡我的前老闆，代表他已經思考了一下，證明他真的是個頭腦清楚的人。我相信他會擔心再次聯絡所帶來的風險，但找上門來的我更具威脅性，所以我才得在離開前大鬧特鬧。我看得出來他原先對我有點同情，那樣成不了事。我需要惹他生氣，還要讓他有點怕我。怕到願意冒險主動聯絡。

關於史密斯先生，我們有很多不知道的部分。儘管戴文能力出眾，還是查不出他的真名和居住地。我們查不出來的另一點，就是客戶如何聯絡他、他們之間如何溝通。跟戴文合作這幾年下來，讓我知道方法絕不是像偽造電子郵件信箱那麼簡單。這就是米契要派上用場的時候了。在我經手的所有任務之中，只有這一次我能夠確定客戶是誰，靠的是泰隆．尼可斯說溜嘴的情報。米契．卡麥隆在我跟頭號贊助人接觸的一週前，就知道自己會從佛羅里達州被開除。他也知道要避開房子裡的監聽設備，跟泰隆說不管他在哪所學校當教練，都想要泰隆在他隊上。他之所以知道這些事，只有一個原因。

米契．卡麥隆就是客戶。

現在他全神投入於一個為了七〇年代樂團「豐收之王」的同好架設的討論區。我猜這上面大部分的訊息都是寫給我老闆看的，只有少數人是真的喜歡這個樂團唯一的成名曲〈在月光下漫舞〉。新訊息的視窗跳出，米契開始打字。

球場老大：我今天才第一次聽到〈在月光下漫舞〉。

就是這樣。這一定就是他們和史密斯先生第一次聯絡的方式。

「抉擇時刻來臨，」萊恩說著點頭指了一下逐漸接近的路標。「直接去孟菲斯，還是要去哪裡？」

「不去孟菲斯。往東北方走，」我說，他打了方向燈。「我們去納許維爾。」

他朝我看過來。「不去亞特蘭大？」

「還沒要去。」

他點頭。「我要停下來加個油，因為路還挺遠的。順便多買點吃的。」

到了下一個交流道，萊恩把油箱加滿，然後進了商店去。我緊盯著手機，等著米契的訊息得到回覆。雖然史密斯先生可能猶豫於是否回應米契的訊息，但我希望他忍不住想知道米契要幹嘛，再加上他大有可能在追蹤我，知道我人在牛津市，因此禁不住好奇心。我需要他做出我預期中的回應，不然我就死定了。

現在我知道要往哪裡查了，於是打開瀏覽器，找到那個討論區，這樣除了看到米契在看的部分，還能在其他地方打探一下。戴文也看得到米契的手機螢幕，所以我相信他現在跟我在做一樣的事。討論區裡有很多貼文寫的都是：「我今天才第一次聽到〈在月光下漫舞〉。」我始終知道我不是我老闆手下唯一的員工，但是從這些貼文的數量看來，他的業務規模遠遠超過我原本的想像。有幾個使用者帳號可能對得上我以前經手的任務，但我能看到的只有他們的第一篇貼文。我相信他們和史密斯先生的對話是改用私訊功能進行。

再過了一分鐘左右，我就看到通知，米契的訊息有人回應了。

豐收之王狂粉：我能幫你什麼忙嗎？

球場老大：有個女生跑來我家，說是替你工作過，叫作溫蒂什麼的。她跟我要錢！整個有夠失控，我叫她離開，她滿口三字經罵我罵個不停，喊得讓鄰居都聽得到。我付了你那麼多錢，不該還有瘋子來敲我家的門!!

豐收之王狂粉：抱歉有這位不速之客。我保證，我會處理她，你不會再被打擾了。

「這就對了，」我悄聲說。「抓到你了。」

我們抵達納許維爾時已經很晚了。萊恩把車開進城鎮邊緣一間破舊的汽車旅館，他還沒把車停好，我就把車門開了。

「在這裡等著。我去訂個房間。」我說，一隻腳已經踏出車門外。

他關掉引擎。「妳確定嗎？我可以——」

「確定。在這裡等吧。」自從我們離開牛津市之後，他和我相處起來就挺挫折的，因為我對他的每個問題都閃閃躲躲。

過了幾分鐘，我回到車上，把房號給萊恩。我們直接把車停在房門前，因為我要了一間位於一樓的客房。即使我們負擔得起更高級的住宿，我還是偏好必要時能迅速撤離的地點。

我們輕裝簡行，所以沒過多久就在房裡安頓好。

「我去洗澡，」萊恩說。「等我出來再去找吃的。」

我一聽到水龍頭打開，就拿出手機滑Instagram，直到發現一則告訴我明天會面時間的留言。我在另一則貼文下留了言，讓戴文知道我收到訊息了。

浴室門打開時，萊恩只披著一條毛巾就走出來。

我可以盯著他看一整天。他的身材完全是我中意的型——線條健美，但又不會過於肌肉賁張。萊恩一定是看到了我眼裡的光芒，因為他沒有走去放行李的地方，而是爬過整張床朝我而來。他的心情好了不少。

我讓自己享受這一刻。我推開滿腦子的計畫，對我的時間表按下暫停，好好品味我們能夠當一對平凡人的短暫時光。

我把他拉近過來，他的重量落在我身上，我的手伸向他洗澡後仍然濕潤的頭髮。

「這個星期真是要命。」他說，嘴唇離我只有數吋之遙。

「今天才週二呢，」我回答，接著表情嚴肅了起來。「後悔跟著一起上路了嗎？」

「還沒。」他笑道。

萊恩親吻著我的脖子，他知道我喜歡被親的位置，我全身一路到腳趾都感覺到了。

「如果我真的有罪呢？如果我真的和艾美．侯德的死有關聯呢？」我悄悄說出的字句懸在我們之間的空中。這種行為真是極致的自我破壞。

他停住不動，然後抬起頭，眼神和我四目相對。「這不是個需要答案的問題。」萊恩靠得離我更近，雙唇輕柔地和我的相觸。不久後，我們就體膚相貼，我沉醉於這一刻，讓他的手和口緩緩在我身上游移而下，然後又回頭向上。

他的手把我抓得更緊，把我抱得更近，彷彿害怕我會消失，臉埋在我肩頸交界的敏感處。他口中流瀉而出的耳語是破碎的字句，原本不該有任何意義，但我聽了出來。

我認真聽進了每一個字，指甲同時陷進他背部的肌膚，不需言語就讓他知道我和他有相同的感受。

化名：海倫·懷特

——四年前

為了這次任務，我成了海倫·懷特，到了我目前足跡所及最西端：德州的沃思堡。

我一直在想，為什麼派給我的每份任務都在南方，但我猜史密斯先生手下還有人在國內其他地區替他辦事，那麼南方應該就是我的地盤了。

感覺非常企業化。

但德州對我來說是新鮮的。這裡的一切都和我以往所見截然不同。比較大、比較吵雜是當然的，但此外還有一種不一樣的感覺。簡直是文化衝擊。

在表面上，沃思堡的這份任務只是要簡單拿個東西。有一幅要價百萬的名畫已經失竊數年，據信被藏在石油大亨勞夫·泰特的大宅裡。雇請我們進行這份任務的人，顯然多年來都想從勞夫手上買畫，但勞夫就是不肯賣，所以我們就要把畫偷過來了。

但想偷畫的不是只有我。

史密斯先生就愛玩遊戲，這樁任務就是完美的例子，顯示他內心有多扭曲。他告訴我，他不只派出我一個人，但是沒說究竟有多少個競爭者在場內。因為這是一場比賽，最先從那間大宅裡奪得名畫的人可以領到獎金，一大筆獎金。

我發覺自己實在太想贏了。經過前幾次任務，我感覺自己離金字塔頂端愈來愈近，如果能帶著那幅畫揚長而去，就證明我是他手下最有能力的人。

針對目標畫作做過研究以後，我有點失望，因為它並不是那種大牌名畫，例如仍然流落在外的梵谷那幅黃罌粟花。我要下手的那幅，價值大約五百萬美元，甚至也不那麼好看。我在三十六小時前收到這次任務的細節，而我愈是深入挖掘，愈是篤定史密斯先生想私吞這幅畫，所以才把奪畫任務安排成一場遊戲。

泰特家的保全系統實在是噩夢一場，而且徹底不合邏輯。完完全全。看起來簡直就像一場障礙賽。不管做這一行做了多久，我都永遠搞不懂有錢人。

勞夫老兄相信他的保全系統滴水不漏，但我有戴文這個隊友。他對我的請託是有求必應，我對他也是一樣。

我走進水牛城狂野雞翅餐廳，掃視搜尋他的位置。他在我們對上眼神時點了個頭，我於是穿過人群，走向他坐著等候的卡座。

我滑坐進他對面的座位，他拿了瓶啤酒給我。假如是私下見面，我會伸出雙臂把他摟抱過來，因為我跟他已經好一陣子沒見，但他堅持不能在公共場所做出任何會引人注目的動作。不過，我還是得到他一個小小的微笑，我報以更大的笑容。

「這顏色真適合你。」我說。他穿著一件達拉斯牛仔隊的運動衫，雖然我知道他討厭那支球隊。他之所以穿，是因為知道這間餐廳裡半數以上的客人都會穿隊服支持地主隊。往室內望一圈，我看到的盡是一片藍、白、銀。

「別虧我了。瞧我為妳犧牲多大。」他翻翻白眼，還假裝嘔吐。

「你最愛我了，我知道。」我舉起酒瓶，跟他用瓶頸交碰。「乾杯！」

「是啦，是啦，」他咕噥著喝了一口啤酒。「這是妳第一次被派到德州。我不確定我喜不喜歡這個轉變。」

我人生中恆常不變的一點，就是戴文對所有新事物的興趣缺缺。

「也許我的地盤擴大了。」我笑了一聲說。他的頭往側邊微微一撇，臉上的表情顯示他可不敢確定。但是有個女服務生接近我們這桌時，他就沒再說別的話。

「嗨，寶貝，」她說。「今天要吃點什麼？」

我看向戴文，他說：「我點了漢堡和薯條。好吃，妳會喜歡的。」

我點點頭說：「我也點一樣的。」服務生一走，我就從包包裡拿出一個牛皮紙信封交給他，把我目前所知跟他做了一番匯報。他在讀我給他的東西時，我喝著啤酒，享受我越過州界來到德州以後的第一段輕鬆時光。我知道戴文至少比我早到一個鐘頭，檢查有沒有竊聽或錄音設備，儘管完全沒有人知道我們要來這裡。

餐點送來了，我看著周遭的人，戴文則仔細閱讀每一頁資料。

有個小孩停在我們這桌的幾呎外，說：「爛手機。圖片怎麼開都開不出來。」他和朋友一面檢查著手機，一面走開了。我嗤嗤偷笑，戴文抬起頭看我。

我指著桌上的小小黑色裝置。「你弄出了多大的無訊號區？」

他看向那個小孩，笑了一聲。「直徑七點六公尺。」說完他將注意力轉回面前的計畫。

我在室內四下張望，發現每個人的行動裝置都出現類似的問題。戴文引起了大混亂。「大家都緊張死了。」

「我避免了很多人在此當下做出糟糕的決定。」他的眼神往不遠處喧鬧的吧檯看了一兩秒。「如果可以的話，他們稍後會感謝我的。」

終於，他翻過最後一頁，然後看著我。「我從來沒看過設計成這樣的保全系統。」

「你駭得進去嗎？」

戴文把頭抬高，看了我一眼，那眼神像在說「妳竟敢這樣侮辱我」。

「跟我解釋解釋吧。」我帶著微笑說。

他從那疊紙裡面翻出一張平面圖。「這個設定太精美了，讚到不行。做這種布局完全沒有理由，而這就是它美妙的地方。」他指著一個區塊問道。「畫應該是放在房子正中間這個房間裡，對嗎？」

「對，這是他的戰利品展示間，放著他在非洲獵殺的動物標本。我找到幾張展示間裡的照片。裡面還有那種雪茄保濕盒，和會讓你看了流口水的龍舌蘭酒收藏。」我從紙堆裡抽出一張。「這張圖顯示的是那幅畫失竊不久後，那個展示間做的增建。看起來是多了一面可以後縮的假牆。我最合理的猜測是，那幅畫和他非法取得的不知道什麼東西，可以藏在那面假牆後面，如果他信不過他帶進展示間的人。」

戴文研究起增建部分的圖，然後又回頭看整體的藍圖。「妳需要在妳認為那幅畫所在的房間外面，操作數字鍵盤」——然後他的手指沿著代表纜線和電線的線條移動到紙的另一頭——「我則要在備份系統這裡，避免它立刻重新啟動。兩邊的裝置都無法從遠端入侵。系統簡單到令人崩潰，但又極度混亂。妳只會有五分鐘的時間，只有五分鐘可以待在那個我們沒實際看過的房間，無從預測房間裡會有什麼等著妳。沒有別的方法可以繞過。這系統其實真是挺厲害的。」

他沒有感情上的對象，但如果他交得到，我希望他給對方的深情會一如他對待這套精良的保全系統。

「為什麼我進去之後只有五分鐘？如果你解除掉保全，它不會一直是無效的狀態嗎？」

他緩緩搖頭。「不會。泰特先生採用的系統會錄下那個房間裡每一秒的影像，如果錄影訊號中斷超過一定時間，警報就會響。我沒辦法繞過或是覆寫它，因為系統安裝在房間裡，也沒有辦法遠端侵入。」他指著圖上的兩個區域，然後發表了一連串複雜的敘述，討論需要短路接通的電線和其他許多我聽不懂的東西。

「時機一定要精準，完全精準，分秒不差。警報只會在警衛室響，所以等妳發現自己觸發警報，就已經太遲了。」

戴文的目光繼續掃視著計畫書，頭緩慢地來回搖晃，像是難以相信眼前所見。「雖然我愛死這玩意了，但這實在不對勁。我是說，誰會搞出這種東西？我不放心妳。這裡頭有別的蹊蹺。」

「我覺得這是場遊戲。我已經得到通知，試圖把那幅畫弄到手的人不會只有我。」

「但為什麼？」他問。「是史密斯派出了好幾個人，或是還有其他對手參與？」

「我覺得全都是史密斯先生派的。」

「但為什麼？」戴文又問了一次。「這不合理。」

我聳聳肩。「他不是第一次做這種事了。我覺得他就是無聊了，所以決定要玩玩遊戲。有錢人就是這麼怪。」

戴文的頭往旁邊一偏。「妳可以拒絕這份任務嗎？」

我聽了停頓一下。「你真的認為我不應該去？」

「我不知道。」他一面研究平面圖，一面咬著下唇。

我靠向前，想從他的角度看一看。「我不確定我能不能拒絕。我沒有推掉任務過。」

「我需要多一點時間把這搞清楚。妳多久之後想要動手？」

我把幾根薯條塞進嘴裡，同時思考我的下一步。「我得去奧斯汀幾天。這週末，泰特要在他家辦一場盛大的國慶派對。如果你來得及摸清保全系統，那時也許是最好的出手時機。我不在的時候，你就把我們需要的東西都弄來吧。」拖延行動時間有其風險，因為我不知道還有誰、有多少人在打那幅畫的主意。但冒這個風險是值得的，尤其是戴文這邊也還需要時間。

我沉吟了片刻，然後補充說：「你得想個辦法混進派對裡。這份任務不能讓你把廂型車開到地點旁邊，在車上辦事。」

他點頭。「我知道。」

戴文比較適應待在暗處、躲在幕後，但這次不可能了。

我在桌下輕輕用腳和他相碰。「你可以的。」

他拿著一根薯條蘸了滿滿的田園沙拉醬。「我們等著瞧嘍。」

✦

這首〈阿拉巴馬甜蜜的家〉本來應該滿好聽的，如果主唱不要走音又唉聲嘆氣，樂團的其他成員真是夠讚。但不管如何，我還是隨著節拍搖頭晃腦。

我正好在他們登台前抵達奧斯汀，整場表演我都站在前排。主唱也注意到了。他唱這兩首歌的時候都盯著我的胸前看，於是我把緊身V領上衣再拉低一點，給他一個方便。

樂團剛把歌單唱完，他就對上我的眼神，點頭往後台的方向示意。

我在人群中推擠出一條路，撥開簾幕，看到他在等我。他把我拉近，用力親吻，完全省略互相介紹的環節。我讓他恣意享受了一下下才抽開。

「你們剛才聽起來超火辣的。」我說著用雙手在他胸前往上撫動，他的手指則探進我剛染成美麗鈷藍色的髮絲。

「這個顏色我喜歡。」他說。

「我是藍線樂團的粉絲。」我蹭到他身上。「頭號粉絲。」

他往俱樂部後門的方向點頭。「想一起出去嗎？」

他的樂團團員聽見了，大喊他的名字：「索耶！我們還沒收好器材，你他媽不准先開溜！」

他把我拉近過去，雙手環著我的腰。我的手指伸到他牛仔褲的褲腰下，輕輕掐進他的肌膚。

「好啊，我們出去吧。」我說。

「先走嘍！我欠你們一次。」他大聲說，甚至沒有回頭看團員一眼。

「去你的，泰特！」

要不是他老爸勞夫．泰特出錢贊助他的小興趣，我相信他早就被踢出這個樂團了，因為他毫無疑問是團裡最沒才華也最沒用的成員。

「妳叫什麼名字？」他問，理都不理我們背後的其他人。

海倫．懷特這名字是行不通的。

我擠擠鼻子，咬著下唇。他盯著我的嘴巴看，一如我所預料。然後我悄聲說：「凱蒂。」

他裝了一聲貓叫。我用盡全身的控制力阻止自己翻白眼。

索耶對我咧嘴一笑，一手抓著我的屁股，另一手推開後門。他這傢伙不好搞定。但如果說我有什麼特長，那肯定就是搞定自尊過剩的富二代了。

◆

泰特家的國慶派對是一場盛大的狂歡會，活動包括追豬賽跑、套索比賽，和三十分鐘的煙火秀，預計在日落後施放。要拿到邀請函非常不容易，除非你是他兒子的瘋狂歌迷。

我和索耶，以及他的二十個好友，遲了一個小時才到場。我盡可能查過了這些人的底細，想搞清楚有沒有其他人也在利用他偷溜進房子裡，但是他們昨天晚上就嗑茫了，所以我想應該只有我別有目的。當個帶大麻來讓大家茫成一片的女生，也不是件壞事。

我們把車開到泊車櫃檯，後面還跟了另外四輛車。索耶把鑰匙丟給櫃檯後滿臉青春痘的可憐年輕人。「把車停近一點。我們不會待太久。」

我側身挨近他旁邊，手滑過去搭在他背上，和他一起走向大宅。「可是你答應我要看煙火的。」我嘟著嘴說。

「我會給妳煙火的，凱蒂小貓。」他說話時手抓著自己的胯下。

雖然這是混進派對最容易的方法，但也是最噁心的。

我們一進到屋內，我就聽見某人大喊「索耶！」。

我們雙雙轉身，只見勞夫．泰特在樓梯頂端望著我們。我知道我和索耶走進現場時會令人印象深刻，所以我就順勢而為。我的牛仔短褲短到背後露出屁股蛋，美國國旗圖案的比基尼上衣更是暴露到不行，不留給人想像空間。我的藍色頭髮代表著今天生日的祖國，還有我熱愛的藍線樂團，索耶的樂團。再加上幾個暫時性的假刺青、煙燻妝與紅得像消防車的唇膏，這個造型就更加完整。我就用這副模樣藏身在所有人眼皮底下。

勞夫．泰特慢慢朝我們走近，我可以感覺到身旁的索耶僵硬起來。他想把場面鬧得難看，表現得像是他對老爸的臭錢嗤之以鼻。但是我知道，一旦他老爸威脅不給金援，他就會整個崩潰。

像他這種男生太好預測了。

「兒子，我以為你是說要帶**幾個**朋友來。」他打量著我們後面的一群人。「這人數比我們預計的多了點。」

索耶把雙臂大大往外攤。「我們要嘛全部一起來，要嘛誰都不來。」

真他媽假掰。我屏住氣息，希望勞夫不會把我們趕出去，藉此給索耶一個應得的教訓。所幸，泰特夫人出面緩頰。

「親愛的，我們永遠有空間給你和你朋友！」她不是他親生母親，畢竟她只大了他六歲左右。但她跟索耶一樣喜歡裝模作樣。勞夫的身影消失在屋外，女主人則指引我們到放食物和酒的地方。我從後口袋挖出手機，匆匆傳給戴文一則訊息：**倒數開始**。

索耶被一群他自小就認識的女生給包圍了，我則溜到吧檯，腳步微微搖晃，看起來恰似和我同行的那群人一樣茫。

「蔓越莓伏特加。」我說。

站在吧檯後的是戴文。若不是事先知情，我絕對認不出他。他穿著和其他服務人員相同的制服，但臉上多了一叢頗時尚的鬍鬚，平常的短髮變成了辮子頭。當初他把修正後的計畫告訴我時，我很訝異他會願意和那麼多人互動，但也樂見他踏出舒適圈。他已經在暗處待得夠久了。

戴文拿給我一杯飲料，我知道裡面的酒精含量是零；他接著看了看錶。「沒有變化。錄影四點十七分停止。」

因為我們知道不是只有我們這組人嘗試挑戰任務，他在離開水牛城狂野雞翅的幾個小時之後就駭進保全系統，開始監視這間房子。他昨晚用簡訊傳了「四」這個數字給我，讓我知道目前已經有多少次失敗的偷畫行動發生過。我還不知道細節，但他說了「沒有變化」，應該就代表還沒有人試過跟我們的計畫相同的方法。

「有多少人？」我問。

「三個，但希望他們等到煙火秀時才動手。」他回答。我點了個頭就溜走了。

我們考慮過要等到煙火施放再開始行動，就像他掌握到其他三個準備偷畫的人一樣，但我們知道若是等到那時，可能就會和他們狹路相逢。於是，我們打算在還是大白天時動手。

我坐到靠近露台門邊的一張椅子上，看著時鐘。我們把這個鐘調校到連秒數都是精準的，於是當指針轉到四點十七分，我就把飲料往小邊桌上一放，進到屋裡去。通過起居空間之後，我目標明確地往後門玄關旁的浴室前進。我已經把平面圖牢記在心，所以一個彎也沒有轉錯。我一進去就鎖上門，拿出戴文先前藏在置物櫃的袋子，裡面有一頂黑色假髮、服務人員制服、手套、手錶和一個大的黑色垃圾袋。我快速把全套裝束穿在短褲和比基尼上衣外面。我應該不會被任何監視器拍到，但如果我在走廊上不巧碰到人，凱蒂還是太容易被記住了。從浴室出來，我傳了一則訊息給戴文：「**出動**」。

我穿過屋內，到了後門玄關，左轉就是泰特先生的戰利品展示間。

我往右轉。

經過廚房時，我低著頭，將垃圾袋像盾牌似的舉在前面。沒有人多瞄我一眼，我看起來就只是要出去倒垃圾的樣子。

轉了幾個彎以後，我來到洗衣房的門前。我又傳了一則訊息：「**已就位**」。

門外設有一組小鍵盤，上面的燈號由紅轉綠。我打開門走進去，把垃圾袋放到烘衣機上面，然後從袋裡取出一個小型黑色裝置。我將它拿到洗衣機旁的櫥櫃門前，輸入戴文傳給我的一串數字。從外部根本看不出櫃門有鎖，但是過了幾秒，我就聽到「喀噠」一聲，櫃門隨之彈開。

櫥櫃裡是一架吊滿獵裝的掛衣桿，我一把抓了滿手的衣服從櫥櫃裡拿出來，然後將那個黑色小方塊靠在原本被衣服擋住的面板上。戴文又傳給我另一組密碼，我把數字輸入裝置。

過了幾秒，面板彈開了，我眼前出現一幅非常昂貴但也非常醜陋的畫作。

我拿走那幅畫，把藏在垃圾袋裡的複製品置換到原位上。所幸畫的尺寸沒有非常大。衣服全都掛回桿上以後，戴文協助我退出系統，將每一扇門重新鎖好。

過沒幾分鐘，我就回到洗衣房外的走廊上，往車庫方向移動。有個被雇來在房屋周邊巡邏的男人拐過轉角，差點和我撞個正著，我的心跳瘋狂加速。他扶著我的手臂穩住自己。

「抱歉。我不該轉彎轉那麼急的。」他說。我配合他的期望笑了一聲。「沒關係。」我說。

他拿著一個幾乎全空的水瓶擺了擺，並且朝著我手中的垃圾袋點了一下頭。

我打開袋子，他把水瓶扔進去。「謝了。」他說。

「不客氣。」我回答。希望那幅畫能防得了一點點水。

我低著頭從側門出去到車庫，大垃圾桶放在那裡。我脫掉制服，身上只剩短褲和比基尼上衣，接著我把衣服和假髮丟進垃圾袋，和那幅畫一起，綁住袋口，整個扔到垃圾桶裡。我到後院裡去，立即傳了訊息給戴文：「**垃圾拿去倒了**」。

他會在恢復監視器錄影以前去把垃圾袋取回。

我重新端起二十分鐘前被我擺在邊桌上的飲料，冰塊甚至沒怎麼融化。我喝了一大口，然後去找索耶。他坐在泳池邊，我擠到他和一個金髮女孩中間，搶走她在他身旁的位置。她不太高興。

「妳跑去哪了，寶貝？」他口齒不清地說。

「去找你啊。」

他伸出手臂把我摟近，然後開始和他另一側的那個女孩說話。

我啜著飲料，做了個深呼吸。這次任務我真是欠戴文太多了。我們在水牛城狂野雞翅會面後的隔天，他就現身在奧斯汀。

我在中央公立圖書館的兒童與青少年樓層找到他，他在那裡教三個中學女生用真人大小的棋盤下棋。雖然他講求一堆規則和程序，但是碰上小孩子的時候十足親切溫柔。我在那個區域裡的眾多椅子裡找了一張坐著，等他們下完。那些女孩子把巨型西洋棋排好、準備新起一局時，他拿起一個硬紙圓筒，示意我跟他去私人閱讀小間。我們第二次低頭研究藍圖，旁邊放著的黑色方塊確保我們的對話不會有人偷聽。

「妳確定畫放在那個房間裡嗎？」他這樣問過我。

我傾身越過桌面，想瞧瞧他看到的東西，但是什麼也沒看出來。「那個房間的保全比屋裡其他任何地點都更嚴密。加上那道假牆就暗示了他在那裡藏了什麼東西。你說過那個系統……你用的是什麼詞？美妙？一切跡象都指出畫放在那個房間。」

「但妳說妳感覺這是場遊戲，對不對？會去那裡找畫的人不是只有妳？」

我點頭，他指著房子的一個小角落。

「妳看到這邊了嗎？」

我靠近過去，瞇起眼睛，彷彿那樣就能幫助我看到他想要我看的東西。

並沒有幫助。

「把我當成白痴跟我解釋吧。」我最後這麼說。

他的手指敲了敲一個標示著「洗衣房」的空間。「有看到多少電線連到這個房間來嗎？」

我再度點頭。

「對一個最多只會放洗衣機和烘衣機的房間來說，這根本是大砲打小鳥。」

我很快就明白過來。「所以，你覺得戰利品展示間只是個誘餌。所有人都被派去一個保全系統無比森嚴、不可能繞過的房間，一旦他們溜進去……他們終究會設法溜進去……保全就會接到無聲警報，過去收拾他們。與此同時，那幅畫就藏在冷凍庫隔壁。」

戴文對我露出大大的笑。「我正是這麼想的。」

「你還是願意和我一起過去嗎？扮個小角色？」我問。

他點頭。「我已經在處理我的偽裝了。」他的話中竟然帶著一絲興奮，我沒有預料到。

他想得沒錯。現在，戴文已經安全把畫拿到手，離開泰特家的地盤了。我會待到索耶想走為止，一等我們離開這裡，我就會甩掉他。

我挖出今天早上塞進後口袋的小小一隻白色紙天鵝，放進水裡，它搖搖擺擺地漂過池面。

我又喝了一口飲料。再不久，煙火就要開始了。

✦

我在等電話，可是手機響的時候我還是嚇了一跳。從派對回家之後，拋棄式手機就一直放在我的廚房桌面上等待來電。

「喂。」

「藍色頭髮比我想的還要好看。」史密斯先生用機械聲說。

「顏色會超難弄掉。」

他小聲笑了笑。「很快就會有人去取件，下一份任務的資訊會和妳的酬勞存入憑證一起送到，包含獎金。」

我打開筆電，登入帳戶，已經可以看到款項存入。一如以往的習慣，我開始搬移存款。

「我會在這裡等。」

我以為他要掛電話了，但他又說：「我必須要說，妳把畫拿回來可真不簡單。」

「我贏過了多少人？」我也要釣一點資訊出來。我不覺得他會回答，所以又再逼得更緊一點。「我是黑馬嗎？」我想知道我還得往上爬多少級，才會爬到頂端。

他發出一聲輕笑。「妳的自負一直是個問題，璐卡。」

「這是自信，而且目前為止對我而言都很有好處。」我對著手機哼氣道。

沉默逐漸延伸，但我耐著性子等他。如果他不打算告訴我，早就會把電話掛了。

他最後說：「現在我之所以告訴妳這個，只是由於妳是贏家，而且妳有這個膽問。」

過了整整一分鐘，他都沒有再說話，於是我說：「你激起了我的好奇心，我快憋不住了。別現在吊我胃口。」

又是同樣的笑聲。「這麼說吧，我得看看我手下誰能在不理想的條件下爬到最高，誰能看出最明顯的路徑是錯的。恭喜。」

「真的有客戶存在嗎？這次感覺甚至不像一樁真正的任務。」

「任務一直都是真的，但妳未必一直有意識到終極的目標是什麼。」

我還來不及講別的話，史密斯先生就說：「去應門吧。我很快就會跟妳聯絡。」

通話結束，我移動到門邊。我從貓眼往外看，看到我的UPS快遞員穿著平常的制服，拿著一個小盒子。

「正好準時，」我一面拉開門一面說。他把小盒子拿給我，我交給他那幅用棕色紙張包好的畫作。「想進來喝一杯嗎？我們可以喝個爛醉，盡情分享祕密，」我眨著眼表示。「你知道你很想的，喬治。」

「妳知道不管我有多想，都還是不能那樣做。」

喬治和我幾年下來建立了自在的戰友情誼。做這一行很難交朋友，因為我隨時都在搬來搬去。我真正的朋友其實只有戴文一個，但有時候我們也是好幾個月見不到面。除了他以外，喬治是唯一在我生活中固定出現的人。嗯，也除了史密斯先生以外。但我不確定他是否永遠就只會是個機械式的聲音。

「頭髮染藍了？」他問。

我甩了甩頭。「喜歡嗎？」

「我喜歡妳在紐奧良那時候的金髮。那可能是我最喜歡的顏色。」

我笑了。「嗯，這個顏色褪掉之後我可能就又會是金髮了。」

「好吧，璐卡，我得把這個送去給老大了。別惹麻煩。」

他準備走開時，我靠在玄關喊他：「我總有一天要纏到你願意留下來喝一杯！」

他在幾呎遠處停下來，轉過來面對我。「要是有誰能誘惑我違反規定，那一定就是妳了。」

他倒回來走近一些說：「只是要記住，任務愈重大，妳就被盯得愈緊。到處都有人在看。」

我目送他走遠，同時思量著他的警告。這不是他第一次對我示警，我希望也不會是最後一次。

20 現在

萊恩跟著我到了汽車旅館客房的門口，但是沒有踏到門外。我轉身靠過去輕輕吻他。

「我不會去太久。」我柔聲說。

他的雙臂環抱我，將我拉近。「妳確定妳沒問題？不要我跟妳去？妳可能需要多一個司機開逃亡車。」

我的笑聲大到聽起來像是真心的。「我也想，但這件事我需要自己一個人處理。而且，我知道你得關心一下工作上的事，別讓那些老太太不開心。」

他匆匆印下幾個吻，雙手恣意撫摸。「如果需要就打給我。」

最後再親了一下，我就起步走遠。

萊恩在敞開的門口目送我，直到我轉彎出了停車場。今天是重要的日子，我得讓腦海清晰，提醒自己我為何來到這裡。前往下一站之前，我還有一點時間，於是我把車隨機到處開，用這種方式沉澱情緒。

這也讓我有時間分辨是誰在跟蹤我，並且甩掉對方。

因為我知道背後有人。自從泰特家那次任務，就一直有人跟著我。

駕車穿過某個社區的途中，我的心思又飄回那樁任務上。我回想起那套複雜的保全系統，守著幾頭死後被做成標本的動物、一櫃雪茄，此外就沒多少東西了。那些與其說是任務，更像是場扭曲的遊戲，他逼使我們彼此競爭。

戴文監視那間房子的認真程度，就像媽媽生前看《不安分的青春》❹裡的維克多·紐曼那樣——哪怕一秒都不放過。他仔細研究進出房子的人士，確保我知道所有監視器的位置，以求被拍下的時間縮到最短，他也查出了每個嘗試偷畫的人是什麼身分。

畫作安全送達、我的酬勞也入帳之後，我就該往前走了，但我還是無法不想到那些現身屋內、偷畫失敗的人。我不由自主地好奇他們是誰、好奇他們是否對人生有更高的期望，不只像我這樣從上一份任務移動到下一份。

戴文畢竟是戴文，我還沒開口請求，他就把我最求之不得的資料寄給了我。我跟他說我不只想要這些人在監視錄影中的截圖，我還要他們的姓名和住址；他甚至讓我不覺得開這個口有什麼奇怪。史密斯先生派了六個人投入那樁任務，我想見見其他所有人。

那是我第一次如此有機會了解其他替他工作的人是誰，我不想白白浪費良機。我知道並不是所有人都會願意跟我談話，但我希望至少能找到其中一兩個人聊聊。

❹ The Young and the Restless，一九七三年開播的長壽肥皂劇，情節包含家庭、愛情、商戰。

在泰特家那次任務上，我們也許是競爭對手，但我們現在為什麼不能結盟攜手一起前進呢？這不是我第一次在任務中發覺，團隊中有個聽我指揮的人是多麼重要。這一次，如果不是有戴文在，我就會成為那些失敗者中的一員。我說服他相信，和他們聯絡不會有什麼壞處。我們可以統合各自的資源，一起構思策略。

我們可以組成社群。

搜尋到最後，戴文只能給我一個名字和一個住址。我趁工作空檔開車到佛州的聖布拉斯角，走向一間無敵可愛的粉紅色小房子。前門廊上懸著六個風鈴，門墊上有沙灘和衝浪板的圖案，還印著「我們整天在浪」的字樣。

我嘗試找出其他參與泰特家那次任務的挑戰者，成功和其中一個人說到話，那場對話為我帶來了全方位的改變。

有史以來第一次，我想要擺脫這份工作、這種生活，逃得遠遠的，展開有重心的新人生，就像安德魯・馬歇爾在南卡州那天早上說的。這種生活的亮麗光環已經黯淡，留下的是無數刮傷和凹痕。但這不是你可以兩週前提辭呈就走人的工作，如果我還想要回璐卡・馬利諾這個身分和它所代表的一切。

於是我留下，繼續執行他發派給我的任務，表現得彷彿我有拒絕的空間。

當我被派到路易斯安那州，收到萊恩・桑納這個名字，我以為我對接下來的任務已經有所準備。

理論上，我很容易就相信自己能夠應付他丟給我的任何挑戰。

事實上，我不可能對他做的事有所準備。史密斯先生下手時對準了要害。

現在要逃跑已經太遲了，所以我得堅持到底。

我終於到了目的地，找了個空位停車。我往停車收費計時器投了幾個硬幣，然後進去CVS藥妝店買了支預付卡手機、單次劑量的止痛藥和一瓶水。我左眼後面有一股逐漸積累的頭痛，我得把它控制下來。我靠在車後，按下撥號鍵就把手機用肩膀夾著，好空出雙手拿兩顆止痛藥配水吞下。

響到第二聲，戴文就接聽了，但是一句話也沒說。

「是我。」我說。

「一個小時候在21c飯店。大廳有咖啡廳。」

「房號？」

「五一五。」然後他就結束通話。

開到飯店的路程很短，也幸好我在大門外的街角就找到停車位。21c除了是飯店以外，同一地址也有一間博物館，所以大廳裡人潮眾多，我不得不在群眾間穿梭，閃開行李箱和公事包，直到抵達主要入口右側的咖啡廳。通往會議廳的走廊上方懸掛的巨型橫幅吸引了我的注意。

支持安德魯·馬歇爾連任

政見兌現，承諾不變

我穿過點咖啡的一長串隊伍，找到一張小桌子，可以清楚看見大廳。

四十五分鐘後，我看見安德魯．馬歇爾州長邁步走進大門，我的臉上泛起笑容。他身邊跟了好幾個人，有兩個是我在他手下工作的短暫期間就認識的。初步民調預測他會以壓倒性優勢贏得連任選舉，他也已經被傳言為總統大選的潛力候選人。

我把外套留在桌上佔位，朝他們走過去。他隔著約莫三公尺的距離看見我，我可以看出他臉上浮現認出我的神情，儘管我的外觀和六年前並不相同。

他和同行者分開，我們之間的距離逐漸縮短。

「蜜亞？」他問。

「是的，州長。是我沒錯。」

「妳都還好嗎？」他問。我看得出他想以某種方式做出接觸，像是擁抱或握手，但是這兩種動作在當下的情境都顯得不太對，所以他最後只得把雙手往口袋一插。

「我很好。我有追蹤你在政壇的發展。我對你引以為豪到了極點。」

他聳聳肩。「我從政之初就得到很好的建言，我相信自己從中受益良多。」

我做了個深呼吸，然後問道：「我能私下跟你說幾句話嗎？」

他的其中一個助理瞬間現身。「不好意思，但是馬歇爾州長的行程緊湊。他再過幾分鐘就要在餐會上致詞。」她伸出一隻手放在他臂上，想要把他拉走，但被他阻止了。

「瑪格麗特，沒關係。我還有幾分鐘。」

我往咖啡廳的方向示意，他跟著我走回我佔住的那桌。我們雙雙坐下之後，他問：「妳碰上麻煩了嗎？所以妳才到這裡來嗎？」

我給他一個不置可否的笑容。「也許是一點小麻煩吧。我沒事的。目前沒事。」

安德魯往前傾，手肘靠在桌上，聲音壓低成近乎是悄悄話的音量。「我欠了妳人情，我們都知道。我能做些什麼幫妳嗎？」

我搖著頭說：「我還沒有要討這個人情回來，只是想確定你仍然願意幫我的忙。」

我們彼此互望，他想讀出我的心思，但我不肯透露半點線索。「如果是在我能力範圍以內，我會幫妳。」

我點頭，知道這是我從律己甚嚴的安德魯．馬歇爾口中所能得到最好的保證了。「我正是需要你這句話。談我的問題也談夠了，你也還好嗎？」

他往後靠著椅子，目光仍然沒有從我的雙眼移開。「很好。要同時平衡工作和連任選舉，所以這段時間比較忙。但我還是要問妳，蜜亞，妳真的還好嗎？過得開心嗎？」

老天，他哪裡知道呢。「還有幾個難關要度過，但是我就快成功了。」

他聞言終於露出微笑，雖然笑容比我希望的小了一些。他看看錶，代表我們的時間差不多了。

「你該走了。」我說，讓他比較方便離席。

安德魯站起來，從口袋裡掏出一張名片遞給我。我看著名片的同時，他說：「是我的私人手機號碼。到時候只要告訴我該做什麼就好。」

然後他就走了。

我靠坐回座位上，目送他走遠。我把名片拿在面前，一看再看。

一陣刺耳的摩擦聲把我的注意力從名片上引走，我的目光轉向那個把安德魯坐過的椅子拉出來的男人。是喬治，但他穿的不是UPS制服，而是深色的西裝。

他坐到椅子上，在我藏起臉上的訝異之前捕捉到片刻間的表情。

「你穿西裝真好看。」

他微笑著說：「妳應該在亞特蘭大才對。」

「我正在路上，只是需要先停留幾個地方。」我回應道。

「妳在做什麼？」他輕聲問。他對我的關切顯而易見。「妳在引火上身。妳知我知，安德魯．馬歇爾不會讓自己的手弄髒。」

我的目光不曾從喬治臉上移開。「我不知道你在說什麼。我只是經過這個鎮上，想說跟幾個老朋友敘敘舊也不錯。」

他皺起眉頭。「妳可以騙過所有人，但就是別騙我。都認識這麼久了。」

「那就別問你明知我無法回答的問題。」

喬治用一隻手抹過嘴上，然後說：「史密斯先生認為需要多刺激妳一下。」

我挫敗地大聲吐氣。「你又要把我在大街上的照片寄給警察？」

「不是我，」他說。「我只是送信的。下一組照片會讓妳更難脫身。他不是鬧著玩的。」

我緩緩點頭，玩味著他的詞句。「你還有別的信要送嗎？」

他的眼角皺了起來，認真思考他想說什麼。「只有我的一些話。去亞特蘭大吧。妳還是來得及在明天中午前趕到銀行，打開那個保管箱，把他要的東西交給他。如果妳拒絕，我不想做他會叫我做的事。拜託了，璐卡。」

這段話讓我有點吃驚。這是他對我表現得最誠懇直接的一次。

我只說了句：「謝謝你的提醒。」

他從座位上起身時，我繼續坐著。「跟妳那傢伙說他愈來愈粗心了。我抓到他穿著維修工人的制服從員工入口進來。」

他老是把戴文叫作「我那傢伙」。戴文和喬治這些年來也一直在玩他們之間的貓抓老鼠遊戲，兩個人都想搞清楚對方的身分，但目前就我所知兩人都沒有成功。至少我知道戴文沒有。

「真希望我們當初有一起喝一杯。」我說。

他笑了。「快滾去亞特蘭大，也許我們還是有這個機會。」他準備走開時，轉頭又說一句：「祝妳好運。」

我聳著肩對他露出微笑。「需要好運的是誰呢？」

他的笑聲跟著他走出咖啡廳。

我在座位上一動也不動地坐了十分鐘，一次又一次地回顧我們的對話。

逃跑的衝動湧遍我全身。

但是如果逃跑，就代表我此生往後不只要躲著史密斯先生，還要躲著警察。

最後，我起身走向電梯。我一進去就按了八樓的按鈕。我沿著走廊步向通往樓梯井的門，然後以電梯和樓梯並用的方式上上下下了三次，才到了五樓，並且確認了沒有人在跟蹤我。根據我對戴文的了解，他在進到飯店以前就已經把這層樓的監視器設定成畫面循環播放。

我敲了五一五號房的門。

戴文打開門說：「喬治坐下時妳那震驚的表情真是演得太好了。」

「他在沃思堡跟我說過『到處都有人在看』，但我始終不知道在看的是他還是別人，所以他坐下的時候，我是有點驚訝。」我坐在他旁邊的一張椅子上。「他說你太粗心了，他看到你從員工入口進來。」

戴文的上唇嘛起。「他以為我只是碰巧在你們抵達的同一秒進來這棟建築物嗎？」他翻翻白眼，又補充一句：「只有我想讓他看到的時候，他才看得到我。」

戴文在飯店客房的桌上架好了螢幕和印表機，我研究起他螢幕上的畫面。畫格內有安德魯和我，但我們不是焦點，喬治才是。我和安德魯聊天的同時，他在大廳裡，坐在一張單人沙發上拿著報紙，可是眼睛在看我。

「我假設喬治也有掌握到收音。他能聽到安德魯和我說的每一句話嗎？」

戴文按了幾個鍵，重播了我和安德魯的對話。「對，因為那個戴田納西泰坦隊帽子的老人。喬治離開妳那桌之後，他就在飯店外面的人行道上把拐杖交給喬治，所以我猜麥克風在他的拐杖裡。」

我在螢幕上找到他，果然，拐杖靠在他桌邊，角度對向我。

「我本來不太確定安德魯看到我會作何反應，但結果再好不過。」我說。跑來這裡是很冒險的，但是六年前他顯然覺得自己於我有虧欠，所以我相信他的這股情緒還會重新浮現。我只需要他說出口，而他也沒有讓我失望。同時我也相信史密斯先生會照我希望的方式解讀這段對話。史密斯先生不會認為安德魯之所以願意幫我，只是因為他是個好人；他會認定安德魯不得不幫，因為我手裡有他的把柄。史密斯先生始終認為我發現了安德魯．馬歇爾的黑料，但是自己保留下來。這也是為什麼他如此輕易就相信我對維克多．康納利的資料也採取了相同做法。他認為我從艾美．侯德手上取得資料，卻沒有交給他，而是自己私吞了。租用那個保管箱似乎就足以讓他懷疑我的忠誠。

他對我下了有罪判決，這代表唯一讓我還不至於一頭栽進附近水域的籌碼，就是鎖在銀行金庫門後那個五乘七吋箱子裡放的東西。

「康納利還在旁觀等結果嗎，還是我們需要擔心他會不會有動作？」我問。

按了幾下鍵盤之後，螢幕上的畫面變了。「目前為止他還在旁觀，但我會把他盯緊的。」

我盯著我們在討論的這個人的照片。根據我自己進行的調查，我知道他現年六十七歲，可是在戴文蒐集到的影像裡看起來年紀更大。他僅剩的一點頭髮已經全白，年復一年的陽光曝曬也損害了他的皮膚。儘管外表看似步入暮年的老人，但他毫無疑問是個危險人物。

不難料想，康納利做的生意包含了合法和非法業務。你終究得設法證明你為何買得起名車、私人飛機和遍布全國各地的房產。可是，他退稅單上大筆的收入，和他透過非法管道賺進的獲利相比，實在是九牛一毛。

這正是為什麼史密斯先生要如此想方設法，讓維克多．康納利這個客戶開開心心。而如果他不開心了，我可不能讓史密斯先生把我變成代罪羔羊。

所以，戴文和我要主動出擊。

我知道史密斯先生有更多對我不利的證據，但是我不打算等到我坐在警察對面時，才知道證據內容是什麼，所以我得逼他現在就拿出手。他以為他把手邊關於我的其他事證分享給警察，就足以嚇倒我，但我很高興我在還有機會處理時就迫使他掀出底牌。如果有必要，我還有機會逃跑。

「你要多久才能辨識出史密斯先生？」我問。

我繞道去牛津市有三個目的。第一，我想讓自己顯得有點驚慌失措，讓史密斯先生感覺我不受控制，擔心我接下來會去哪裡。一個人表現得狂亂失常時，下一步動向就比較難預測。第二，我們必須找出客戶和他聯絡的方式。我知道當我去敲米契教練的門，他會去找的人只有一個。我們來向豐收之王問聲好。

最後，我們還是不知道史密斯先生的真實身分，那是我們最需要的資訊。發現了那個歌迷論壇和史密斯先生的帳號之後，戴文透過網站系統反向追查，希望能查出某些指引我們找到他的線索。

「很接近了。」他只說了這麼一句，我沒有再逼問。

他拿出我昨天壓在蛋糕下面留給他的手寫信。「他殺死那個女人和詹姆斯並不是妳的錯。」

我點頭，雖然我早該知道他會訴諸那種手段，也該在她那晚離開之前多告訴她一些事，用某種方式警告她。

「你還是覺得我們應該退場？」

他深吸一口氣，呼氣的同時目光在我臉上掃視。

「我寧願先逃，之後再重整旗鼓，也不要繼續走這條路，再走下去妳不是坐牢就是被殺。」

他話未說完，我就搖起頭來。「現在逃跑也無法讓我免於這兩種命運。」

他背後的電腦「叮」了一聲，打斷了他本來要說的某些話。這聲提示讓他切換了螢幕畫面，顯示他終於駭進了亞特蘭大市警局的系統。

「我會調出艾美．侯德案子的檔案，我們就可以看到他們手上有什麼。」幾幅影像填滿了螢幕。戴文說：「根據這些紀錄的日期，影像是在妳到佛賓湖鎮的一個月前上傳的，所以一定就是申請證人拘票的依據。」

我們雙雙靠到螢幕前，想看得清楚一點。

「這張照片拍到妳從車裡把艾美拖出來，實在不太光彩。」他說。

「我也沒辦法。」

他繼續點按螢幕上的影像。「妳躲監視器實在躲得相當好。妳知道妳的影子在哪裡嗎？」

執行任務期間跟蹤我的人很少是喬治，除非任務性質特別重要，例如我首度獨立行動，處理米契教練的那一次。當影子跟蹤我會白白耗費不少時間，我相信他還有更重要的事情得做。大部分時候，我都能辨識出監視我的人，但也有些時候，像是那天晚上，我看不出來。當時太暗了，能見度只有三英尺。

我搖著頭說：「不知道。我是說，通常在這種狀況下，我猜他們的位置都能猜個八九不離十……猜想如果是我在監視，我會躲在哪裡。」

「好，我們來看。她的檔案裡剛新增了照片，我們就看看史密斯寄了什麼去吧。妳一定是真的把他惹毛了，他一刻都不肯多等呢。」

照片上的附註看起來像是一個別的分局的警探所寄，此人在偵辦其他案件時碰巧發現了這項重大證據。雖然戴文或許可以先把它從伺服器上刪除，但史密斯先生稍後還是會重寄。

最好還是把它留著。

再按了幾個鍵以後，我們就可以看到最後一項陷我於不義的證據。

是一段影片。

他按下播放鍵，我隨之出現。

21

現在

我把車開進汽車旅館停車場時，已經傍晚了。我看到萊恩在我們客房敞開的窗戶前來回踱步，手機貼在耳邊。我一停好車，他便掛斷電話出了門來。

我還沒關掉引擎，萊恩就在車門旁了。

「我一直在打電話找妳。」看得出來，我搞消失一整天讓他頗為氣惱。

「我有傳訊息說我打給汽車旅館的辦公室了，加訂一晚的住宿。」我說，並且在他未及回應時湊近吻了他。我們肢體交纏了幾分鐘，足以讓我們不再擔心彼此之間是否有芥蒂。「對不起，事情處理得比我想像中久。」

看完影片之後，我們有決定要下、有計畫要做。我不得不承認，史密斯先生此舉無異於轉動鑰匙把我的監獄牢房上了鎖。

萊恩跟著我進到客房，看著我從行李中拿出一套換洗衣物。「我稍早跟瑞秋談過，」他說。「她明天下午會到亞特蘭大。她希望我們可以早起上路，這樣妳們兩個在週五的訊問前可以有點時間準備。車程看起來是四到五小時左右。」

「好。」我移動到行李旁邊拿出一套換洗衣物。「我去洗洗。」

「餓了嗎？」他問。

「餓死了。」

「隔壁的加油站另一邊有一間披薩店。趁妳洗澡的時候，我過去一趟吧。」他踏近一步，匆匆親我一下，然後離開了房間。

我把東西拿進浴室，在盥洗袋裡找止痛藥。早上的頭痛又捲土重來。還沒把藥瓶拿出來，我就感覺得出瓶裡是空的。

我猶豫了一秒，考慮要不要打給萊恩請他幫忙買，或是直接去電梯梯廳的販賣機，我知道那裡有賣好幾種像我早上買的那種小包裝成藥。

我頭痛欲裂，所以選擇了販賣機，畢竟等披薩可能要一段時間。

我衣服還穿著，所以只要套上鞋子就可以出門。快要抵達目的地時，從販賣機所在的開放空間傳來的對話聲讓我停下腳步。說話的可能只是某個住客，但我的直覺叫我保持警戒。

我慢慢接近，靠著背後的磚牆，把呼吸放慢，閉上眼睛。我讓其他感官取代視覺，希望能辨明我的這股感受因何而起。我深深吸氣，慢慢吐氣。

有兩個人的聲音，都是男的，其中一個明顯比較低沉。

我在這個空間裡放鬆下來，對著僅僅幾呎外的聲音敞開自己的感官。字字句句朝我飄來，我輕易聽出了最衝擊的字眼：「亞特蘭大」和「艾美・侯德」。

我把手機滑出後口袋，傳訊息給萊恩。

我：待在餐廳，等我叫你再回來。請別多問。

我按下傳送鍵。

接著，從販賣機的同一個方向，我聽到熟悉的提示音傳來。

什麼鬼。

微弱含糊的聲音繼續說著話，同時我看著代表他輸入回應的小點在螢幕上跳動。我的手機關成靜音，所以收到回應訊息時悄無聲息。

萊恩：OK，再告訴我妳要我做什麼。

「幹，不知道是什麼事嚇到她了。」萊恩的聲音充滿了整個空間，我定住不動。他們朝我的方向靠近了一點點。

然後是另一個我認得的聲音。「她有說出了什麼事嗎？」

喬治。

他在跟喬治說話。

「沒有。我得回去了。我們到亞特蘭大的時候，我再告訴你。」

「那如果她明天沒有準時到呢？」喬治問。

我做了個深呼吸。不，不，不。別這樣。

「我會讓你知道我打算怎麼做。我不喜歡把那些資訊這樣放在外面。」

「我等你消息，」喬治說。「來，我收到這個，但是來不及在你出門前交給你。」

我默默退後幾步，然後匆匆沿著建築物側邊回到我們的客房。

我手中的手機震動起來，在我開門的同時出現來電提示。萊恩的照片出現在螢幕上。

我直到進了房間才接聽。「嗨。」

「嗨，怎麼了？妳還好嗎？」

「嗯，沒事。只是自己嚇自己。」我的聲音虛弱無力，但我希望聽起來是因為我告訴他的遭遇，而不是我剛發現的事。

「我就要回去了。撐一下，我馬上就到。」他說完就結束通話。

我脫掉鞋子和牛仔褲，進到浴室裡。我打開蓮蓬頭的水，然後裹了一條白色的薄毛巾在身上。我給自己片刻時間做了幾次深呼吸，讓狂亂的心跳慢下來。

然後我聽到門打開了。

「伊薇！」

我從浴室探出頭。「在裡面。」

他幾秒後就來到我身邊，把我摟進臂彎，緊緊抱住。我逼迫自己的手臂也抱住他。「發生什麼事了？」要不是我知道他剛跟誰說過話，他的關切一定會讓我受寵若驚。

我緊閉雙眼，默數到五。再一次深呼吸、吐氣。

「沒事，真的。我聽到外面有聲音，結果只是有個清潔工在那邊碰碰撞撞的。」

我睜開眼睛，看到我們緊緊相擁的身影倒映在他後面的浴室鏡子裡，還有他後口袋裡塞著的捲成筒狀的紙張。那一定就是喬治給他的東西。

我看著鏡像在淋浴間冒出的蒸氣充斥室內時消失。我默默算著水龍頭漏出水滴的間隔秒數。因為我必須把自己和此時此刻區隔開來。我需要專注在別的事物上，不去想要對剛聽到的事情做出反應。我需要在他和我之間拉開距離，就算只能在心裡這麼做也好。

萊恩的嘴湊到我耳邊。「妳還好嗎？」他的舉動完全合理，我在心中回顧我們相處的每分每秒，從我車子爆胎導致我們在停車場相遇開始。我懷著確信他知情甚深的想法，仔細審視那些回憶。

我不敢放任自己說話，只點了點頭。

他跟喬治見面。他和喬治說話的態度跟我一樣熟絡。

有好幾次，我感覺萊恩只差一點點就要把心中的每一個祕密對我吐露。他甚至在車上坦白地談及他在德州的生意。有好幾次，我也幾乎要開口將一切據實以告。

我願意為他賭上所有，但他卻是在玩弄我。

這股悲傷模糊了我的視野、我的思緒、我內心的一切。

他的雙手順著我的身體往上滑移到臉龐。他退後一些，好把我看清楚。他的眼神搜尋著我的視線，我也尋索著他。

「妳平常不是容易被嚇到的人。」他悄聲說。他說得沒錯。

他像我調查他一樣研究過我嗎？他是否收到過一份寫著「她喜歡地瓜薯條和加兩匙糖的咖啡」的文件？

「我一整天都頭痛得很嚴重。然後又聽到一陣很大的聲音，我就慌了。」我看向淋浴間。「我最好趁熱水用光以前進去洗。」

他再次滑著手向下撫摸我的背部，然後退開了。「我給了店員二十元小費，請他把披薩送來，等妳洗好應該就送到了。」

他把門在背後關上，我不能鎖門，因為那不是他的女友會有的行為。我站到熱水底下，這股刺激正是我需要的，猶如當頭棒喝。內心的模糊狀態撥雲見日，但是滲進血管裡的悲傷絲毫沒有減緩。我心如刀割。

我給自己五分鐘哀悼我們之間的可能性，痛惜原本也許會成真的想像，摧毀我異想天開的念頭——我以為自己有可能成為那種女生，擁有完美的男友，一起住在完美的街道上、完美的房子裡。

我想起來，這不是屬於我的世界。

我只是個短暫飄過的幽靈。

我穿著乾淨衣服、濕著頭髮回到房間時，萊恩正在小桌子上清出我們吃東西的空間。我半個小時前還飢腸轆轆，現在卻光想到食物就作嘔。

但我還是坐到桌前嚥下一片披薩。我用無腦的閒聊填滿沉默。因為那是他的女友會做的事。

「我擔心妳沒有足夠時間跟瑞秋準備週五的事。」他把空盒拿去外面的垃圾堆之後這樣說道。他後口袋裡的紙張不見了，希望沒有被一起丟掉。

「瑞秋和我會有很多時間。我保證。」我爬上床，鑽進被窩深處。「好冷，你可以把冷氣關小一點嗎？」

萊恩移動到窗戶下的開關調整冷氣溫度。他在房裡翻翻找找幾分鐘之後，進了浴室去。不久後他就爬上床，躺在我旁邊。我任他把我擁近。他沒有說話，也沒有進一步動作。我們從頭到腳靠在一起，我能感覺到他穩定的心跳緊貼著我的背。有幾個片刻，我以為他準備要說些什麼，但是話語始終沒有浮現。

我在腦中一次又一次重播萊恩和喬治的對話。

「妳好像很煩惱。要說說妳在煩心什麼事嗎？」他悄悄道出的問題離我的耳朵好近，感覺如此親密，彷彿我們真的一起面對難關。

「我只是累了。」

他沒有追問，只是用我喜歡的方式輕撫著我的頭髮。我們過了好一陣子才睡著。

22
現在

太陽還沒出來我就醒了。

昨晚我躺了好久才入睡，最後雖然睡著了，也睡得不安穩。萊恩總是在起床前的最後一個小時睡得最熟，所以我若要找他見了喬治之後拿回的文件，現在是最好的機會。

萊恩本來緊抱著我的手在夜裡鬆開了，所以我能輕易溜下床，沒有吵醒他。我慢慢移動越過地板，接近他的行李。他帶了一個裝衣服、鞋子和盥洗用品的旅行袋，和一個裝工作用物品的筆電包。我翻過這個筆電包好幾次，搜過他的電腦檔案和網路瀏覽紀錄，但除了我已經找出來交給史密斯先生的那些，他很小心不把東西亂放。

現在我才明白，那是因為他知道我會去搜。我只會找到他刻意讓我發現的東西。我太愚蠢了。但是喬治給他的文件應該還在這裡的某個地方，除非他看過之後就拿去跟披薩盒一起丟掉了。

窗戶下的冷氣機重新運作起來，蓋過了他的包包拉鏈拉開的聲音。我先把佔了最大空間的筆電拿出來，裡面還有一本他和客戶講話時做筆記的便條簿，以及一本線圈裝訂的互惠基金公開說明書，我聽到他在路上講的幾通電話裡推銷過。

包包的內袋裡塞了一疊紙。我一張一張地翻了，大部分都是跟理財服務有關的，我漸漸做好不會在這裡找到文件的心理準備，直到那堆紙裡的最後幾張邊緣捲了起來，彷彿它們的肌肉記憶在發揮作用。

那幾張紙被捲起來過。

我把它們重新攤開，很快就看出上面的內容是什麼。

我腦中警鈴大作。

這是我交給史密斯先生的最後一批資料。戴文把資料夾在《時人》雜誌裡傳給我，我看過之後決定要交出其中哪些部分。最後一頁底端角落有藍色墨水的手寫小字，是我寫來告訴他說我隔天會再檢查一次信箱。這幾個字讓我知道這份是原件，不是影本，因為我當時包包裡就只有一支藍筆。

這份文件不應該在這裡。

我轉頭看看萊恩熟睡的樣子，我腦中的拼圖開始移位重組。就算我假設萊恩的層級比我高，他也不應該拿到這份文件，不應該是由喬治將原件送交給他。聽起來像是喬治去信箱取件之後就直接來這裡送到他手上，不該是這樣。

最有可能的狀況，似乎是史密斯想要把他的生意據為己有，但如果實情不只如此呢？這是一家他已經掌控的公司，我不可能搞砸他的惡意併購。沒有理由要讓我持續執行一樁根本不算任務的任務。

我的腦子高速運轉，一再推翻理論、猜測和懷疑；冷氣低聲作響，萊恩還在夢鄉。

萊恩和喬治昨天的會面證明了兩件事。喬治知道我們在哪裡，是因為萊恩有告訴他。還有，他們互動的方式流露出一種只有長期相處才能養成的親近感。

多年來，我一直嘗試想像出史密斯先生的面貌。我轉頭看向距離我九十公分的萊恩，實在難以相信他可能就是我愈來愈厭惡的老闆。

不，不，不對。他太年輕了，時間線對不上。

我把所有的東西恢復原狀放回包包裡，同時在心中回顧我和史密斯先生的每一段對話。

我第一次和他說到話是八年前。萊恩當時還在念路易斯安那州立大學，和北卡州毫無關聯。史密斯先生把我移交給麥特，之後的兩年我都只跟他聯繫。直到六年前安德魯．馬歇爾的那次任務，我才再次和史密斯先生對話。

六年前。

萊恩的祖母六年前罹患癌症。萊恩接手了祖父的貨運事業——包括合法和非法的部分——，好讓祖父能夠待在家裡照顧髮妻。祖父過了不久也離世之後，萊恩最終繼承了整個公司。

他繼承的遺產就只有這樣嗎？

不。

不。

萊恩要跟我去亞特蘭大，我得要在那裡跟一群警察談話。他會讓自己如此曝險嗎？

我在腦中回到伯納家的房子，看到那個我們接受問話、問無不答的小房間。警探在那裡得知了伊薇．波特來自阿拉巴馬州的布洛克伍鎮。因為萊恩如此告訴他們。「**伊薇是幾個月前從阿拉巴馬州的布洛克伍鎮搬來的。她之前不認識詹姆斯。**」

不，不，不。

然後是週一早上在車庫裡的時候。萊恩逗留在那裡，我略過了戴文的九一一訊息，因為萊恩遲遲不放我走。我記得我這麼想：**如果我沒有跟萊恩在車庫逗留，我就會立刻看到戴文的簡訊。那幾分鐘可能導致我賠上安全脫逃的機會。**

但等等。不。史密斯先生是在我們離開牛津鎮之後才在論壇上回覆米契。萊恩當時在開車。我回想我看到訊息出現的那一刻。我坐在我車上的副駕座。萊恩剛加完油，跑去買零食。我看著史密斯先生和米契的對話時，他人在店裡。

記憶中，萊恩和喬治互動的片刻再度出現，我從不同的角度重新檢視。他們之間還是有著那股熟絡感，如同我和喬治。但是做決定的人是萊恩。喬治聽命於他。喬治來把文件送給他。

這樁任務是個測驗。測試的是我的忠誠。

該死，萊恩立刻就會知道我在交出他的公司資料前做過修改。他有直接證據指明我沒做好我被派來做的事。而我還擔心他的公司被史密斯先生奪走。

我知道我會被監視得非常嚴密。

還有比跟我共處一室的人更適合監視我的嗎？

不。

別往那個方向想。先不要。

雖然要驟下結論很容易，但擅自做出假設也非常危險。

我慢慢移動回我在床上睡的那一側，從床頭桌上拿了手機，打開 Instagram。

我瀏覽動態，停在 Skimm 新聞整理當天五大頭條報導的貼文，留言表示：「**真是大新聞！看了難以消化！#再度上路 #單人成行**」

戴文有可能要再一兩個小時才會看到留言，但我得讓他知道我要丟下萊恩離開這裡了。

留言一送出，我就抓起包包和鑰匙，其他行李全都留下。我已經計劃好出城的時候去一趟二手商店，買好我下一步行動需要的東西，現在只要在購物清單上多添幾個品項。

房門打開的喀噠聲在房裡迴響，但幸運的是萊恩仍一動也不動。我上了車，幾分鐘後就開出停車場。一上州際公路，我就扔掉我在佛賓湖鎮扮演伊薇·波特時使用的手機，拜戴文提供的黑色小方盒所賜，我的車就算被裝了追蹤器，也無法傳送出訊號。

先前，我想讓史密斯先生知道我要去哪裡，但現在不然。

上路兩個小時以後，我暫停去買了支預付卡手機，打給戴文。

「嗨，」我在電話接通時說。

「怎麼了？」他問。

我跟他解說了一番，然後我們同時陷入長達數分鐘的沉默。「你知道我是怎麼想的吧。」我最後如此說道，不願意具體說出我認為萊恩的真實身分為何。

「妳也知道我是怎麼想的，」他回應道。「但別擅自假設……」

「我們只看事實。」我搶先他一步說。這是我們的精神口號。

我還在剛才買手機的商店停車場，挨著車子來回踱步。我告訴自己這是因為身體僵硬，但其實驅使我這麼做的原因是恐懼。

「我回到佛賓湖鎮了，」戴文說。「我會負責好我的部分，妳負責妳的。」我掛斷前，他又說：「我查那個討論板快要查好了。妳把這支手機留著，這樣我需要的時候就找得到妳，反正風險不大。我猜妳應該登入不了妳的Instagram帳號了吧。」

我不確定戴文在這種情況下是用什麼標準來衡量風險和獲益，但我對他有足夠的信任，不去質疑他的推斷。

「好。」我停頓一下，再補充說：「如果明天早上的狀況看起來不會朝我們預期的方向發展，就快跑吧。立刻放下手邊的事，跑得無影無蹤。」

「L，妳知道我不會拋棄妳的。」

「我們都知道，被史密斯先生和警察左右夾擊，我全身而退的機率是很低的。而且你還有其他人要考慮，例如海瑟，她還需要你。」

「妳也一樣，」他說。「要跑永遠不嫌遲。只要站起來、動起來就行了。」

「今天辦完事情之後我再跟你報平安。」我說，然後結束通話。這整段對話感覺都像是我無法真正說出口的告別。

✦

午後，我開車經過「歡迎光臨伊甸鎮」的標示牌。車程很長，我只停下來買拋棄式手機打給戴文，還有在溫斯頓撒冷鎮的二手商店買了幾件衣服。

我的雙眼細細觀覽這個我曾經視之為家的城鎮。回憶迅速湧來，幾乎將我淹沒。我從前和朋友聚會的速食店、還有媽媽和我每週去挑選新貨的布料行都還在，但是建築物已經飽受歲月摧殘，年久失修。我轉彎開上通過我以前高中校園前面的那條路，隔著草地看到側門和停車場中間我走過上千次的那條小徑，我幾乎徹底失去了呼吸的能力。

上一次置身於此，彷彿是上輩子的事。

也彷彿只是昨天。

但不管一切感覺多麼熟悉，我在這裡依然是個陌生人。沒有半個我可以拜訪探望的對象。

再轉一次彎，我就來到以前住的那條街。我把車開向拖車公園，沒關引擎就下了車。我細細看著擠在這裡的每一間小型移動式房屋，比較它們今昔的樣貌，回想裡面住的是哪些人。我最後才走到左邊中間的那一戶。

想到這間屋子現在的模樣會讓媽媽多麼難為情，我就不禁瑟縮。雖然屋子歸我們所有時也不太起眼，但她總是盡力保持環境整潔，在門階旁的狹長花床種花。現在那裡長滿雜草，屋頂破損的地方用藍色帆布蓋著，門邊的磚塊上停了一輛破爛的卡車。

回想起自己還是個小女孩時的樣子，我不禁心痛。那個女孩以此地為家，在這裡過得很快樂，真正的快樂。即使在媽媽生病的時候，那個年輕天真的女孩都以為自己可以照顧她，拯救她免於死亡。

但是那個女孩在這間拖車屋裡學到許多事。她學到有時候不管你怎麼努力都無濟於事。她學到唯一可以信任、唯一可以真正依靠的人只有自己。

有個女人從離我最近的拖車屋隔著窗簾往外窺看，這提醒了我，開這麼遠的車來這裡不是為了回憶往事。

我回到伊甸鎮是為了一個理由。

一坐上車，我就調頭開回主要道路，停在加油站加了油，進廁所快速換裝。然後，再花了僅僅幾分鐘，我就到了鎮上新開發的區域，一長排店家開在大面的玻璃窗後方。

我停車在街道盡頭的布朗醫生診所旁，往門口走去。

「請問有什麼事呢？」接待員在我走近櫃檯時問。

「是這樣，我是大樓管理處派來的。我們在檢查每一間的斷路器，昨天晚上寵物店發生了電路問題，還好在引起火災之前就有人趕去控制火勢了。檢查時間不會超過兩分鐘。」我幸運地在二手商店找到一件制服襯衫和卡其褲，可以讓我看起來符合我扮演的角色。

「喔！」她說著用動作指引我過去。「當然好，需要幫忙的話再跟我說。」

我對她粲然一笑，然後走向診所後半部。所幸診所的員工都和病人在檢驗室裡，所以我溜進機房時沒人發現。我繞過電線箱，直接找到主要伺服器，將我包包裡的硬碟插上去，然後按了戴文寫給我的幾個鍵，確認檔案上傳成功。

我在五分鐘之內就從機房出來，走回接待區，對櫃檯後的女生點了個頭。「沒問題了，祝妳有愉快的一天。」

十分鐘之後，我就永遠離開了伊甸鎮。

我打給戴文，他一接電話我就說：「辦成了。」

「我傳了張截圖給妳，」他說。「米契教練這個賭注有賭中。我們現在知道史密斯是誰了。」

我的心跳猛烈加速，我把車停到路邊，等待影像檔案載入。來了。螢幕很小，但我只顧盯著他熟悉的臉孔，看了久到不合理的時間。

終於，我將手機拿回耳邊。「現在我們只看事實。」我說。

「對，沒錯。」他停頓一下才說。「我們不一定要因此而做任何變動，L。」

我用力嚥了口水。「我知道。打電話吧。我想先解決警察那關，再來擔心銀行的事。如果我沒辦法甩掉警察，其他事也就無關緊要了，所以現在他們是第一優先。」

「好。記得我說的：要逃跑永遠不嫌遲。只要起步就行了。」

我點頭，雖然他看不見我的動作。「那你在佛賓湖鎮的事處理了嗎？」

「處理好了。毫無障礙就進了房子。我明天一早會打給警察通報，」他說。「下次經過河邊，就把手機丟下去。妳跟警察見面時可不能帶在身上。」

「知道了。我到亞特蘭大的時候會再買一支，下一次跟你聯絡應該就是我搞定那些警察以後了。如果我沒辦法打電話，你就會知道……」

「不，現在還別說喪氣話。我會等妳消息。」戴文說完就結束通話。

我盯著他傳來的圖片再看了幾分鐘，然後刪掉。

化名：蕾吉娜・海爾

——六個月前

這是我第一次在任務中感到無聊。我人在喬治亞州的第開特市，這次我只拿到我的新身分、一張當地鄉村俱樂部的會員卡、「艾美・侯德」這個名字，還有一份指示：

艾美・侯德握有一項高度敏感的資訊，是關於維克多・康納利與康納利家族企業。她威脅要用這項資訊對維克多不利，以此勒索金錢。我無須再次強調，在她實現她的威脅以前取回那項資訊是至關重要的。妳被委託的這項任務，保密是首要考量。妳我都不會想跟維克多・康納利這種人結下梁子。妳要負責監視艾美・侯德，弄清楚她的一切。在我下令之前，不要和對方接觸，但是要準備好在收到指令後立刻行動。

艾美總在五點二十五分推開酒吧的雙扇玻璃門走進來，像時鐘一樣精準。過去兩週以來，她都在家待到傍晚五點左右，然後移動僅僅三公里的距離來到這間鄉村俱樂部，猛灌伏特加馬丁尼直到打烊。

艾美身高一百七十公分，有著運動員般的身材、長度剛好過肩的蜂蜜金色頭髮。她的妝化得很淡，幾乎沒戴首飾，臉上永遠是一副不爽的表情。

她坐到她最喜歡的那張高凳上時，會有個名牌上寫著莫里斯的酒保，身穿帶有俱樂部商標的襯衫，帶著溫暖的微笑和開朗的問候，送來她今晚好幾杯酒中的第一杯。

這幾年下來，戴文顯然對於扮演外向角色愈來愈自在了。

「您要看看菜單嗎，侯德小姐？」他問。

「也許等會兒吧。」她回答。

「沒問題，要點單時再告訴我就好。」他一面走遠一面回應道。

他們的交流也是一成不變：相同的問題，相同的答案。她不會要求看菜單，他也不會再拿給她，但只要輕輕點一下頭，她的酒杯就會在幾秒之內再度斟滿。

我進進出出這間酒吧已經十一天了，而今天是連續第三晚從頭坐到尾，我不再費神隱藏行跡。她喝著酒，不理會周遭的任何人。就算她有帶手機，也不曾拿出來看。全場包括我在內，沒有一個人不拿手機出來看個至少一次，哪怕只是看時間。

但艾美則不然。

艾美會坐在吧檯邊，喝四到六杯不等的馬丁尼，然後拿起包包，開一小段路回家，有時候全程都沿著黃線左歪右拐。她住在一間房價因為地點而高漲的聯排別墅。隔天早上醒來，她又會把這整套行程重複一遍。

因為沒有辦法在緊盯著她的同時溜進她家裡，我就只剩下泡在鄉村俱樂部這個選項。

每一夜，我的視線越過室內，追蹤著來來去去的人群。吧檯區坐滿了剛打完高爾夫球或網球的會員，為當天的比賽慶祝或療傷。餐廳區則專門招待外出用晚餐的家庭。兩邊都是吵雜又混亂。

坐在這裡枯等讓我愈來愈按捺不住。

通常我的任務開始前會有一小段準備時間，但這次在收到史密斯先生來訊的二十四小時之內，我就越過市鎮交界來到第開特。因為趕路抵達得相當匆忙，我以為我立刻就要和目標對象接觸，但我接到的指示卻恰好相反。如今，兩週過去了，我所做的就只有看著她喝酒取代晚餐。

這不代表我不知道這裡有什麼事在進行。

我之所以處在待命狀態，是因為幕後有其他人試圖和她談成交易，讓她主動將那項資訊交還。他們這樣做不是出於親切好意，而是由於他們用這種方式最能確保完整取回她拿走的每樣東西。

艾美現在唯一的保險，就是她仍然持有勒索的籌碼。不論她是自願交出、或是我不得不從她手中奪走，只要籌碼一離開她的掌握，她就得承受史密斯先生和康納利家族的怒火全開。

如同我在泰特家的任務後得到的警告，我不會以為這裡只有我在埋伏。艾美．侯德已經成為史密斯先生第一優先要處理的問題，所以絕不能有半點閃失。

我去到吧檯，選了一張跟她隔了三個座位的高凳，保留了很大的間隔，然後我用動作示意再點一杯酒。

戴文將酒擺在我面前，問道：「您需要看菜單嗎？」

我微笑著說：「不用，謝謝。」然後他就跑去招呼吧檯另一頭的一組客人了。雖然我不確定這份任務是否需要他幫忙，但我執行任務時已經不能沒有他。我們成了密不可分的搭檔。

「妳是新來的。」艾美說。

我四下望了一圈，看她說話的對象是不是我。確認她在跟我說話之後，我回答：「是啊，我剛搬來。」我轉動椅凳面對她，準備展開對話。

她上下打量我，然後又轉回去對著她的馬丁尼。

「我知道妳要找什麼，但是妳來這裡也不會找到的。」她的一隻手指在酒杯裡攪動，然後湊到嘴邊，吸吮指上的酒液。「妳找不到的！去告訴你們的人！」

她的突然爆發讓我忍不住退縮。

艾美舉起酒杯就口豪飲，喝得乾乾淨淨，然後把空杯拿高晃了一晃。「妳永遠永遠找不到的！」她的音量大到讓好幾個人轉頭看過來。

她轉動椅子面對著我，露齒燦笑，然後轉回去面向吧檯。「早就沒了。」她用氣音宣告。

幾天前，我就認出了被派來監視我對她的監視工作的那個男人。那人有點年紀，坐在室內後側角落，穿著打扮像是剛打完高爾夫球。我知道他極有可能正在把這裡的即時動態傳給史密斯先生；我得謹慎行事，因為我已經接到過指示說不要和對方接觸。我可不想失去這份任務。

「我想妳是認錯人了。我不知道妳在說什麼。」我說，然後轉身向吧檯，端起面前的酒喝了一口。如果她因為我而失控，史密斯先生會不高興的。

我用眼角餘光看到她垂下肩膀，彷彿我讓她挫敗洩氣。我又看了她幾秒，然後，新的一杯調酒送到她面前時，她笑逐顏開。「莫里斯！我的英雄！」她尖著聲音說。

旁人對她失去了興趣，我們周圍的交談聲漸漸升高了音量。

我微微轉往她的方向，這樣看她看得比較輕鬆一點。

她注意到我轉身，也一樣照做。「妳第一次出現在俱樂部裡，是上上週一晚上六點十七分。妳穿的是淺藍色網球裙和白色無袖上衣，頭髮綁起來，點了一杯蔓越莓伏特加。隔天晚上妳五點四十五分到這裡，穿了件碎花直筒洋裝，喝了兩杯夏多內白酒。」她一口氣報出我每次造訪的確切時間、飲食內容和穿著，同時用塑膠製的攪拌棒指著我，音量愈拉愈高。「每天晚上，妳那輛午夜藍的 Lexus 休旅車都跟著我回家。」她甚至背得出車牌號碼。

我環顧室內，發現我們又引起了注目。我的「影子」從後側角落公然盯著我們看。先前唯一這樣正面挑釁過我的，是另一個酒醉的女人，珍妮．金斯頓。她躺在地上、頭部暈開一片血泊的畫面浮現在我的回憶中，我也想起我老闆事後問我的話：如果她沒有自己摔倒，妳會怎麼做？這個問題糾纏了我整整八年。

我得設法挽救這個局面。「我剛搬來，這裡看起來是最適合認識人的地方。」

「我懂，」她說。「我知道他們想把東西要回去，但我們都曉得，一旦把它交出去，我就死定了。」

我環顧整間酒吧，尋找監視錄影機和收音麥克風，好判斷我們今晚的對話會被史密斯先生聽到多少。雖然沒看到明顯的錄影錄音設備，但我還是不能排除這個可能，所以我繼續假裝。

「我不知道妳在說什麼，但如果妳需要幫助，我可以——」

「妳不是來幫我的。沒有人幫得了我。但我別無選擇。如果我當初沒有拿走那東西，我早就已經死了。」她沒有給我時間回應，而是繼續說：「總之快滾吧。」然後她又回去喝起調酒來。

我在吧檯邊待到我的酒喝完，付了帳，然後滑下高凳，走出酒吧。

我上了車，用自動導航模式開到那間事先為我準備的小公寓。毫無疑問，史密斯先生一定已經聽說了我們在酒吧裡鬧出的騷動。我不認為今晚的事會讓他把我撤走，但是他會從現在開始監視得更加嚴密。

✦

過了三天，我才展開下一步行動。我躲在她的房子對面，等她回家。艾美在鄉村俱樂部和我對質的隔天早上，我收到了第二份指令。我想得沒錯，史密斯先生對我很不高興。

由於妳連簡單的命令都無能遵守，整個行動時間表必須提前。妳要找到並且取得她的所有數位設備，包括手機、電腦、平板、硬碟等等。只要是能夠儲存數位資料的設備，都要拿到手。我應該不必再提醒這項資料有多敏感，以及妳應該如何予以處置。

我們已經徹底拋開含蓄暗示，他警告的意思非常明顯——我取回的資料除了他以外誰也不能看到，否則我就會陷入和艾美．侯德一樣的境地。我不該對她表示友善、接近她，慢慢釣出資訊。我必須搶走她手中的一切，立刻動手。

艾美的車頭燈照過院子，她轉彎開進狹小的車庫通道，車子右側驚險地擦過垃圾桶。今晚肯定也喝了至少五杯馬丁尼。

車子熄火了，但駕駛座的門沒有打開。

一分鐘接著一分鐘過去，她還是沒有下車。我等了十分鐘才從藏身處出來，慢慢走向她停車的通道。當我靠近車子，就看到她癱軟的軀體俯垂在方向盤上。

我打開駕駛座車門，在她摔到水泥地上以前接住她。我在她的包包裡翻找出鑰匙，放進我的口袋。我從艾美雙臂底下抓住她，將她拖出車子，沿著車道前進。她的兩隻鞋先後掉了。我知道有一支監視器瞄準我，我一度很想把它關掉，但我忍住這股衝動，只能盡量把身體轉離街道的方向。我們緩慢而穩定地移動，到了大門前。我解開鎖、打開門，迎接我們的是令人安心的寂靜。

我仍沒有停下腳步，直到將她抬上沙發。她躺下以後，我回去外面撿她的鞋子和包包，並且搜了一下她車上。車裡就像全新的一樣乾淨又空空如也。

我開始在她屋裡探查，因為到了現在，我不相信史密斯先生沒有派人隔著窗戶監看我。她的房子就和車上一樣整潔無瑕。屋裡沒有什麼科技產品，有室內電話，但沒有任何種類的手機、電腦或平板，也沒有任何顯示她有過這些科技產品（只是目前沒放在家裡）的充電線。是有一台電視，但它只能透過頂端的天線接收頻道訊號。我檢查了所有常用來藏東西的地方，但是這間房子簡直像是沒有任何一九八〇年以後的產物進來過。

我甚至開始找筆記本、便條和紙片，以免她用的是老派的記錄方法。同樣一無所獲。

我坐在椅子上，看著她睡了一會兒，然後終於決定今晚到此為止，離開了她的房子。

✦

我去艾美家搜索的隔日，艾美搬進了亞特蘭大市中心的一間飯店，到現在已經過了四天。我在車上看著她蹣跚走出街角的酒吧，樣子像是喝了至少四杯馬丁尼。

因為艾美的行為急遽改變，我幾乎每天都收到新的指令。最新的一份指令告訴我，史密斯先生完全失去了耐心。

艾美已經失控了。立刻把她帶走。沒有討論空間。

「立刻把她帶走。」這倒是新鮮。要帶她走去哪裡？我要抓住她，然後等某個人來找我嗎？還是把她塞進我後車廂？史密斯先生表現得就和她一樣瘋狂。他嚇得亂了陣腳，我不禁好奇維克多．康納利給他多少壓力，逼他搞定這件事。

我跳下車過了馬路，跟在她後面保持合理距離。

一等路口號誌變成綠燈，艾美就踏上馬路。她鮮紅色的大衣在身後翻飛，她前進路線上的行人如果閃得不夠快，就被她直直撞上。走到對面時，她差點就被人行道邊緣絆倒。

她讓自己徹徹底底成了眾人側目的焦點。

她不管飯店前方人行道上的一群觀光客，硬是闖了過去。

艾美停在那裡，我轉到右邊遠離馬路，但又不會站得離她太近。

她像是生了根一樣站在人行道的中間，被嘗試通過的路人推推擠擠，轉了一整圈，停下來時剛好面向我，目光鎖定著我的眼睛。

她臉上明顯露出認得我的神情。

她舉起手來指著我。「妳。妳在這裡幹嘛？我以為我已經叫妳滾了。」

我後退了幾呎，慢慢移向街角，但我還來不及溜走，她就靠過來吼道：「妳回去叫史密斯那個人渣去給狗幹吧。他才沒有他以為的那麼聰明。他在別人背後搞事了那麼多年，證據都在我這！我手上他的黑料可多了，他想也想不到！」她一臉怒容，對我比了個中指，然後轉身步入旅館大廳，一點也不像是剛在街上大發脾氣過。

她針對史密斯先生講的話讓我滿臉震驚，接著我用多年來精熟的技巧讓表情回歸空白，因為我知道現在一定有人在監視。我掃視街道，找那個被史密斯先生安插來的中年人。他一定是首度聽聞她偷走的資料不只屬於客戶。他聽了絕對會狂怒不已。連她從維克多·康納利那裡偷的資料，他都不願讓我看到，如果他事先知道要取回的資料可能跟他有關，那他絕不會派我執行這樁任務。他最不希望的事，就是讓我拿到可以用來對付他的把柄。

我已經調查了他許多年，想要找到任何一點線索能對我提示他的真實身分。他是該擔心如果關於他的資料落到我手中，我會怎麼做。

採取任何必要的行動來保護妳自己和妳的任務。史密斯先生初期給我的忠告言猶在耳，我每樁任務都遵循著這句話的指導。

這樁任務絕對還沒結束。

我按著原本擬定的計畫，跟她進到飯店。我花了幾分鐘找到房務人員工作間的門。我從備品櫃裡找出一個袋子，裡面塞著一套飯店女清潔工的制服。我迅速換裝，將黑髮緊緊綁成髮髻。往袋子裡繼續翻，我在底部找到迷你麥克風和耳機，將麥克風夾在衣領內側、耳機塞進耳孔之後，我就準備出發。

戴文通常反對使用這類科技設備，因為頻率很容易在附近被攔截到；但我們別無他法。「我好了。」

我從耳機聽到戴文說：「可以開始行動了。務必小心。」他前一天溜進飯店，駭入他們的系統，現在從停在路邊的廂型車裡遠端操控。他會一面留意我，一面看著飯店的監視錄影。我們的計畫是，趁我要通過的區域沒有別人時停掉監視器，等我通過再讓監視器恢復運作。我會用走走停停的方式在飯店裡移動，在監視器裡隱身。

客房已經全部在幾個小時前打掃完成，清潔推車被推到一旁，等著晚班人員補充用品。我抓了離我最近的推車，將我的黑色袋子塞進放髒床單的空間，然後按了電梯。

「電梯裡沒人。我會等走廊淨空再開門。」

「收到。」我說。

門開了，我把推車推進電梯，按了五樓的按鈕。電梯門打開時，我將推車推到走廊上。

「在那裡等著，」戴文說。「艾美剛從主要電梯出來，正在往她的房間走。我們需要她被監視器拍到，所以我要重開監視器，直到她進房為止。」

我看看錶。「她怎麼會拖這麼久？她應該已經進房間了才對。」

我的視線在走廊的兩端之間跳轉，祈禱不要有人現在想從房間出來。我不希望有任何一個人提到這天的這個時間點，在這層樓出現過一個推著推車的女清潔工。

「她在房間門口，嘗試要插鑰匙卡進去，已經試第五次了。」

「老天爺啊。」我咕噥道。

「好，她進房間了。妳可以行動了。」

我起步把推車沿著走道向前推，到了主要走廊時轉彎前往艾美的房間。

我在她房門前煞車，敲著門喊道：「客房打掃！」

艾美在一分鐘內過來開門。我沒有給她說話的機會，直接推著推車進門，撞得她一路後退，然後把房門在背後甩上。

23
現在

我準時抵達亞特蘭大市中心的威斯汀酒店。瑞秋在大廳等我，不過我看得出她不太高興我壓線趕到。

因為我放鳥了坎德勒飯店的預約，又無視了要我前往銀行的最後期限，現在我得把抵達時間精算得分秒不差。

「我都不敢確定妳會不會來。」她在我走近時說。

我看到站在她後方幾呎處的人影。「我跟妳保證過我會到的。」我告訴她。

「能跟妳談談嗎？」萊恩走近我們問道。

瑞秋說：「他打給我說妳把他丟包了。」我沒忽略她的語氣和抬高的眉毛，但決定不予理會。

我看著瑞秋。「我們約的時間再過幾分鐘就到了，對吧？」

瑞秋瞄了一下手錶，然後示意我跟著她走向電梯。「萊恩，先讓我們處理完這件事，再來解決其他的，好嗎？」

她以為我們只是普通的情侶吵架。我沒有糾正她。

萊恩坐進大廳裡的一張椅子，一路看著我們，直到電梯門關上。

到了我們的樓層，我把萊恩逐出腦海，專注在眼前的關卡。

「妳是怎麼辦到的？」我問瑞秋。我真心驚訝她竟然能把會面地點從警局改到飯店的會議室。她挺厲害的，我不得不承認。

「我們原本不知道有拘票，我們大老遠跑來回答他們的問題。我們是出於善意，想要解決這場誤會，所以如果還硬要我們跑警局一趟就太過分了。」

我真高興有她站在我這一邊，但是看過了警方收到的那段影片之後，我想他們之所以配合她的要求，也許只是因為不想驚動我、讓我可能拒絕出席。

「記住，」她在我們步經通往會議室的走廊時說。「除非我表示允許，否則什麼也別回答。不要做任何補充說明。」

我點點頭，她仔細端詳著我。我們停在一扇標示著「三號會議室」的門外。

「我本來還要告訴妳不要表現出任何情緒，但妳已經做得很好了。」

這話倒是勾起了我小小的微笑，要是她知道我的本事，那就精采了。

她推開門，我跟著她走進去。我原本以為會看到一張長桌和若干張椅子，但是這裡的布置比較溫馨。小空間裡有一張沙發，和兩張圍在咖啡桌旁的大型座椅，緊鄰一面落地窗，窗外的景觀是亞特蘭大的天際線，美不勝收。

「要強調的關鍵是我們願意配合，沒有什麼好隱瞞。」她一面走向室內中央一面說。她注意到我對室內環境的訝異，於是補充說明：「我喜歡這個視覺效果。這麼溫暖宜人的空間裡哪可能有壞事發生呢？」

咖啡桌的中間放著一壺新煮的咖啡和一盤藍莓馬芬蛋糕。

「妳坐那張，」瑞秋指著沙發左邊的椅子說。「我坐這張。警探就擠在我們兩個中間的沙發上。」

我坐下，她則把公事包往桌子旁的地板一放。

「不騙妳，我感覺毫無準備。我們根本沒有時間討論那天的事，以及要如何處理現在這個場面。」

我在椅子上往後靠，蹺著腿說：「我需要妳信任我，讓我主導。」

她越過咖啡桌看著我，我知道她有滿腹疑問，但所幸她完全沒有提出。尷尬的沉默還來不及出現，敲門聲就響起了。

「交給妳了。」瑞秋說著起身去開門，讓道給一男一女進來。我留在原位，等他們來我這裡自我介紹、互相握手。

「我是寇弗頓警探，這位是韋斯特警探。」那個男的站在我面前說。

坐在另一張椅子上的瑞秋朝沙發比了個手勢請他們坐。韋斯特警探看了看沙發，再看向瑞秋，最後朝我看過來。她發覺到她沒有辦法同時看著我們兩人。

他們躊躇了幾秒，但最後還是在沙發上落座。他們再花了一分鐘左右調整位置，想坐得舒適一點，然後才準備好要開始。

韋斯特警探是個纖瘦的白人女子，穿的衣服看起來已經十年來一成不變：白襯衫、黑色西裝外套、黑色長褲。全身唯一的首飾是左手無名指上一只簡單的金戒。她嘴周的細紋讓我知道她有抽菸的習慣。寇弗頓警探和她正好相反。他是黑人，從高大的身材看來，從前搞不好是後衛球員。他的襯衫有藍色的變形蟲花紋，緊緊繫住古銅色長褲的皮帶顯示他最近腰圍瘦了一些。他脖子上掛著一條吊了十字架的素金鍊。他坐下之前我瞥到一眼他的襪子，是淡粉紅的底色配上貓騎著獨角獸的圖案，看來他是有點幽默感的。我忍不住尋思外表是否足以代表他們的真貌。

或者他們就和我一樣，躲在面具之後？

我今早著裝時就特意打理，努力要對他們展示出我希望他們看見的樣貌。我一身素白T恤搭配牛仔褲，脂粉未施，頭髮綁成馬尾，很容易就看起來像是比實際年齡小了五歲。

「請兩位喝杯咖啡？還是吃個馬芬？」瑞秋問。

寇弗頓警探拍拍肚子。「我就免了。我受到嚴格要求要減掉九公斤，現在離目標還差兩公斤呢。」

韋斯特警探從包包裡取出一本小筆記簿翻開來。「我們開始吧。」她說，不理會咖啡和點心的邀請。寇弗頓警探則拿出一台小錄音機，按下頂端的紅色圓形按鈕。韋斯特警探用低沉沙啞的聲音說：「韋斯特警探與寇弗頓警探針對艾美．侯德的死亡事件訊問重要證人伊芙琳．波特。」她補錄了日期、地點和時間，然後迎上我的目光。

瑞秋舉起一手。「我希望紀錄中提及艾美．侯德已被判定為意外死亡。我們配合警方調查，以釐清我的當事人伊芙琳．波特與艾美．侯德的遭遇完全無關。」

「已記錄到您的補充說明，」韋斯特警探說。然後她轉向我。「為什麼在艾美．侯德死亡的時候，妳是用蕾吉娜．海爾的身分在喬治亞州第開特市活動？」她問。

好喔，我們要直接講重點了。我逼史密斯先生出手，就意味著他會把所有能夠搞垮我的工具都交給警察。我看了瑞秋一眼，她微微聳肩，向我表示現在場面仍然由我控制。

「我當時陷入一段有毒關係，為了和我前男友保持距離，只好搬家。他不肯讓我離開，我怕他會追過來。我找過警察，但是他們只願意給我聲請保護令，我們都知道那根本沒什麼用。所以我用了假名，希望他不要找到我。」

這讓他們沉吟了一會。瑞秋左邊的眉毛微乎其微地抬高，好像對這個回答頗感讚許。

「事發時妳住在哪裡？」韋斯特警探問。

「阿拉巴馬州布洛克伍鎮。」

我老闆費盡心思要讓我成為在阿拉巴馬州布洛克伍鎮住了一輩子的伊芙琳．波特，那麼我就讓他的努力派上用場。

「我們得打電話去向布洛克伍警局查核妳的說法。」寇弗頓警探小聲說。

我點頭。「當然。我前男友叫作賈斯汀．伯恩斯。他哥哥也在那裡的警察局工作，名字是雷．伯恩斯小隊長。」

韋恩斯警探在筆記本上抄下資料。如果他們真的打電話去，就會得知該警局的確有一位雷・伯恩斯小隊長，他確實有個名叫賈斯汀的弟弟，年齡與我相仿。賈斯汀有過一些不良紀錄，包括幾次酒駕，一次擾亂秩序，鄰居因為他和女友在前院爭執而報警。

如果查不到他和我的糾紛紀錄，他們不會認定事情沒發生過……他們會認為賈斯汀的哥哥設法不讓這件事留下紀錄。

第一個謊是致勝關鍵。

我可是有備而來。

看起來負責提問的是韋斯特警探，儘管我目前為止的回答似乎讓她有點洩氣，她還是繼續追問。「妳是怎麼認識艾美・侯德的？」

「我們都是橡溪鄉村俱樂部的會員。」我回答。

她在筆記本上劃掉了些什麼，好像是拿著一份事先列好的問題清單逐條進行。「艾美・侯德死後沒有告別式、沒有葬禮。她是獨生女，未婚無子。妳知道她有任何家人或朋友嗎？」

瑞秋在椅子上往前坐。「我們不是來回答關於侯德小姐生平的問題。我們得知警方有非常具體的證據指出我的當事人出現在事發現場。我們可以直接跳到那個部分嗎？」

韋斯特警探翻了翻放在腿上的文件。「我們就要談到了，莫瑞小姐，」她對瑞秋說，然後轉回來看我。「妳最後一次見到艾美・侯德是什麼時候？」

好戲上場了。我早就學會要讓自己的說詞盡可能貼近實情。「我是在九月初從第開特搬走的，我記得我搬家前有跟她見面，但我沒辦法跟你們說是哪一天。」你可以說實話，但要用正確的詞句、正確的語調。他們會因為我的語調而把「我沒辦法跟你們說是哪一天」解讀成「我不記得了」，而沒有理解到實情是「我沒辦法跟你們說是哪一天，因為那樣會陷我於罪」。

「八月二十七日晚間六點十二分，艾美．侯德走進美利堅飯店。二十七分鐘後，她的房間陷入火海。」她用缺乏起伏的語調說。「妳去過那間飯店嗎？」

「我在那間飯店裡的餐廳吃過飯。」這是真的。寇弗頓警探拿出一台iPad，放在咖啡桌中央，瑞秋和我都湊過去看螢幕上是什麼。他按下播放鍵，同時韋斯特警探說：「這是侯德小姐死前不久進入飯店時的監視器錄影。」

我們都看著艾美在畫質粗糙的影片中推開一家四口過了馬路，然後撞上一個看手機不看路的男人，撞得自己轉了一圈。她的紅色大衣讓她相當容易辨識，尤其是她揮著手臂對我比中指的時候。從這個角度看，我在背景裡，影像略微失焦。

影片播完了，韋斯特警探看著我。螢幕上的影像停格，只能勉強看得出我在景框邊緣。「這是否有喚起妳的記憶呢，波特小姐？」

我還沒有機會說話，瑞秋就代替我回答。「你是在暗指背景裡這個模糊的人影就是我的當事人嗎？喬治亞州有半數的白人女性都是棕髮，誰都可能是那個人影。」她湊近過去，按了一下重播影片。「我看到的是一個明顯已經酒醉的女人。我們知道侯德小姐有抽菸的習慣，她死於火災，起火原因是她喝醉時在床上抽菸。如果你們有證據顯示波特小姐與艾美．侯德之死有關，如果你們有哪張照片拍到跟我的當事人比較像的人，那麼拜託了，我們想看一看。」

好吧，要命呢，瑞秋。我真是刮目相看

寇弗頓警探在螢幕上按出下一段影片。「這是目擊證人拍攝的。」

在週間，亞特蘭大市中心並不是個特別繁忙的熱點，週末倒是可能相當擁擠。戴文追蹤了當天的所有錄影，從監視器影像、到社群媒體上標註在那個地點或附近商家的照片。我們在不到四十八小時前才知道有這段影片存在，所以我猜這個所謂的「目擊證人」也是我老闆請來的。

影片的取景角度直接平視艾美的客房，是從馬路對面的樓房拍的，所以視線直接、不受干擾，不同於地面上真正的目擊證人。他們要把相機往上舉，才能在濃煙開始飄出陽台窗戶時匆匆拍到出事的房間。

影片一開始，鏡頭拍攝了整座建築物的全景，最後停在艾美的房間敞開的陽台門。陽台圍牆是整面的，所以你只能看到房間的上半部，床鋪不太能入鏡。

影片是有聲的，但我和戴文都認為音軌是事後加上的，才不會讓事發當下碰巧拍到我的這段畫面顯得太奇怪。

寇弗頓警探調高音量，我們聽到一個男人的聲音。

「火辣女僕來了！搞不好要來幫我們做開床服務嘍。」

我出現在畫面上，穿著飯店的清潔工制服。我在房間深處，但是從打開的陽台門可以看得清清楚楚。我低頭看著床應該在的位置（如果你可以透過陽台圍牆看到床的話），影像非常清晰，不像我們剛才看的那段影片。

我清楚記得那個時刻。我剛從袋子裡取出一盒火柴，準備要拿一根劃在盒子上燃亮。那是床鋪起火燃燒的前一刻。過了幾秒，我的記憶在小螢幕上動了起來，濃濃黑煙瀰漫了整個房間，將我從視線中掩蔽。

24 現在

我保持冷靜，不顯露任何情緒；挺簡單的，因為我不是第一次看到這段影片。好吧，其實是。

兩位警探滿懷期盼地看著我。

「那是璐卡．馬利諾。」我在幾分鐘的沉默後說道。

兩位警探彼此互看，然後看回我這邊。

寇弗頓警探問：「璐卡．馬利諾？」

「對，影片裡的那個女人是璐卡．馬利諾。」

我許多年來都保護著璐卡．馬利諾這個身分，努力確保我還能回得去、能變回那個女孩。我已經買了一塊地要蓋出媽媽和我夢想中的房子，做出了媽媽會喜歡的庭院造景設計。但是當這個名字也受到威脅，我才理解到它就只是個名字。我多年來都在保護璐卡．馬利諾這個概念，但我已經不是那個天真的小女孩了。雖然要下定決心放手讓她逝去很不容易，但其實她早就已經不在了。我不需要是璐卡．馬利諾，也能讓媽媽活在我的回憶裡，也能做到媽媽希望我去做的事。

每個人都盯著我看，連瑞秋也是。

「我們搞清楚一下。妳意思是說那個人不是妳。」韋斯特警探說。

我挑起眉毛，微微張嘴，然後抬頭給了他們一個困惑的眼神。「那個飯店房間裡的女人是璐卡．馬利諾。我不知道我還能說什麼了。」他們大可幫我接上測謊儀，我一樣會順利過關。

瑞秋插話進來。「我的當事人指的是一位近期暫居在路易斯安那州佛賓湖鎮的女性。她上週遭遇了車禍，未能存活。」

我點頭補述道：「艾美過世時，璐卡也住在那裡。她認識艾美。」

「妳知道她和艾美．侯德是什麼關係嗎？」韋斯特警探問道。她搬出了筆電，推測是在搜尋璐卡．馬利諾的資料。

「再重複一次，」瑞秋說。「我們不是來回答關於侯德小姐個人的問題。」

我舉起手說：「沒關係，瑞秋。這個我能回答。」我的說法得要恰到好處。「艾美當時和一些不良分子走到一起，璐卡也在那群人裡面。我能告訴你們的就只有這樣了。」同樣地，關鍵全在於語調。

他們再拿給我幾張照片，都是我已經知道他們手上有的，包括我把艾美從車上拖到她家裡的一幕。我把照片一一看過，然後聳了聳肩。「這些照片裡的人都是璐卡．馬利諾。」

韋斯特警探全神貫注地研究著她開在電腦螢幕上的資料。寇弗頓警探湊近一些，嘀咕著說：

「這相似度真是高得驚人。」

看樣子他們找到她的照片了；我往側邊靠，偷瞄她的螢幕。對，是詹姆斯的媽媽臉書上那篇講煮湯的蠢貼文。她的頭髮束起，沒有化妝，身穿牛仔褲和素色T恤。要說我們是雙胞胎也不誇張。史密斯先生可能會後悔他找了這麼個唯妙唯肖的冒牌貨。

現在，韋斯特警探應該也調出了戴文製作的紀錄，其中顯示璐卡．馬利諾在約當艾美去世期間，租了一戶位於亞特蘭大市中心的公寓。為了保險起見，紀錄中還有幾張違規停車罰單，是針對她名下的車輛，地點就在艾美住的同一條街，證明她曾經去過那附近。

戴文和我在納許維爾各奔東西之後，我去了北卡州，但戴文回到路易斯安那州。這兩位警探致電佛賓湖鎮警局，向他們打聽璐卡．馬利諾時，他們會聽說詹姆斯的房間裡一袋遺落的行李中，發現了一個檔案夾，裝滿了艾美．侯德的照片和資料。那袋行李是被戴文放在那裡的。他也裝成熱心的教會志工，打電話給警察，跟他們說璐卡．馬利諾的個人物品還有一件要給他們收走，以確保那袋行李會交到警方手上。

「為什麼璐卡．馬利諾會跟著妳去路易斯安那州？」韋斯特警探問道。

我聳肩。「這個問題我無法回答。」

我不是來幫他們破案的，我只是來確保他們往我想要的方向調查。

我老闆相當認真地找了個與我長相酷似的人，好讓她頂替並佔用我的身分。他讓她頻繁出現在社群媒體，成為鎮上的話題焦點。他計畫縝密，面面俱到。然後，他把她殺掉了。

殺掉她也就讓警方不可能向她問話，所以沒有人能夠反駁我今天對警探們的說法。史密斯先生以為他只是讓我無法在未來的某一天回歸原本的身分，但昨天我的所作所為可以說是在自己的棺材敲下最後一根釘子。靠著我從二手店買的制服和最後一趟返鄉，那個女人的牙醫病歷，現在會和北卡州伊甸鎮那間牙醫診所裡璐卡・馬利諾名下的紀錄吻合，讓她的遺體身分能夠完成確認。

如果我要永遠失去璐卡・馬利諾的身分，這份犧牲一定要是值得的。

兩位警探看電腦螢幕看得出神，瑞秋從桌子對面向我使了眼色。我直直回望她。

「兩位，」她等到最後說。「我們大老遠跑來，但其實完全沒有任何證據顯示我的當事人與艾美・侯德之死有關聯。如果沒有別的事了——」

「我們會針對這項新資訊做查核。但是為了確實跟您把該問的問題都問到，您可以告訴我們八月二十七日晚間您人在哪裡嗎？」他們還沒有打算放棄。

我放鬆地坐在椅子上，冷靜而自制。

「聽佛賓湖鎮的警察說我被開了拘票之後，我回顧了一下我的行事曆，看艾美過世的時候我人在哪裡。我那天晚上去了一個朋友家吃飯。他們夫妻倆剛生了小孩，邀請我過去看看他。」

我的回答中只對晚餐的日期說了謊。實際的時間是在我聲稱的一週前。

韋斯特警探的筆懸在筆記本上方。「妳可以把當天晚上共餐對象的名字和電話給我嗎？」

「當然可以。他的名字是泰隆・尼可斯。」

寇弗頓警探猛然抬頭。「在亞特蘭大獵鷹隊踢球的那個泰隆・尼可斯嗎？」

我露出微笑。「是啊，他是我的老朋友了。」

這也是實話。

我拿著手機說：「我告訴過他說我今天早上和你們約了見面。他說如果你們有什麼事需要查證，都儘管打給他。要我給他撥個電話嗎？我知道如果狀況允許，他會希望我不要外流他的私人電話號碼。」

有機會和亞特蘭大獵鷹隊的知名球員說到話，讓寇弗頓警探興奮得跳起來。

我決定用FaceTime打給他，為了眼見為憑的效果。

泰隆在螢幕上出現，坐在居家辦公室的椅子上，背後的牆上是裝框的海報、報導和隊服，勾勒出他的足球生涯，從佛州中部的高中時期開始，再到米契・卡麥隆教練領軍的密西西比州立大學，然後晉身國家美式足球聯盟。當初那個天真的十八歲少年，最大的夢想就是拿到全額獎學金、參加大學校際球賽，只盼有朝一日能帶給家人更好的生活，比起當時他已經成長了好多。

「嗨，小姐。」他用洪亮的聲音說。

「嗨，泰隆。你有空跟這兩位警探說幾句話嗎？」為求效果，我還翻了個白眼。

「行啊，讓他們來接吧。」

我將手機拿給十分雀躍的寇弗頓警探。

「是，您好，尼可斯先生。我是亞特蘭大警局的寇弗頓警探。我們需要查核波特小姐在八月二十七日晚間的行蹤。她表示她當晚人在您府上。」

我在椅子上往後靠，發現瑞秋又盯著我。我對她微微一笑。

「當然，」泰隆說。「她那天晚上是在這裡。那週是我們對紐奧良聖徒隊的主場賽，賽季期間，我只有週二晚上回家吃飯，所以那個時間請她來看我們兒子是最合適的。」

寇弗頓警探滿意了，但韋斯特警探沒有那麼折服於他的明星光環，又問了另一個問題。「波特小姐當晚是幾點抵達府上、幾點離開？」

「我離開練習場之後去接她，也就是大概五點左右。她待到滿晚的，因為我們好一陣子沒見了。她和我太太開了一瓶酒喝，我想差不多是在九點或十點吧？」他大笑一聲。「然後，真不意外，她們巴著卡拉OK機唱個不停。老天，她們真的以為自己很會唱。」

寇弗頓警探說：「謝謝。我們問完了。感謝您的合作。」

「好的，不客氣。」泰隆說。

寇弗頓警探把我的手機還回來，我看著螢幕上的泰隆。「謝謝你的說明嘍。」

他笑了。「別客氣。既然妳剛好來亞特蘭大，會順道跟我們吃個飯吧？妳一定不敢相信傑登都長多大了。」

「當然！我這邊結束的時候會打給你，我們再約。」

我結束通話，將眼光重新轉向兩名警探。

他們看著我，然後互相看看，進行無聲的溝通。

韋斯特警探闔上筆記本。「我想我們今天的提問就到此結束。如果還有別的問題要請教波特小姐，我們會再聯絡。」

他們只花了幾秒鐘就收拾好東西，離開會議室。

瑞秋和我還在原位相對而坐。

「璐卡·馬利諾在賽馬派對上和詹姆斯第一次出現的時候，妳還不認識她。」她說。

我搖搖頭。「如果妳記得沒錯，我是說他和一個女人一起出現。我沒有提到我認不認識她。」

正是因為這層考量，我總是盡可能說實話。

瑞秋從椅子上起身，撫平裙子。「好吧，看起來這件事就這麼結了，處理得相當漂亮。」

我聳肩。「事情結束真是讓我鬆了一口氣。」對我而言還沒結束。雖然我已經處理掉一項威脅，但眼前還有另一項危險性更強的威脅。

她拿起公事包往門口走去，但沒有開門。

「對，我也是。我不希望妳和那個女人的死亡有任何牽連。」

我直視著她說：「這是真的，妳完完全全可以相信：那天跟她一起在房間裡的那個女人是璐卡·馬利諾。」

我們互相看了幾秒，然後她沒再說話，溜出了門。

瑞秋固然能夠不假思索地走出去，但我面對的是不同的狀況。我的離場不會像抵達時那麼順利。

一出門到走廊上，我就從包包拿出全新的手機打給戴文。

「我擺脫警察了。」我在電話接通的瞬間說道。

「很好，」他說。「現在我們來處理另一個問題。」

「我到的時候，萊恩也在這裡。我需要把他弄走。你能幫忙嗎？」

我聽到熟悉的敲擊聲，代表他正在鍵盤上打來打去。「他今天穿什麼樣？」

我的腦海中浮現出他的樣貌。「牛仔褲配藍色牛津襯衫。」

「好，我會打給飯店保全反映他做出可疑行為。拖不了他太久，但是應該夠讓妳從大樓離開。改用藍牙耳機吧，我想跟妳保持通話。」

我從包包裡找出戴文設計的迷你膚色耳機，和手機連線。我鬆開馬尾，然後將耳機塞入右耳，它和我的膚色相同，藏在頭髮底下很難發現。

我將手機塞進後口袋，往外面走廊上走。戴文要求我在深入險境時和他保持連線，這一點讓我深受衝擊。他為了我而讓自己失去防備。

「怕我之後沒有機會說，我要謝謝你做的一切。謝謝你當我的朋友。」

他清清喉嚨。「現在不是說這種屁話的時候。專心點吧。需要閃人的時候就走，想跑永遠不嫌遲。」

我推開走廊盡頭通向樓梯井的金屬門把。混凝土材質的空間潮濕陰暗，我的聲音在四壁之間迴響。「我要下去了。」

到了大廳樓層，我緩緩推開門往外窺看，正巧看到兩個穿制服的飯店保全人員走向萊恩。他們湊近他身旁，說了些我聽不見的話，他則四下張望。他們示意要他跟著走，但他據理力爭，比起注意眼前的人更注意電梯的方向。他們一人抓住他一邊，他一時之間好像想要抵抗，但隨後鬆懈下來。他們帶他離開時，他往背後看了最後一眼。

他一走，我就溜出電梯井，並且悄聲說：「往出口移動。」

「我駭進路上的監視器了，妳一出門我就看得到妳。」

最近的出口是一道通往側邊街道的門。我離門口只剩幾步時，聽到一聲：「嗨，璐卡。」

我轉過身，一看到說話的人是誰就全身僵住。

「真沒想到會在這裡看到你，喬治。」

「把他引到街上，」戴文在我耳裡說。「你們在裡面我看不到。」

「妳沒什麼好意外的，畢竟妳昨天放了我鴿子。」他說。

我往門的方向點頭，讓他知道我們該把事情帶到外面處理。他也點頭回應，像是接受了這個安排。

「他上鉤了。往北走到路口。」戴文對我說。

雖然我看不到監視器，仍然因為世上有其他人看顧著我而感到安心，儘管他現在能幫我的並不多。

「如果那兩個警探沒有成功，你就是備案的B計畫，對不對？」我使盡渾身本領讓聲音顯得堅強穩定。

喬治笑了。「我應該是A計畫才對。如果妳乾脆把他要的東西給他，妳根本不需要跟警察攪和。」

我聳了聳肩，看著走在旁邊的他。「也只能安心到我下一次惹毛他為止。他還是會再打出那張牌。畢竟，謀殺罪可沒有追訴期。」

「也許妳當初點燃火柴前就該想到這一點。」他低聲說。

「萊恩離開飯店了。」戴文說。

我深吸一口氣，然後慢慢吐氣，接著再重複一次。「我該後悔的可多了，我只能學習接受自己做出的事。」我對上他的視線。「你不是非這麼做不可。」

我們停在路口幾呎外，他盯著我，目光在我臉上到處掃動。「我不想這麼做。但是我必須拿到那個保管箱裡的東西。妳我都知道這是現在唯一的選項。我身不由己，璐卡，妳沒讓我有其他選擇。」

「然後呢？」我輕聲細語。

他雙手扠腰，稍微走離我身邊，眼神在街上掃視，接著又轉回來看我。「也許我在檢查保管箱裡的東西時會分心。也許我不會看到妳消失。」

他要讓我以為他會放過我。也許現在他真的會，但過不了多久我又會發現他緊追在後。

號誌變換，我們可以過馬路了，之後我們一言不發地走了兩個街區，直到我們站在銀行的前方。

「如果妳要閃人，就趁現在，」戴文在我耳裡說。「妳要是一進去，就沒有回頭路了。」

喬治起步爬上通往銀行入口的台階，我僵住不動。

「妳要來嗎？」他問。

我甩開雜念跟上他。逃跑從來就不是我的選項。

化名：蕾吉娜．海爾

——六個月前

火柴一點燃，硫磺的氣味便刺痛我的鼻子。我把火柴穩穩拿住一秒左右，讓它維持燃燒，再丟到床上。火勢延伸開來，吞噬合成纖維材質的被子而逐漸旺盛，燒到那件豔紅色的大衣之後正式擴散。

我將艾美的最後幾項物品丟進黑色旅行袋，我在房間裡看了最後一圈，確認每樣東西都拿到了，然後將袋子扔回清潔推車。火焰往上猛竄，黑色濃煙溢滿房間。這代表我該走了。

我拉開房間門，把清潔推車推上走廊，直奔待命中的工作人員專用電梯。到了一樓，戴文就在那裡等我，我拿出旅行袋，然後把推車交給他。我們分頭前進時一句話也沒說，他要先通過停車場再從街區的另一側出來，我則要穿過廚房，到一扇通往飯店側邊窄巷的門。我打開車門，跌進駕駛座。我用發抖的手拿著手機，輸入緊急備用的號碼。

只響了第一聲，史密斯先生就接聽了。

「他媽的在搞什麼？」他已經聽說了火災的事。

我顫抖地喘了一口氣，希望他有聽到。「我進到她房間的時候，她就躺在床上了。她醉得不省人事，還點著了一根菸叼在嘴裡。我拿著一支裝了羅眠樂的針筒接近她，但我一靠近床邊，她就激動起來。菸從她嘴裡掉到床單上，她旁邊放著一個空酒瓶，裡面的酒一定是流到床上，因為不出幾秒，整張床就變成一片火海了。我伸手要抓她，但是她……身上已經著火了。她的衣服……」我說得破了音，發抖著哭了一聲。「太恐怖了，而且那麼快她就……全身都是火。」我聽起來慌亂不已，驚魂未定，聲音抖個不停。

他在電話另一頭安靜了一下子。「她房間裡有任何有用的東西嗎？」他最後這麼問。

「我不知道。我本來要迷昏她之後再去找，但是火災警報一響我就不得不離開了。」我趕忙回答。「我什麼都沒辦法拿到。」

「妳什麼都沒拿走？」

「沒有，完全沒有。」我把黑色袋子塞在外套下，所以理應沒被任何人看到。

我等他回應，或是提出另一個問題，但是只聽到一片沉默。最後他說：「據我所知她在飯店前的人行道對妳出言恐嚇，還提到了我。」

「她完全醉了，瘋瘋癲癲的。」我告訴他，但是我沒有否認她說了什麼。

「如果妳拿到了某些能對我不利的東西，而又對我宣稱妳沒有拿，那豈不是非常方便嗎？」他的聲音中有一股我未曾聽過的冰冷。

我用顫抖的聲音回答：「我不知道她手上有你的什麼東西。我不管在她家裡、她車上、那個飯店房間裡，都是什麼也沒找到。如果她有把東西帶到房間，那現在也燒成灰了。」

沉默。延伸到彷彿永無止境的沉默。

經過一段久到猶如永恆的時間，他說：「我們再聯絡。」然後他結束了通話。

我把頭靠在方向盤上，做了個深呼吸。我的心臟怦怦狂跳，一隻手摸索著嘗試轉動鑰匙啟動引擎。我花了好幾分鐘，但最後還是讓車子動起來，在愈來愈多消防車趕來時開走了。

開了兩個街區，我在一間富國銀行前面找到停車位，然後走進銀行去。

25
現在

一到銀行裡，我們就前往櫃檯，我要在那裡辦理查看保管箱的手續。

「嗨，請問需要辦理什麼業務？」有個女人問我。

我給她一個不由衷的微笑。「嗨，我需要進去看一下我的保管箱。」

「沒問題！請問箱號和姓名是？」

「蕾吉娜・海爾。箱號是三二九一。」我拿出扮演上一個身分時的證件，以及我收存了幾個月的一把小鑰匙。她把登記簿翻到我的那一頁，我在我上一次——也是唯一那次——查看保管箱的紀錄下簽了名。紀錄的日期就是開辦保管箱的當天。

「外面有人來了。他剛到，站在階梯附近。」我聽到戴文透過耳機對我說。

我緩慢地吐出深深的一口氣，喬治和我跟著行員通過金庫，到了一個隱密的空間，牆上是一排又一排黃銅色的小門，中間則擺著一張大桌子。她將鑰匙插進一個鎖孔，我則將我的鑰匙插在另一處，我們同時轉動了鑰匙。

小門打開了，她說：「您可以把抽屜拿到桌上，慢慢看不用急。」然後她就離開了，把門在背後關上。四下一片安靜，只有牆上的時鐘在「滴答、滴答、滴答」響。牆壁感覺像在緊逼過來將我包圍。

喬治伸手到箱裡拉出抽屜，內容物還藏在關上的箱蓋底下。他把抽屜擺在桌上。

他盯著我看了五秒，十秒。我們都明白，經過此事，我們再也不可能回到往常。我在他的眼神中看得出一絲悲傷，也許甚至還有一點點後悔，但是我不肯顯露出任何情緒。最後，他的注意力回到面前的箱子上。他慢慢把箱蓋拉開。

箱裡只有一隻小小的、白色的摺紙天鵝。

他的臉上閃過一陣困惑，維持了一秒、兩秒。

困惑變成了憤怒，強烈到像是將室內的空氣抽盡的憤怒。他瞇著眼睛，眉頭皺起來，下顎咬得死緊。

滴答、滴答、滴答。

「我想我不必再叫你喬治了。」我說，只為了蓋過時鐘的聲音。

他捏著一邊小翅膀把天鵝拿起來，轉了一圈。然後他不慌不忙、慢慢把它拆開，確認紙上是空白的。毫無疑問，箱子裡沒有關於他或維克多．康納利的任何資料。

我對許多種不同的反應都有所準備，但沒有料到他只是專心致志地盯著空箱子。「我原本以為你選了史密斯先生這個名字是因為你瘋狂熱愛《駭客任務》，或是因為缺乏想像力，但你當真就是史密斯先生。克里斯多福．史密斯先生。真是高明。你的本名就已經是最常見的菜市場名之了。」我隨口東拉西扯。

他不禁笑了一聲，但毫無幽默意味。

他終於面對我，手裡還拿著攤開著的那張紙。一步、兩步。他每朝我踏近一步，我就退一步往後。

紙張從他手中滑落，飄到地板上。

他再前進一步。

我再後退一步。

「妳是什麼時候發現的？」

「發現我的老闆和快遞員是同一個人？發現你的本名？是昨天下午。」我回答。

他對著打開的保管箱撇了一下頭。「但是那東西老早就放在這裡等著了。」

我點點頭。

「儘管妳能夠查出那麼多人試過而查不到的事很不簡單，但妳知道我的名字也不會改變任何事。」他的話中帶刺，讓我知道他用盡了全身的力氣在控制自己。「艾美・侯德從我這裡偷了什麼資料？妳在她的房間起火的同時離開飯店，然後第一站就來了這裡。別再騙我說妳沒有把資料據為己有。」他望向牆上一百多個其他箱子，我看得出他在想什麼，他以為我租了另一個保管箱，可能就在不遠處。

「噢，我有拿到艾美帶走的東西，只是沒有放在這裡，」我說著用手勢比向室內對面。「但我知道你會這樣想。這是你讓我學到的許多教訓之一：有人要抓你的時候，你身上沒有帶著偷來的東西，就比較不容易被逮著。」

現在我們之間只隔了幾吋，我的背貼著牆。保管箱的金屬手把抵在我背後，壓進我的皮肉。我讓痛覺幫助我專注。我在這個房間裡也許受制於他，但門外多的是人，要是沒有我，他想自己走出去可不容易，因為帶我們進來的女行員還在等著把箱子鎖回去。

「妳為了自己的好處讓任務失敗。」

「是你認定我失敗了。任務是成功的，你只是未必一直有意識到終極的目標是什麼。」我用他說過的話回敬他，從他看我的眼神，我知道如果我們置身於其他地方，我現在已經沒命了。

他雙手抱胸。「看起來我們的相似程度比妳肯承認的更高。妳不去完成妳受雇進行的任務，而是擅自利用了這個情況。」

他的話發揮了預期效果，但我不能讓他影響我。「我跟你……這些年來學到了許多。但其中最重要的一課大概是——**採取任何必要的行動來保護妳自己和妳的任務**。我非常努力做到這句話的要求。」

「妳離開了北卡州那個拖車公園之後還進步了真不少。我對妳期望很高，但是妳到頭來真是讓我失望透頂。」他對我怒斥。

「我是你手下最優秀的人，你知我知。你哪懂什麼叫失望。」

他俯視著我，逼得我必須仰頭看他的臉。「妳計劃了多久要背叛我？」

「四年，」我回答，懶得糾正他說錯的部分。「只有你計劃要背叛我的時間的一半。」

我看得出他在回想，想確認四年前發生了什麼事讓我起了反逆之心。

最後他說：「泰特家的任務。」

我點頭。「泰特家的任務。」

他往後一靠，張開雙臂。「妳要講到重點了嗎？我猜妳這小動作背後是有理由的。」

「艾美告訴我，她有維克多．康納利和他家族成員犯行的資料，但她真正掌握到的資料顯示你多年來都在出賣他們。這樣惡整全東岸數一數二大的犯罪家族可不是個好主意。她手中證據齊全：匯款紀錄、文件、通訊內容，指出你長期盜用款項、轉賣他們的機密、利用他們的資訊為自己牟利。你讓他們以為你在保護他們，可事實上你才是他們最大的威脅。只是，如果我不知道你的真名，這些證據就不能拿來勒索你了，克里斯多福。」

他的臉上完全沒有了笑意。「廢話少說。妳想怎樣，璐卡？」

「什麼都不想。還有，現在要叫我波特小姐了。我在你身上可是費盡心思。出於友善給你一個警告，畢竟我們認識這麼久了。你有些老朋友在外面等你。我們實在不應該再讓他們繼續久等。」我盯著他看了兩秒、三秒，然後又說：「你覺得我會沒有應變計畫嗎？」

他挑起一邊眉毛，直瞪著我。他一向很擅長把沉默當作武器，即使在這一刻也一樣。

「今天這回事的結局不是妳想的那樣，」他說，臉跟我只隔了幾吋。「妳最好隨時小心背後，因為我保證我總有一天會追上。」

「你已經奪走了我唯一重視的事物。璐卡．馬利諾已經沒了、死了、入土為安了。你再也沒有把柄可以控制我。」

他逐漸移開，我用全身的力量支撐自己不要癱軟倒地。他一把甩開門，門砰然撞上牆壁。當他就要離開金庫前，我說：「**不要現在跟我感情用事。這是生意。**」

他一到銀行大廳就講起手機來。帶我們進去的女行員朝我走近，但我揮手要她退下。「我們用不到保管箱了。鑰匙還在裡面。」

「沒問題，海爾太太，只需要請您簽個結清文件……」

我不理她，跟在他後面走出銀行，恰好趕上他看見維克多．康納利和幾位家族成員在外面階梯上等著他的那一刻。他猶豫了幾秒鐘，然後掛斷電話，將手機放進後口袋。他似乎先站挺了一點，才走出去面對那群被他偷走上百萬元的人。他一次也沒回頭看我。

他被送上一輛休旅車後座，維克多．康納利對我點了個頭，然後坐進副駕座。昨天晚上，我們把艾美蒐集到的所有資料送到他的飯店房間，並且承諾今天要把背叛他的人交給他。我相信史密斯先生一定從許多惡劣的狀況中脫身過，但我不認為他逃得過這次。

「該死，L，真希望我有讓妳戴著錄影鏡頭，因為我超級無敵想看到他打開保管箱時的表情。」戴文在我耳裡說。

「我覺得我快要吐了，」現在危機解除了，灌滿我全身的腎上腺素也快速消退。「我還是很難把我認識的喬治和史密斯先生聯想在一起。」

「太瘋了。招個計程車吧。妳的班機再一個半小時就要起飛了。」

✦

剛降落，我傳了訊息之後將手機往副駕座一丟。

我筋疲力盡，距離目的地還有三十分鐘車程。我不確定我能否在睡著以前開完最後幾英里。謝天謝地，私家車道不久就出現在視野內。我轉彎開進去，沿著蜿蜒的碎石路行駛。

屋前的燈開著，我深覺感激，因為外面已是一片漆黑。我拖著身子下車，吃力地爬上門廊台階。我整個人靠在門鈴上，直到門打開才起來。

「妳不覺得這樣有點誇張嗎？」戴文拉開門說。

「這是我人生中最漫長的三天耶。」我跌到沙發上，踢掉鞋子。「我要一口氣睡個三天。」

「走廊那裡有個房間。」他說，但是丟了一條棉被給我，並且關掉邊桌上的燈，因為他知道我一動也不想動。

「我想一切都順利吧？」

雖然非常費力，但我還是抬起頭來。她穿著簡單的睡衣，頭髮亂翹，我心中有個小家子氣的部分很高興在經過這一週的折騰之後，現在可以把她吵起來作伴。

「看樣子我不會因為謀殺妳而遭殃了。」

艾美．侯德笑出聲來，與此同時我雙眼一閉，睡死過去。

璐卡．馬利諾

——四年前

在德州沃思堡，泰特家的那次任務讓我第一次確定，我不是史密斯先生手下唯一的員工。戴文在我到場前的幾天緊盯監視器，因此其他為了同一目標被派去的人，都被他錄到了影像。事後我請戴文追蹤其他嘗試到泰特家偷畫的人，他也盡力而為。

正是因此，我如今站在佛州一個小鎮的砂地街道上，望著一間可愛到不行的粉紅色海灘小屋。從這裡看不到海，但聽得見海濤聲。

前門的門徑只是一長串奇形怪狀的石頭，鬆散地排成一條線通往門廊。如果她跟我有相似之處，她應該已經知道我在外面了。

我離門還有幾呎遠時，門打開了。

「嗨，」我說，臉上掛著大大的笑容。

「請問有什麼事？」

「艾美．侯德嗎？能否跟妳說幾句話？」

她保持戒備，這也合理，如果換成是我也會。安全屋是你不計代價保護的地方，不會隨便有陌生人突然造訪。

「妳有什麼話，就在那裡說吧。」

我點點頭，思考怎麼樣繼續進行是最好的。「我得跟妳談談德州沃思堡泰特家的那次任務。」

我從她那裡得到的回應只有挑眉。

「我們的雇主是同一個人。」我補充道。

她的雙臂在胸前交抱。「妳該走了。」

該死。我從她眼中看得出來，她要落跑了。

我舉起手，像是想要阻擋她逃走。「如果有人像這樣跑來我住的地方，我也會跟妳現在有相同的感覺。我們真的有必要談談，但是在什麼時候、什麼地方談，我會交給妳選擇。」我伸手進包包裡撈出一支筆，和剛才在加油站加油的收據，把我的聯絡方式寫在背面。我直視著她，讓我的誠意清楚顯現出來，然後說：「我的電話號碼，還有我的本名，只有少少幾個人知道。跟妳談這件事真的很重要。我會在巴拿馬市海灘等妳聯絡。」

我走回路上，將那張紙放進她的信箱，她沒再說話，我就離開了。我這樣做冒了很大的風險，但我別無選擇。

過了五天，她才來聯絡。

她約我在海灘旁的農夫市集見面，前十五分鐘才通知我。市集上擁擠又吵鬧，假如我是她，這也是我會建議的會面地點。

「名叫璐卡．馬利諾的人之中，唯一符合妳的年齡和種族的，出現在北卡州伊甸鎮的安琪莉娜．馬利諾的訃聞裡。」

我點頭。「不管是誰也都只會找到這個，除非我哪天改變心意。」

我們在攤位間漫步，閃開路上的小小孩，到了一個擺滿野餐桌的小區塊。後方角落有個空座位，她坐在桌子一側，我坐到她對面。

「說吧。」

我直接切入重點。「我有個朋友會在執行任務時幫我。泰特家那次任務，他在我進屋之前駭進了保全監視系統，看到妳在我之後進去了，妳拿走了我放在那裡的仿品。」

她沉默了一會兒，最後說：「我交了假貨出去自己還不知道，結果被罵慘了。」

「那大概是我看過最醜的一幅畫了。我能懂妳為什麼沒想到竟然還有人會去複製它。」我為了打破緊繃的氣氛而這麼說。

她笑了。笑聲小而短促，但我欣然接受。

接著，想到我將要告訴她的話，我的笑容黯淡下去。「妳知道除了我們以外還有別人嘗試去那裡偷畫嗎？」

她點頭。「知道，他告訴我說那是什麼狗屁測試。贏的人有獎金拿。」

「我認為那不只是測試，」我小聲說。「我朋友設法辨識出所有人，我去找他們，就像來找妳這樣。」

「然後呢？」

我清清喉嚨。「只有我們了。只剩下我們兩個。」

艾美坐直了一點。「妳說的是什麼意思？」

「史密斯先生在清理門戶，這是他決定誰要留下、誰要處理掉的方法。而且，因為我們看過、做過了那麼多，他也沒有辦法把我們開除掉就了事。」

我列出了其他人的姓名和死因，她完全沒有眨眼直盯著我。

「我認為妳被留下來，是因為妳去了洗衣房、破解了機關，儘管妳帶走的是假畫。」

我請戴文找出影片上拍到的所有人，是出於自私的理由。不斷遷移、不斷用謊言掩蓋自己的真實身分，這種生活方式相當孤獨。我不是只把其他人視為競爭對手，反而當他們是潛在的朋友，能夠理解這種生活與工作帶來的挑戰。在這個群體裡，我們可以當真正的自己，甚至互相幫助，即便只是在遇到困難的任務時交流意見。戴文比較不確定該不該追蹤其他人，但我說服了他。我們沒有預料到，任務結束後不久，所有人都死於悲慘意外或是急性致命疾病，除了艾美。

艾美還是一語不發。

「總有一天，我們會通不過他的測試。要不是有我朋友，我根本不會知道要去洗衣房。他真的救了我的命。」

她的視線轉離我，望向人群。

「我不會乖乖等他來收拾我。」我說。

我終於引起她的反應。她皺著眉思考我的話和其中的意義。「那妳要怎麼辦，辭職嗎？我試過……但是沒有辭職的辦法。」她啞了聲音，顯然還有很多隱情沒說。

「得要除掉史密斯先生才行。」我說。

她搖著頭，眼看就要起身走人。我嚇到她了。

我只能再推一把。「我已經考慮一陣子了。但我沒辦法獨力做到。如果妳也加入，我們就要從長計議，盡力蒐集所有關於他的線索，找到可以對付他的把柄。他手段這麼不乾淨，妳就知道一定有人被他害過。我們找齊證據，然後把他交給對方，任憑處理。」

艾美轉開視線，緊咬下顎。

我繼續說：「而且我們需要查出他的真實身分。除非我們把他的身分一起交出去，否則跟別人說他出賣過他們也沒有用。」

她搖搖頭。我丟了太多資訊給她，她消化的速度沒有我說話的速度那麼快。

「我們會不計代價保護自己，」我繼續說。「到了要翻桌的時候，我們必須控制整個局面，連最小的細節也不放過。」

她站起來，起步要走開，我問：「妳有家人會被他拿來對妳要脅嗎？妳需要不顧一切保護的人？」

她考慮了很久要不要回答我。

「對，我有家人。」她就只說到這裡，我沒有追問。

「那我們也得確定他們受到保護。」

她終於轉過來看我。「那妳呢？」

「沒有。我孤家寡人。」

我看著她天人交戰地決定該說些什麼。

「妳推拒過他的任務嗎？拒絕過他要妳做的事？」

我搖頭。「不，沒有。」

她轉開視線，給了我一聲挫敗的苦笑。「妳不了解他如果知道妳的盤算，會做出什麼事。」

她說的不是「我們」的盤算，這讓我有點擔心，但她也沒有走掉，還沒有。

「他會試圖擊潰我們，但如果我們搶得先機，這就會像可控爆炸，」我最後這麼說道。「唯一能夠擺脫炸彈的方式就是引爆它，我們盡可能控制範圍，所以我們預期的引爆發生時，傷害不會那麼大。」

她又笑了一聲，彷彿在笑我太天真。也許我的確是。

「所以妳真的要這麼做。」艾美過了一會兒說。

「我不認為我們還有別的選項。」我回應道。

26
現在

在我的工作中，設局有分成短線和長線，而我剛完成了我這輩子最長線的設局。大功告成之後，我感覺有點疲乏。

我說要睡整整三天時，開玩笑的成分只有一點點，最後我睡了幾乎兩天。期間，戴文和艾美躡手躡腳經過我身邊，確保我附近有食物可吃，忍住不對我拋來一大堆我知道他們想問的問題。因為這對他們而言也是個長線計畫。

「妳終於醒了。」戴文說著坐到沙發旁的椅子上。

「勉強啦，」我說。「感覺就像宿醉，但是又沒有享受到喝醉的樂趣。」

他笑了。「所以現在要開香檳還嫌太早嘍？」

「永遠不嫌早，」艾美一面走進來一面喊著說道，並且坐到戴文旁邊的椅子上。「早安。」

「隨便啦。」就在我想到自己亟需咖啡的同時，艾美在我面前擺了個馬克杯。

我們安靜了一下子，然後艾美說：「真希望我能看到他在銀行金庫裡打開保管箱時的表情。」

戴文笑道：「我也是這麼說的。」

我聳著肩說：「我想看到他因為被我擺了一道吃驚得下巴闔不上，但他只有抬高眉毛。」

接下來的半個小時，我對他們詳細描述了我和警探的會談，因為戴文沒有聽到那個部分。

「老天，妳真幸運，要不是他派出了個簡直和妳是雙胞胎的人，妳就慘了，」艾美說。「就算有泰隆提供不在場證明，也很難說服他們相信那個人不是妳。」

我聳了一下肩。「如果入獄的危險太緊迫，我們還是隨時可以讓妳起死回生。我真的不是殺人犯。」

艾美笑了。「嗯，對，也是有這個辦法。」

「幸好影片開始錄以前，艾美就已經在洗衣籃裡了。我把屍體從太平間運過去的時候，才檢查過整棟樓，當時她正對面的客房還是空的。」戴文皺著眉補述，「我討厭有人搶先我一步行動。」

我用腳推推他。「別太自責。你救我們的次數多到我們不好意思承認。不可能隨時做到完美的。」

我以為我對戴文提過的要求已經是包羅萬象，直到我那次請他幫我弄一具屍體來。屍體必須符合非常明確的條件：剛死不久、白種人、女性。一具沒有人會掛念的無名屍。身高要大約一百七十公分，長髮偏金色，我們會幫她穿上一眼就能認出的紅色大衣。

為了讓我們的計畫能夠實行，艾美需要用高調醒目的方式死掉。

我們開始為擺脫史密斯先生、重獲自由的一天做準備時，都還不知道要花多久時間才能走到那一步。雖然執行的時間比我們希望的更長，但計畫本身其實相當簡單。我們要各自在任務中尋找他欺騙客戶的證據，情節重大到會讓他擔心事蹟敗露危及他的人身安全。還有，最重要的是，我們要找出他的真實身分。

但艾美當初說的也沒錯。如果他開始懷疑我們的忠誠，我們不知道他會做出什麼事。

我們必須及早逼他拿出他用來控制我們的把柄，以配合情況調整我們的計畫。艾美碰巧發現他出賣了康納利，那正是我們需要的證據。於是，艾美要成為犧牲品，她要變成懷恨報復、拋棄任務叛逃的員工。如果史密斯先生手上有方法能搞垮她，他就不得不拿出來利用。

他沒有讓我們失望。

艾美過了很久才告訴我她妹妹海瑟的事。她們的母親死於藥物過量、沒有其他家人出面收容她們，於是她們從小就被送進寄養家庭系統，分配到不同人家，就此失去聯絡。艾美開始替史密斯先生工作之後，藉著我們執行任務時使用的資源找到了海瑟。我們都清楚，如果艾美找得到她，史密斯先生八成也找到了。

這就是他要打擊的弱點。史密斯先生手上有證據能夠導致海瑟因為使用和買賣毒品被捕，她的女兒莎蒂就會被交送寄養。那是艾美和海瑟最可怕的噩夢。

史密斯先生第一次對她們發出威脅之後，戴文將海瑟和莎蒂重新安置到另一個州，換了別的名字。這只是暫時的解決方法，但終究是個方法。

我們控制住了爆炸。

另外，海瑟和戴文一見鍾情，也不失為好事一樁，他從此之後就對她們母女倆非常保護，不讓任何人接近她們。

「那這對海瑟和莎蒂會有什麼影響呢？」現在的我對艾美問道。「她們會回去塔爾薩市嗎？」

「她挺喜歡鳳凰城，如果她們要留在那裡，我也不會意外。重新開始對她們兩個都好。」艾美笑著轉頭看戴文。「我聽說你可能也要搬去鳳凰城了。」

「可能。」戴文聳著肩說，但是臉上的笑容洩露了他的祕密。

一等海瑟和莎蒂脫離立即性的危險，艾美就搬到亞特蘭大，在那裡表現出瘋狂且不穩定的行徑。史密斯先生只剩下唯一的選擇——派人去拿回艾美手上的東西。

我們最冒險的地方在於假定這項任務會被派給我。我們讓艾美叛逃的時間點落在我剛辦完一份任務、正好有空檔的時候。而且，實話實說，我是他手下前幾優秀的人手。如果他沒有派出我，我們還是有備案計畫，但幸好這份任務是交到了我手上。

雖然史密斯先生有派人在我監視艾美時監視我，但他們沒有把服務艾美的酒保看得足夠仔細，也沒有發現戴文給她的飲料裡完全不含酒精。艾美每次對我吼叫、在我們正巧需要的時機把關鍵資訊說溜嘴，都是在非常公開的場合之下，確保消息能傳到史密斯先生耳裡——他們也沒發覺這有什麼奇怪。

艾美選擇了亞特蘭大這個地點挑戰她自己創造的關卡，而這裡也住著我認識最久、名氣最大的朋友，他會樂於為我提供不在場證明。泰隆告訴我們，週二晚上他是最有空的。

艾美將她的角色扮演得可圈可點。她離開酒吧、過馬路走到飯店的途中被十幾支監視器拍到，一路都是步伐踉蹌，若說她在這種狀況下會粗心弄掉香菸，那也不難想像。我用清潔推車把艾美推出飯店，交給戴文接手，繼續她的逃脫路線，讓她坐上我們安排在地下停車場等候的車子。然後她就一直躲在這間小屋裡。

我想要讓史密斯先生懷疑我，但我沒有料到他會有實際證據能構陷我成為謀殺她的嫌疑犯。這對我們所有人都是意料之外。

亞特蘭大的行動過後，我們計畫的第一部分就完成了。我們有足夠的武器可以擊垮他，艾美的「死亡」也讓她不致再遭受他的報復。

我們唯一還需要的就是他的真實姓名。

輪到我上場了。我必須逼他把對付我的籌碼拿出來，必須控制屬於我的這一場爆炸。

我們知道艾美的要害在於海瑟和莎蒂，但是不太確定他會攻擊我的哪個弱點。所以我得且戰且走，等到他攤牌。

長途旅行是我表現失控不穩的方式。我知道米契教練是最有機會讓我查出史密斯先生是誰的跳板，現在我們已經有了他背刺客戶的證據，就能夠讓他的真實身分派上用場。

我需要激起米契的反應，而我也知道和安德魯．馬歇爾見面會讓史密斯先生抓狂，因為他始終相信我有可能把那位政治人物收編成自己的工具。

我為他準備給我的炸彈點燃了火柴。

或者至少他是這麼想的。

「知道史密斯現在的下落嗎？」艾美的提問將我拉離自己的思緒。

戴文在筆電上敲敲按按一陣。「還無法確定。康納利會用他們的方法處理他，也就是說，我不認為我們會找得到能夠辨識的遺骸。」

他的話讓我縮了一下。考慮到史密斯先生的所作所為，落得如此下場只能說是他活該，但戴文知道，由我來當把他推向這種命運的人，我的內心還是會掙扎。

不過，他和我們之間的情勢就是這麼你死我活。

「一切終於結束了，那我就可以說出來：有幾次我真的以為他要幹掉我了。」我小聲說。

戴文悶哼一聲。「是啊，那個假璐卡真的把我嚇壞了。我完全想不出事情會怎麼發展。」

「真希望我們能及時把她撤離。」我說。

艾美靠過來，按了按我的手臂。「如果事先知道他在計劃什麼，我們就一定會出手的。但她也是他的最後一個受害者了。」

我點頭，試圖從話中得到一點安慰。「你有查出萊恩在這件事裡頭牽涉多深嗎？」

戴文從筆電上抬起視線。我一直拖延這個問題，因為我不確定自己是否想要知道答案。戴文將艾美的資料偷放到詹姆斯的爸媽家裡之後，就飛去史密斯先生住的維吉尼亞州。當史密斯先生跟著我去銀行，戴文駭進他的個人電腦，只要知道要往哪裡找，電腦就形同門戶洞開，讓他把史密斯先生的事業每個方面都查得一清二楚。

「他牽涉到的就只有我們已經知道的部分。史密斯使用了他的服務好幾年。隨著萊恩的業務成長，史密斯對他的興趣也逐漸濃厚。我相信他是想要奪取萊恩的公司，就像他告訴妳的那樣。

就我目前看到的資料——我還需要一段時間才能全部檢查完——，萊恩是透過先前的生意往來認識史密斯，但是對他的組織規模和範圍並不了解。」

艾美在椅子上坐直，視線在戴文和我之間跳躍。「那麼史密斯為什麼要把他自己公司的資料給他？」

戴文聳聳肩。「我也不太確定。我猜史密斯那樣做有他的理由，但是除非去問萊恩，否則我們也許永遠不會知道。」

「那麼，我猜我們是永遠不會知道了。」我說。

艾美笑了出來。「真的假的？妳沒有要問他？」

我不禁扮了個鬼臉。「我不可以問他啦！」

「妳當然可以。」戴文說。他的目光焦點又回到筆電上。

「那又有什麼意義？任務已經完成了。我從此以後就要光明正大、奉公守法，再也不從事非法活動。」

艾美翻了翻白眼。「奉公守法不代表妳就要跟他到此為止。他處在道德的灰色地帶，妳也處在道德的灰色地帶。再說，他帥氣又火辣，搞不好床上也很厲害。」

「我賭三個月內她就會打給我說：『戴文，有一樁任務是這樣的……』」他尖著嗓子模仿我的聲音，讓我一邊翻白眼一邊大笑。

「我賭一個月內。」艾美說。

我扔了個抱枕砸他們。

我們在小屋裡又待了三天，戴文把他從史密斯先生那裡備份到電腦上的其他檔案檢查了一遍。但這段遠離現實世界的時光不能無限延伸下去。

「好吧，兩位小姐，我告辭了。」戴文一面把背包和行李搬上車一面說。他的工作設備也已經在車上了。他是第一個離開的，艾美和我輪流擁抱他，但是只有我送他到門廊上。

「我們成功了。」我說。

他滿面笑容。「成功了。」他停頓一下之後繼續說：「等妳想通、不再覺得妳要放棄這種生活的時候，告訴我一聲吧。」

「我是真的要放棄，」我說，雖然話中不太有決心。「我們可以為了好玩出來聚一聚啊！不必總是為了工作。」

戴文笑著走到停車處。「當然可以。妳有空的時候我就有空。」他把東西放到後座，接著就出發了。

下一個走的是艾美。「等妳安頓下來，再傳個訊息給我好嗎？」她問我。

「好。我們過幾週再見。」我幫她把行李搬上車，我們抱住對方，在原地相擁了頗長一段時間。

然後她也離開了。

我在小屋裡多待了一陣子，還有事要做，有計畫要構思，有決定要下，但我有幸度過了寧靜的一週。

化名：伊薇．波特

——四個月前

這天是週四，萊恩．桑納準時出現。一如往常，他把車停到最遠端角落的加油機旁。他今天的造型比較休閒，平常的襯衫改成了套頭高爾夫球衫，上面有本地某個俱樂部的logo，我好奇是什麼原因讓這個週四的他與以往不同。

我把裙子稍微拉高了一點點，用手梳梳頭髮，讓髮絲披散成我想要的樣子。

我一開始就知道這會是我所經手最危險的任務。史密斯先生派我來這裡，是為了把我搞垮。這次行動我要完全照規矩來，絕不出格，絕不搶先。我會等待一切在我周圍開展，等史密斯先生用他所有的武器攻擊我，我再做出反擊。

「哈囉，」我說著走到他的車子旁。

他嚇了一跳，但很快就輕鬆自若地隱藏住他的反應。「嗨，」他回應道，臉上泛起笑容。他本人看起來更可愛。

我朝我車子的方向撇了一下頭，車身整個斜向一邊，左後輪完全沒氣了。「有可能請你幫個忙嗎？我爸好幾年前教過我怎麼換輪胎，我理論上是記得基本原理，但是在現實中遇到這種狀況就覺得有點可怕了。」

他笑得更開了，整張臉都亮了起來。那真是一張非常好看的臉。

「當然好，」他說。「讓我先加完油，等等就過去。」

我給他一個無比燦爛、電力滿滿的笑容，然後回到我車子那邊。

他把車停在我旁邊，下車時看了看我。我靠在車子側邊，用恰到好處的方式展現自己。萊恩到後車廂拿了工具，跪在我爆掉的輪胎前。我在他身旁蹲下，他的視線在我的雙腿停留了幾秒鐘，正如同我希望的。

我從事前研究中得知他喜歡打高爾夫球和網球，雖然兩者都打得不是特別出色。我知道他念過路易斯安那州立大學，是兄弟會的公關部長。我知道他大二到大三期間和一個女生交往，但她出國留學前跟他分手了。

「你看起來很面熟耶。」我在他轉鬆輪胎上的第一個螺帽時這麼說。

他看了看我，然後說：「我正好也這麼想。」

「你認識卡莉．羅傑斯嗎？我們是在路易斯安那州立大學認識的朋友。」

從他的表情，我知道他認得這個名字，但想不太起來她這個人。我調查過他在學時期參加大學姐妹會的女生，被標註在他朋友的朋友的貼文裡、但不曾和他一起出現的那些。她們的名字會顯得熟悉，但沒有熟悉到會讓他去找她們問起我。

「妳是瑪蒂．布萊頓的朋友嗎？」

「對！」

「我想我有一兩次看過她和瑪蒂一起。」他說，然後就繼續忙了。

找出人際網絡的共通點之後，我在他眼中就不再是陌生人，對話也變得輕鬆自然。萊恩換完輪胎之後還是逗留在此，我們現在一起靠著車身，轉過去彼此相對。

「我該請你喝一杯才對！」我說。「至少要這樣感謝你救我一命。」

他往我靠近了幾吋。「如果妳讓我請妳吃晚餐，我就讓妳請我喝一杯。」

萊恩很懂交際。

「我感覺好像本來就認識你了，但我們其實還沒互相介紹過呢。」我伸出手，但伸得不長，因為我們的距離已經很近了。「我是伊薇．波特。」

他的手滑進我掌中。「萊恩．桑納。」

「好喔，萊恩，」我說。「吃個飯、喝一杯聽起來是很棒的主意。」

「跟著我開？」他問。

「我會跟緊的。」我回答。

我們開到一間小餐酒館，我還沒開駕駛座側的車門，他就已經等在門邊。萊恩伸出一隻手，牽我下車。

我們進到餐廳，他指定了露台的座位。雖然是在路易斯安那州，這個季節的戶外還是挺涼的。我的短裙不夠保暖，但看到用餐區周圍的幾台暖氣機讓我放心下來。露台周邊的樹上掛著一閃一閃的燈飾，這裡真是個初次約會的夢幻地點。

我們點了酒和開胃菜，然後就是不斷不斷地聊天。他向我靠近，我也做出相同動作。

「多說點妳的事吧。」他說，此時我們的主餐正好送上桌。

我想起媽媽和我們視之為家——被媽媽的巧手變得像家——的小拖車屋，回憶湧上心頭。我第一次不想要說出致勝關鍵的第一個謊。我想告訴他，她生前如何教我縫紉、我們如何幫我的每一隻動物玩偶裁衣、如何裝成貴族舉辦午茶派對。我想跟他說我們在牆上掛著一幅地圖，對著它射飛鏢，射中哪裡我們就會去了解關於那個地方的種種。

但我還是按照劇本演出，告訴他說我的雙親死於車禍，我還在尋找人生的方向。但我在故事中編入了更多的事實，對他揭露自己的程度超過了其他任何人。

他的手滑過桌面，我知道握住他的手感覺會有多好，於是我戒備起來嚴陣以待。感覺確實很好。

好得太過頭了。

於是我稍微抽回手，不至於讓他感覺遭到拒絕，只是讓我能拉開一點距離。我在心中一磚一瓦地築起高牆保護自己的情緒。萊恩·桑納只是個任務目標，和我的交集不會維持太久。他迷上的是伊薇·波特，我的想像力虛構出的產物。

現在我該記清楚她是誰、她為什麼來到這裡。

現在我該開始工作了。

伊薇・波特

——現在

萊恩在前院裡，來回推著一台除草機壓過他翠綠如茵的草坪。夕陽正在西沉，餘暉為兩層樓的白色房子灑上一層金光，微微閃爍。

他走到第二趟的時候看見了我，立刻關掉了引擎。他穿著褪色的舊卡其短褲，配一件衣襬綻線的淺藍色T恤。

離亞特蘭大飯店裡的那個早晨已經過了三個月。

他走到半途來跟我會合，腿上和腳上沾著草屑，手上有油污。

我的雙眼掃視他的臉，尋找上一次見面之後產生的任何微小變化。「我希望你還是願意談談。」我說。

萊恩從後口袋拉了一條破布出來擦手。漫長的一刻過後，他終於抬頭看著我，往房子的方向點了點頭。他沒有等著看我是否跟上，就起步繞過房子側邊到了後院。

我瞥見了院子後方角落三排長滿蔬菜的園圃。

萊恩把兩張戶外休閒椅排成面對面而非左右相鄰，然後示意我坐到其中一張。我選了背對院子的位置，我現在不忍看到那片庭園。

他從附近的冰桶拿了兩瓶啤酒，遞給我一瓶。

「我想我們說話的時候最好還是不要被鄰居偷看打探。雖然拜妳所賜，經過上次車庫通道上的大場面，這條街上的小老太太們已經對我退避三舍，不再爭先恐後把孫女跟我送作堆了。」

「如果你想要敗壞你的好名聲，我隨時有空幫忙。」我說著啜了口啤酒。

「我的名聲本來就不像妳以為的那麼光彩。只要妳準備好，我們就可以不用再偽裝了。」

我深吸一口氣，再緩緩呼出，希望藉此安撫緊繃的神經。「我不知道我該從哪裡說起。我已經……偽裝了很久。」

萊恩歪著頭仔細打量我。戴文、艾美和我都挖空心思猜想推測，但我們還是不知道萊恩在這件事裡屬於哪一方陣營，不知道他對我或史密斯先生有何了解。我們唯一知道的是，萊恩和史密斯先生有過某些生意往來，但自從萊恩的祖父過世，他就一直是東德州那間公司的唯一負責人。

我也知道，我們之間還有一些尚未解決的問題，我並且有一股強烈的欲望想要再見到他，其程度並沒有隨著時間流逝而減輕。

「我應該給妳先講，畢竟妳花了寶貴時間來找我談。」他將啤酒放在小張的邊桌，然後往後靠著椅背，頭枕在交疊的雙手上。「我沒有料到妳會出現。我幫妳換輪胎的時候，知道妳在設法取得格蘭威的公司資訊嗎？不。在我遇見妳之前，我就已經察覺到有事情不對勁了。辦公室和家裡的東西都被移動過，有的還消失了。在我遇到妳之後，情況是更嚴重了，但我沒有聯想到妳身上，完全沒有。」他歪著嘴對我一笑，聳了聳肩，表示他知道他應該為此困窘，但實際上並沒有這種感覺。「我這幾年時不時往來的一個生意夥伴告訴我，有謠言說某個人滲透到我的公司裡，把貨運資料賣給最高出價者。」

「生意夥伴？」我問。

他搖搖頭。「我先說到這裡，等妳也分享一點再繼續。」

他拿起啤酒瓶喝了一大口，再放回桌上。

「你是一份任務的目標。我……和我老闆有些糾紛，他對我不太高興。我被派來接近你的時候，我不確定這是否真的是一份任務。狀況不太尋常。我老闆……是個喜歡玩遊戲的人，喜歡測試我是否還對他忠心耿耿。不用說也知道，我無法確定你是不是也在玩弄我。」

萊恩瞇起眼睛，試圖理解我說的話，因為我實在講得不夠清楚。「這聽起來……很有病。妳老闆好像是個徹頭徹尾的爛人。」

我的笑聲讓我們倆都吃了一驚。「你絕對想像不到。」要誠實面對他比我想像的困難太多了。「如果那個警告你有人在兜售貨運資料的生意夥伴，和你在田納西州汽車旅館走廊上的談話對象是同一個人，那麼你已經見過我老闆了。」

他向前傾身，原本輕鬆慵懶的態度早已消失。「我不知道妳有聽到我們說話。所以妳才嚇得離開了嗎？還有，沒錯，就是那個人。但他就是**妳的**老闆？」他試著把這件事想通，眼神迷惑起來。「他告訴我說偷走我資料的人就是妳。」

「對，聽起來就是他會做的事。挑撥兩個人互鬥是他最喜歡的消遣。」或者我該說是他**生前**最喜歡的消遣。「他認為這樣能夠促成最好的結果。雙方互相競爭，誰也不信任誰。他就方便地隔岸觀火。」

我們審視對方，比較著我們過去對彼此的了解和我們現在剛獲得的資訊。

「他什麼時候告訴你是我偷的？還有，為什麼你發現我背叛你之後，還是待在我身邊？」我問。當我還以為萊恩就是史密斯先生的時候，他跟著我一起倒是顯得合理。

「我們正要離開警局前，他傳了訊息給我，問我能不能見面，說他有些資訊要給我。我把妳送回這裡、告訴妳說我需要去辦公室一趟的時候，就是去找他。」他笑了，但笑聲空洞。他轉開視線，望向後院。「現在回顧起來，不難看出他是怎麼玩弄我的。他告訴我有人和他接觸、提議合夥，因為他們知道他以前使用過我的服務，覺得他會樂意除掉我這個中間人。但他說服我相信他站在我這一邊，不會讓那些人成功。他跟我說，妳在利用我，要接近我到能夠取得財務資料、客戶名單和貨運紀錄的程度，他還給了我『證據』。他說妳要在亞特蘭大和妳的聯絡人見面，把妳從我這裡拿到的其餘資料都交給他們，而他們保證會幫妳擺脫警察那邊的麻煩。我同意要緊跟著妳，我想要知道幕後的主使者是誰，派妳來做這骯髒活的是什麼人。我他媽氣到不行。我就坐在車上，停在車庫通道，把他給我的所有證據讀遍了。」

萊恩終於轉頭回來看著我，在椅子上往前傾，手肘支在膝蓋上。「我看完卻比之前更困惑了。」他說，語氣堅定但音量很小。「他交給我、要證明妳偷資料的所有數據，都是改動過的。

大批貨運的日期比我實際計劃的晚了一週，貨量減小，買家的名字也改了。這毫無道理。這足以讓我懷疑他想要我相信的事。然後我就進到屋裡，進去找妳。我看到妳在淋浴間，妳當時是那麼的……心碎。妳哭得好慘，讓我覺得妳好像要碎成無數片了。我的感覺也正是如此。我知道我一定漏掉了很大的一塊拼圖。」他給我一個哀傷的微笑。「我要撐過去，看看我們最後會走到哪裡。」

他注視的目光是如此熾烈，讓我不得不轉開視線。我咳了咳，清除掉喉嚨裡哽住的感覺，最後說道：「玩遊戲的人不是只有他。我需要讓他對我生氣，比原本更生氣，我需要他完全對我失去信任。但是我也不想讓你的公司被他奪走。我不想讓它成為他組織裡的另一個齒輪。所以我修改了資料的細節。」

萊恩伸手向前，繞過我的椅腳，將我拉近一點點。「告訴我接下來的事。」

我深吸一口氣，跟他說了戴文和艾美的事，但避開他們的名字不提。我告訴他我在北卡州伊甸鎮和媽媽住在拖車屋的時光，直到她過世。我跟他說了史密斯先生與喬治，說我直到快要為時已晚才知道他們是同一個人。我跟他說那個冒充我的女人和詹姆斯之所以猝逝，全是因為史密斯先生想要做出表態。

當我盡情傾訴，萊恩在某個時間點把我抱到他腿上。我的頭靠在他胸前，他一面用手撫過我的頭髮，一面傾聽我的所有祕密。

「我很遺憾詹姆斯被捲入這件事。如果我知道他們會有什麼遭遇，我一定會設法讓他們抽身的。」

「我知道妳會的。」

我們沉默地共坐許久，久到太陽開始西沉。

✦

我和萊恩這麼輕易就回歸了共同生活的日常，真是讓我有點不好意思。現在唯一的差別，就是我們倆都坦白承認我們各自做的事有多麼見不得光。

這天是週四，萊恩要去東德州。

「我六點前會到家。」他一面用隨行杯裝咖啡一面說。他穿著牛仔褲配T恤，因為現在他不用假裝是要去鎮上的辦公室了。

「我會在家等你。」我靠過去用雙臂環抱他。

他的臉埋在我頸間，到處印下親吻。「要我在回家路上買些牛排嗎？」

「嗯哼，聽起來不錯。我們還有一堆南瓜和櫛瓜得吃掉，可以一起烤一烤。鄰居現在看到我就閃得遠遠的了。」

萊恩笑道：「半個後院都變成菜園，搞得我們整天把菜硬塞給大家，也難怪他們會這樣了。」

我們再親了一下，他對著我的嘴唇呢喃著說：「我不在的時候妳要盡量乖一點喔。」

我笑著說：「我會盡量，但沒辦法跟你保證。」

他出門了，我目送他駛出視線範圍之外。

我喝完咖啡，前往我用其中一間客房自行改裝的居家辦公室。我花了幾分鐘就定位、把所有設備開機。這個空間是由戴文打造的，安全措施可謂滴水不漏。

我打了加密電話給艾美，第一聲鈴響她就接了起來。

「早安。」她說，雖然聲音聽起來還半睡半醒。她保留了名字，但是現在姓氏改成了波特。我猜不是只有我在尋求與人建立連結。

「早安。」我一面回應，一面登入了「豐收之王」的歌迷討論區。通知視窗跳了出來，顯示有新私訊，同時我的電腦喇叭播放出〈在月光下漫舞〉副歌的前幾個小節。

「兩則新訊息。」我告訴她。

我聽見艾美打了個呵欠之後說：「打開吧，我們來瞧瞧那些人想幹嘛，史密斯小姐。」

這是我最喜歡的早晨時光。

致謝

這本書為我帶來許多改變：我從青少年小說市場過渡到成人書類別，和新的經紀人及出版社重新開始。這段經驗實在是新奇精采！

首先要對我的經紀人Sarah Landis致上大大感謝。從我們第一次談話開始，妳就對《第一個謊最關鍵》抱有無比的熱忱與喜愛。我不只為這本書找到了最熱情的擁護者，還得到了一個新朋友。我深深感激妳的引導與支持。

感謝Sterling Lord Literistic公司的所有人，特別是Szilvia Molnar和海外版權組。《第一個謊最關鍵》要在世界各地出版，真是讓我太興奮了！

謝謝我的影視版權經紀人，Dana Spector和Berni Barta，謝謝你們相信這本書的潛力，找到了超讚的團隊來改編它。你們是最棒的！

一本書找到最適合它的家，就像魔法般神奇。Pamela Dorman、Jeramie Orton、Marie Michels和Sherise Hobbs——你們是個夢幻編輯陣容，我實在太感謝你們的專業和支持！謝謝你們的努力和投入，幫助我將《第一個謊最關鍵》形塑成如今的樣貌。也謝謝Viking/Pamela Dorman Books和Headline出版社的所有人，包括Diandra Alvarado、Matthew Boezi、Jane Cavolina、Chelsea Cohen、Tricia Conley、Tess Espinoza、Cassandra Mueller、Brian Tart、Andrea Schulz、Kate Stark、Rebecca

Marsh、Mary Stone、Christine Choi、Molly Fessenden、Jason Ramirez、Lynn Buckley與Claire Vaccaro。我知道有非常多人在幕後努力，我對你們全體都不勝感激。

謝謝Megan Miranda和艾兒・柯西馬諾，妳們是我最完美的評論員和摯友。我無法想像若是沒有妳們我怎麼能辦到這一切。

我是如此幸運，一路得到許多人的鼓勵。謝謝我的丈夫Dean，以及我們的兒子Miller、Ross和Archer，你們是我最忠實的支持者。我好愛你們，每天都好感謝你們的存在。感謝媽媽、Joey和家裡的每個人總是以我為豪。謝謝一路相挺的朋友們。特別感謝Aimee Ballard、Christy Poole和Pam Dethloff，讓我每次拍影片時的髮型、服裝和背景都無可挑剔。成功就是需要眾人齊心協力！

最後但肯定同等重要的是——我的讀者，謝謝你們！不論你們是第一次讀到我的書，或是跟著我從出道走到現在，我都由衷感激你們每一個人！

Storytella 246

第一個謊最關鍵
First Lie Wins

第一個謊最關鍵 / 艾希莉.埃斯頓(Ashley Elston)作 ; 葉旻臻譯. -- 初版. -- 臺北市 : 春天出版國際文化股份有限公司, 2025.08
面 ; 公分. -- (Storytella ; 246)
譯自 : First Lie Wins.
ISBN 978-626-7735-36-7(平裝)

ISBN 978-626-7735-36-7
Printed in Taiwan

作　者　艾希莉‧埃斯頓
譯　者　葉旻臻
總編輯　莊宜勳
主　編　鍾靈

出版者　春天出版國際文化股份有限公司
地　址　台北市大安區忠孝東路四段303號4樓之1
電　話　02-7733-4070
傳　真　02-7733-4069
E—mail　bookspring@bookspring.com.tw
網　址　http://www.bookspring.com.tw
部落格　http://blog.pixnet.net/bookspring
郵政帳號　19705538
戶　名　春天出版國際文化股份有限公司
出版日期　二〇二五年八月初版

定　價　430元

總經銷　楨德圖書事業有限公司
地　址　新北市新店區中興路二段196號8樓
電　話　02-8919-3186
傳　真　02-8914-5524
香港總代理　一代匯集
地　址　九龍旺角塘尾道64號 龍駒企業大廈10 B&D室
電　話　852-2783-8102
傳　真　852-2396-0050